目を覚ますと、俺は草の上に寝ていた。

目の前には抜けるような青空、
そしてまばらに見える樹木の枝。

「痛……っ、つつ……っ」

上半身を起こすと、一瞬だけ全身に強い痛みが走る。

直前の記憶では、俺は会社から帰るところだったはずだ。

「なんだここは？」

おっさん異世界で最強になる
～物理特化の覚醒者～

CHARACTERS
フレイニル
ソウシとパーティを組む気弱な少女。
珍しい『聖属性』『神属性』の魔法を
扱えるようになっていく。
ソウシ・オクノ
『覚醒者』となった元社畜のアラフォー。
鍛錬を積み重ね、人並外れた身体能力と
多数のスキルを得ていく。

アナトリア
元Aランク冒険者の女騎士。
マリアネ
エウロンの町で出会う
無愛想な受付嬢。
ラーニ
スキル『疫病神』のせいで
パーティを追い出された獣人の魔法剣士。

「……ちょっと持たせてもらってもいいか？」
「どうぞ。重いので注意してください」
ジールは棒を受け取ると
一瞬だけぐらっと身体を傾けたが、
さすがにすぐに立て直して棒を持ち上げた。
「こりゃ面白いな」
ジール
エウロンでも名の知れた
Cランクパーティ
『フォーチュナー』のリーダー。
ソウシのストイックな鍛錬方法に
ベテラン冒険者も驚嘆!?

おっさん異世界で最強になる

～物理特化の覚醒者～

次佐 駆人

［イラスト］

peroshi

口絵・本文イラスト
peroshi

デザイン
AFTERGLOW

CONTENTS

プロローグ 005

1章 転移、そして冒険者に 010

2章 新人冒険者として 060

3章 昇格と大討伐任務 102

とあるEランクパーティのやりとり 126

4章 新たな町へ 130

フレイニルの述懐 ～ソウシさまとの出会い～ 212

5章 出会いの連鎖 216

ラーニの述懐 ～理想のパーティ～ 253

6章 護衛依頼とアンデッド討伐 257

エピローグ 299

書き下ろし 休日の三人 308

あとがき 318

本書は、二〇二四年にカクヨムで実施された「第9回カクヨムWeb小説コンテスト　異世界ファンタジー部門」で特別賞を受賞した「おっさん異世界で最強になる～物理特化型なのでパーティーを組んだらなぜかハーレムに～」を改題、加筆修正したものです。

プロローグ

「奥野《おくの》主任、お先に失礼します」

「お疲れ様、気をつけてな」

俺以外で唯一残っていた新人が出ていくと、夜のオフィスは俺一人になった。

「今日も最後、か。ま、誰が家で待っているわけでもなし、気楽ではあるな」

独り言を言いながら、ＰＣのモニターに再び目を戻す。

残業は、昨今の法整備で厳しく制限されるようにはなった。しかしそれでも、やらなければならない時はどうしてもある。もっとも俺の場合、その「やらなければならない時」が多いのが問題ではあるのだが。

「……とりあえずここまでにしておくか」

新人が帰ってから、いつの間にか一時間が経《た》っていた。疲れの混じった息を吐き出して、俺はＰＣの電源を落とした。

ペットボトルの中身を飲み干し、机の下に置いたショルダーバッグを引っ張り出して椅子から立ち上がる。いきなり動くと身体《からだ》の各所が文句を言うが、まだそこまで口うるさくはない。いや、肩については一時期悲鳴まで上げていた気がするな。

スマホで時間を確認、最終退出者の記録簿に時間と名前を書いてオフィスを出る。

三階から下りるのに階段を使うのはささやかな健康対策だ。意味があるのかどうかは不明だが、やらないよりはマシだろう。

階段に足を踏み下ろそうとして、俺はなぜかそこで躊躇《ちゅうちょ》した。その一歩は、すでに踏み出した気がする。

妙な感覚にとらわれていると、どこか遠くから聞き慣れた声が聞こえてきた。

「……ソウシさま、ソウシさま」

俺の名を呼ぶのは、女の子の可愛《かわい》らしい声だ。

「……ああそうか、これは夢か……」

俺は足を引っ込めて、意識を声の方に強く向けた。周囲が光に包まれていくような感覚。そういえばあの時も同じような光を感じた気が――


「ソウシさま、おはようございます」

「ああおはよう。すまない、少し寝過ごしたか」

俺の顔を心配そうにのぞき込んでいるのは、金髪碧眼《へきがん》の美しい少女だった。俺は彼女に返事をして、ゆっくりと上半身を起こした。『夢』の中の自分とは違い身体のどこにも不調はない。全身引き締まった筋肉質の肉体は、むしろ俺の思う通りにしっかりと動く。

「少しだけうなされていたようです。なにか良くない夢でもご覧になっていたのですか？」

「良くない……良くない、か。そうかもしれないな。ああ大丈夫、問題はないさ」

周囲を見回すと、自分が今、厚手の布で囲まれた部屋にいることがわかる。そこでようやく昨夜《ゆうべ》からテント泊をしていたのを思い出す。

立ち上がって、少女と共にテントの外に出る。

そこは平原だった。離れたところに森あり、遠くには山脈が連なっている。見渡す限りの大自然、近くを通っている石畳の道が唯一の人工物か。

「あっソウシおはよっ！　ソウシが起きるの遅いのは珍しいわね」

もう一人の少女が、紫の髪を跳ねさせながら近づいてきた。頭部には狼を思わせる耳が突き出ていて、背中側にはフサフサとした太めの尻尾《しっぽ》が揺れている。こちらも『夢』の中では会ったことのないような、可愛らしい少女である。

「ちょっと妙な夢を見ていてな。そのせいだろう」

「ふぅん、どんな夢？」

「少ない報酬で毎日夜遅くまで働かされる夢かな」

「それって本当に悪夢じゃない。ソウシは今でも働きすぎなんだから、夢くらいゆっくりすればいいのに」

「それは自分でも思う」

と答えながら顔に浮かべた笑いが、かなり苦いものであったことは少女に気付かれなかったようだ。

狼の耳を持った少女が離れていった先には、コンロのような道具の上で大きな鍋《なべ》が湯気を上げていた。俺はそちらに近づいて鍋の中をのぞき込む。

「いい匂いがするな。朝から美味《うま》いものが食べられそうだ」

俺の言葉に、料理をしていた三人目の少女が顔を上げた。

銀色の髪をポニーテールにした、人形のように整った顔立ちの美少女だ。先の尖《とが》った耳が、彼女の人間離れした美しさをさらに引き立てている。

「先日のダンジョンでいいお肉がとれましたからね。ソウシさんと一緒だといつも美味《おい》しいものが食べられるので、街道の旅も楽しくなります」

「それは俺も同じさ。皆がいるから野宿でも楽しくやっていられるんだ。一人だったらこんな場所で一泊しようなんて絶対に考えないな」

「ふふっ、そうですね。皆がいるから楽しいのは間違いありません。ところで今の夢のお話は、ソウシさんらしくて笑ってしまいました」

「俺もそう思うよ。本当に夢でよかった」

やはり苦笑しつつ、俺は少し離れたところに行き、軽く身体を動かした。

肩の痛みも、きしむ腰も膝《ひざ》もない。ここは『夢』とは別の世界。俺はもう誰かに雇われている会社員ではない。妻に愛想をつかされるまで働いた仕事の虫でもない。

『アイテムボックス』と念じると、目の前のなにもない空間に、ぽっかりと黒い穴が現れる。

そこに手を突っ込んで、取り出したのは大きな金属製の棍棒《メイス》と、身体が隠せるくらいの大きな盾。

どちらも重さは百キロを大きく超える。およそ人間が片手で持てるものではない。

しかし俺は、そのどちらをも、まるで子どものオモチャのように軽々と振り回すことができた。

「……もう完全に俺はこちらの人間なんだな」

抜けるような青空を見上げて、そう独りごちる。

あの『夢』は、本当にただの夢だったのかもしれない。

俺は最初からこちらに生まれて育った。少女たちと同じように。

そう考えた方が、俺は真摯《しんし》な人間でいられる気がした。

「ソウシさま、ご飯ができたそうです」

「すぐ行く」

武具を『アイテムボックス』にしまい、俺は少女たちの方に向かう。

『夢』の中の住人、奥野荘史《そうし》ではなく、この世界の人間、ソウシ・オクノとして。

「……そんな風に思えるのも、彼女たちとパーティを組んだから、か」

この世界に来て一人で活動をしていたころは、ここまで気持ちが新たになることはなかったように思う。

そう、この世界にただ一人、飛ばされたばかりのあのころには。

1章　転移、そして冒険者に

目を覚ますと、俺は草の上に寝ていた。

目の前には抜けるような青空、そしてまばらに見える樹木の枝。

「痛……っ、つつ……っ」

上半身を起こすと、一瞬だけ全身に強い痛みが走る。

直前の記憶では、俺は会社から帰るところだったはずだ。

疲れた身体を引きずって階段を下りようとして、確かそこで急に心臓のあたりに鋭い痛みが走り、半分気を失った状態で足を踏み外し……。

そうなると俺が寝ているべきは病院のベッドの上のはずだが、なぜ屋外で寝ていたのだろう。

服装は帰りの時のままだ。シャツとスラックスとネクタイと。ああ、いつも肩にかけていたショルダーバッグがないな。ポケットにもなにも入ってない。というかスマホがないのはマズくないか？

そんなことを考えながら立ち上がってみる。さっきの痛み以外はなにもなく身体が動く。四十肩の痛みがきれいになくなっているのは不思議だが――

「なんだここは？」

俺が立っていたのは、これまでの人生で一度も見たことのない平原だった。くるぶしくらいまでの草が生い茂った平原が、はるか遠くまで広がっている。周囲にはまばらに立木が生えているが、奥の方は完全に森になっているようだ。

森とは反対側、少し離れたところには土がむき出しになっただけの道が延びている。その道を目で追っていくと、その先には町、いや村だろうか、集落のようなものが見える。遠目に見ても現代日本では見たことのない様式の建物が並んでいる。

「夢ってわけでもなさそうだな。とりあえず行ってみるか」

ここにいても埒《らち》があかない。俺はひとまず集落の方に向かって歩き出した。

歩き出してわかったことだが、俺の身体はやたらと調子がよくなっていた。

肩はもとより膝も腰もガタがきはじめて久しかったのだが、土の道を踏みしめる足取りがずいぶんと軽い。

道と言えば、今歩いている道には俺の他にも通行人がいた。見た感じ明らかに日本人ではなく、しかしだからといって俺が知っているどの国の人間とも違っている気がする。ぱっと見は西洋人が一番近いが、顔の彫りがそこまで深くなく、日本人としては馴染《なじ》みやすい顔立ちだ。

ただ彼らの格好はあまり馴染みやすいとは言えなかった。服そのものが明らかに古い時代のものに見えるし、一般人に見える人間であっても腰に短剣など、明らかに武器に見えるものを下げていたりするのだ。

彼らのうち何人かは俺をじろじろと見ていた。確かに彼らからすると、丸腰でしかも見たことのない服を着ている俺の方が馴染めないだろう。

というかここは本当にどこなのだろうか？

会話をしている旅人風の男たちの言葉に耳を傾けてみる。彼が口にしているのは、俺が今まで聞いたことのない言葉だ。

「……メカリナンじゃ騎士団が……ダンジョンが一部封鎖されたって……」

「本当か？　……噂《うわさ》じゃあそこのダンジョンは……冒険者が……隣の国を狙って……」

しかし不思議なことに、俺にはなぜかその言葉の意味がわかった。まるで母国語のようになんの抵抗もなく理解できてしまう。

しかし「騎士団」？　「ダンジョン」？　「冒険者」？

彼らの口から漏れるいくつかの単語はどうにも現実感が薄い。

いや、ハッキリ言ってしまえば、俺が人生の色々なストレス——例えば離婚とか仕事とか社内の人間関係とか——から逃げるためにハマったゲームの世界を思い出させる。

もしやストレスから逃げるあまり、疲れた脳がこんな幻想を見せているのだろうか。

……ないな。どれだけそう思おうとしても、今見える景色や風の音や土の匂いや足の裏の感覚、そういったものがあまりにリアルすぎる。別の世界に飛ばされたとかの方がよほど説得力がありそうだ。

そんなことを考えているうちに、集落の入り口——と言っても木の柱が二本立っているだけだが——にたどりついた。

その集落は、入り口から蛇行しながら奥に続く通りがあり、その両側に二階建ての家が並ぶ、ちょっとした町のような場所だった。

通りの両側以外にも家は立っており、建物は見えるだけでも五十棟くらいはあるだろうか。日本で言えば集合住宅地の雰囲気に近い。

ただその見た目はいかにも時代を感じさせるもので、通りは不揃《ふぞろ》いの石畳が敷かれており、家は木造で壁は漆喰《しっくい》のようなもので造られている。正直に言って、ゲームや映画で見たファンタジー世界の田舎《いなか》の町そのものといった感じである。

通りを行き交う人間、路上で屋台の番をしている人間などはここに来るまでに見た者と変わらない。仕立ての良くない昔風の洋服に、腰に下げた巾着《きんちゃく》袋や短剣などがあいまって、やはりファンタジー世界の住人に見える。

「なんだあれ……」

周囲を見回している俺の目に、やたらと派手な格好の男女四人のグループが映った。

「派手な」というよりは「武装している」と言った方がいいだろうか。防具を身につけ、大きな長柄の武器（ゲームの知識で言うとハルバード）を持った男、身の丈に近い高さの盾を背負った男、先の尖ったつばの広い帽子にマントと杖《つえ》のセットを身につけた女に、弓矢を携えた身軽そうな女。いかにもロールプレイングゲームの冒険者パーティみたいな集団であった。

ただ彼らの身につけているものはどれも使い込まれており、彼ら自身もこれまで見かけた人間とは違う雰囲気を漂わせている。日本人の俺が見ても、彼らは『戦う人間』なのだということが明確に感じ取れた。

「……本当にゲームや映画みたいなファンタジー世界に来たっていうのか？」

それがおかしいことだとはわかるのだが、どうも目の前の光景を見る限りそう考えるしかない。

俺は周囲を観察しながら、石畳の通りを往復してみた。

通りは商店街になっているようで、民家の間にぽつぽつと食料や衣服、日用品の店が並んでいた。

その中で目を引いたのは武器や防具の店である。現代日本では決して見ることのできない、剣呑《けんのん》な光を放つ武具が並ぶ様子は、嫌でも自分の置かれた状況の奇妙さを実感させた。

一方で通りを行き交う人々の雰囲気は比較的穏やかだ。ただこの時になってようやく気付いたのだが、頭部にツノや動物の耳をつけた人間が結構な割合で交じっている。ゲームなどではお馴染みの別種族の人々ということなのだろうが、さすがに実物を見るとぎょっとするものだ。

ちなみに先ほど見た冒険者パーティのような人間もちらほらと見かけた。その格好はさまざまであったが、近寄りがたい雰囲気をまとっているのは共通であった。

通りを一往復して、俺は門のところに戻ってきた。

「現実……みたいだな」

口に出てしまったが、さすがここまでの景色を見たら頭を切り替えざるをえなかった。

どうやら俺は会社の階段を転げ落ち、そしてこの世界に来てしまったようだ。直前に心臓のあたりに強い痛みを感じたから、もしかしたら元の世界で死んでこの世界に来たということなのかもしれない。

「だとしたらどうする？　とりあえずここで生きていく手段を考えないといけないのか……」

　この世界で生きていく、と切り替えたとして、まず問題になるのはそこだった。今の俺は無一文、泊まる場所もないどころか食うものすらない。

　日雇いの仕事をして食いつなぐにしても、この小さな町にそんな仕事があるかどうかはかなり怪しい。いやそもそも仕事があったとして俺を雇ってくれるかどうか。

　妙な世界に飛ばされたはいいが、初手で詰みとかそれはないだろう――

「もしやお兄さんは冒険者ギルドを探しているのではありませんかね？」

　絶望しかけた俺に、少し離れたところから声をかける人物がいた。見た目はこの町の住人といった雰囲気の老年の男性だ。

「は……いえ……。ああ、その冒険者ギルドというのはなんでしょうか？」

「ほ？　もしやお兄さんは『覚醒《かくせい》』したばかりなのかの」

「『覚醒』……？」

　いきなり意味のわからない単語に面食らっている俺を見て、ご老体は言葉を続けた。

「ふむ、それもよくわかっていないようじゃの。大方どこぞの村からなにもわからず追い出されたのじゃろう？」

「あ～、ええ、そんなところで……」

　正直よくわかってないが、続きの情報を知りたいので適当に合わせてみる。

「ならばなおのこと冒険者ギルドに行かんとならんぞ。ついてきなされ」

「はあ、わかりました」

ちょっと悩んだが、訳知り顔で案内してくれるご老体から悪意も感じられないので、ついていくことにした。

まあ『冒険者ギルド』というもの自体はなんとなくイメージが掴《つか》めるので、妙な場所に連れていかれるということはないだろう。

「しかしお兄さんの歳《とし》で『覚醒』するというのは聞いたことがありませんのう。この先大変だと思うが頑張りなされよ」

「はあ……、ありがとうございます」

ご老体に慰められながら通りを歩いていく。連れていかれたのは、さっきは素通りをした三階建ての建物の前であった。

「ここがこの町の冒険者ギルドになりますの。ここの受付のお嬢ちゃんに話をすれば、お兄さんがこれからどうすればいいかわかるはずじゃ。ではの、なるべく無理はせぬことじゃぞ」

俺が礼を言うと、ご老体は「真面目《まじめ》そうな男なのに難儀なことじゃのう……」と言いながら去っていった。

どうも話がよくわからないが、冒険者ギルドで話を聞けばこの世界で生きていくヒントが得られるということなのだろう。

俺は開いたままの大きな入り口をくぐり、冒険者ギルドへと入っていった。

冒険者ギルドの一階は広めのロビーになっていた。

左側に掲示板があってその前に冒険者のパーティが二組、右側にカウンターがあって数人の職員が立っている……いつかやったゲームの雰囲気そのままである。

俺はとりあえず板張りの床の上をカウンターに向かって歩いていった。

近づいていくと、職員のうちどう見ても十代後半の若い女性職員が応対をしてくれた。

「初めまして。どのようなご用でしょうか？」

「初めまして。私はオクノ・ソウシと申します。ええと、町の人にここに来るように言われて来たのですが……」

「あ、もしかして『覚醒』したばかりの方ですか？」

「すみません、その『覚醒』というものもよく理解しておりません」

「わかりました、それでは冒険者システムについて最初から説明をいたしますね。こちらへどうぞ」

流れるように案内され、奥にある椅子のあるカウンター席へと移動させられる。

「ええと、オクノ・ソウシさんでしたね。姓はソウシの方でよろしいですか？」

「あ、オクノが姓です」

この世界、いやこの国か？　ここは姓が後ろにくるスタイルらしい。

「ではオクノさん、こちらの板を握ってください」

言われるがままに、職員……受付嬢が取り出した細長い金属の板を握る。

すると板の一部が薄く赤色に発光した。

「はい、確認が取れました。オクノさんは『覚醒者』で間違いありません。『覚醒者』は基本的にこの大陸にあるすべての国で『冒険者』として活動する義務があります」

「はあ……」

「あ、すみません。『覚醒』についてもご存知《ぞんじ》ないのでしたね、では最初から説明しますね」

そう言って、彼女は説明を始めた。

その説明をまとめると、

・『覚醒』とは、普通の人間が『スキル』という強い力を使えるようになることである。
・『覚醒』の発現条件は一切わかっていない。男女関係なく低い確率で発現し、多くは十五～二十五歳の間で発現する。
・『覚醒』した人間は、一度は必ず『冒険者』にならなければいけない。
・『冒険者』とはモンスターと戦うことを生業《なりわい》とする者であり、多くは『ダンジョン』で活動する。

という感じであった。

語弊を覚悟で言うならば、要するに俺はロールプレイングゲームのプレイヤーキャラクターとしてこの世界に放り込まれたということらしい。

俺はひとまず自分の置かれた状況を呑《の》み込みつつ、受付嬢に質問をした。

「自分は着のみ着のままで放り出されたのですが、とりあえずどうすればいいんでしょうか？」

「はい、そういった方も多いので、ギルドでは資金の貸し付けも行っております。返済方法はオクノさんが得た報酬から一定額を引く形になりますが、それでよろしければご用命ください」

「なるほど、助かります」

どうやらはるか昔にやったゲームの勇者の子孫よりは扱いがいいようだ。

俺はその受付嬢に色々と質問をして『冒険者カード』なるものを受け取り、最後に資金を借りてギルドを後にした。


その日は冒険者ギルドにあった初心者ガイドに従って道具を買い揃え、この町（トルソンという名だとか）で二つあるうち安い方の宿に泊まることにした。ギルドで金を借りられなかったら良くても馬小屋泊まりだったので助かった。

宿の部屋はベッドが一つあるだけの簡素なものだったが、野宿よりははるかにマシだろう。町の外は野犬や賊の類《たぐい》も出るらしいし。

俺は硬いベッドに腰かけ、今日買った道具を確かめていた。

背負い袋、短刀、水筒、携帯食、タオル代わりの布、そして片手で扱える長さの棍棒《メイス》と、やはり片手で扱える小さな盾、後は半分ヘルメットのような帽子。

いずれも俺からすると骨董品《こっとう》にすら見えるレベルで古めかしい作りの道具だが、この世界ではこれが普通なのだろう。

「しかし武器……か」

言うまでもなく、現代日本人として本物の武器など手にしたことはない。

例えば金属でできたメイス……武器屋の親父《おやじ》さんに相談したら初心者はこれが一番だと勧められたものだが、確かにこれで思い切り殴られればただでは済まないという感じがする。

逆に言えば、これから俺はこの武器で未《いま》だ見ぬモンスターを殴って殺さなければならないわけで、こうやって落ち着いて考えるとどうにもならない不安感が襲ってくる。

もっともそれを言ったらこの世界に飛ばされたことそのものが不安の種ではあるが。

「今日のところは飯を食って寝るか」

俺は道具を背負い袋にしまい、袋を持って宿の一階の食堂へ下りていった。

食堂は六割くらいの客の入りだった。この町の宿に泊まるのは行商人か冒険者がほとんどだそうだが、見た感じ半々というところだろうか。特に冒険者は、ぱっと見て駆け出し、つまり俺と同じ新人が多いようだ。俺と違うのは彼らが皆パーティメンバーと共にいるということだ。

俺は空いているテーブルに座り、注文を宿の女将《おかみ》さんに頼んで飯が来るのを待った。

「あれおっさん、もしかして冒険者？」

手持無沙汰《てもちぶさた》の俺にそう声をかけてきたのは、二十歳《はたち》前くらいの青年だった。頬が赤いのはアルコールを飲んでいるからだろう。

「ああ、そうだ」

「へえ、その歳で冒険者ってのは珍しいな。なあみんな？」

彼が声をかけると、テーブルについていた彼の仲間……いずれも二十歳前の男女……は興味なさそうにうなずいた。

あの態度から見て、この青年は酔うと絡み癖が出るといった感じなのだろう。

「で、おっさんは強いのか……ってそんなわけねえか。強かったらこの宿には泊まらねえもんな」

「そうなのか？」

「そりゃそうさ、強けりゃ稼げる、稼いだらいい宿に泊まる、ってな」

「なるほど。君はどうなんだ？　俺から見ると強そうに見えるが」

酔っぱらいはおだてるに限る……というのもあるが、彼が俺より強そうなのは事実だった。

身長こそそう変わらないが、腕周りなどは一回り以上太い。身につけているものもそれなりに使い込まれているようだ。

「あ？　まだまだ大したことはねえさ。所詮《しょせん》Eランクだしな。初心者じゃねえってだけだ」

「君がEランクということは、冒険者のランクというのは想像以上に上がりにくいんだろうな」

そう言うと、それが婉曲《えんきょく》的な褒め言葉だと理解してくれたのか、青年は嬉《うれ》しそうな顔をした。

「ははっ、まあそうだな。Eに上がるだけで二カ月かかったが、これでも早い方らしいぜ。おっさんも頑張んな」

そう言うと満足したのか、彼は上機嫌で仲間のテーブルに戻っていった。仲間の少女に見える娘さんがすまなそうに頭を下げたので、思ったより話の通じる冒険者たちなのかもしれない。

しかし冒険者のランクか。ギルドの受付嬢によると冒険者にはAからFまでのランクがあり、実績によってランクが上がるらしい。俺は初心者のFだが、頑張れば三カ月でEに上がれますよという話だった。ならば彼は確かに優秀な方なのだろう。

「はいお待ち」

そこで女将さんが料理を持ってきてくれた。

どうやら野菜や肉のスープ煮のようだ。口をつけると食べたことのあるような、初めてのような、そんな味と香りがした。

どちらにしろ薄味だが悪くない。日本人として食べ物はモチベーションに直結するからな。食い物に関してこの世界でやっていけそうなのはありがたい。

日が落ちたら寝て、日の出とともに活動する。

夜の明かりが不十分なこの世界では、やはりそういった生活が当たり前らしい。まあこのあたりは生前（？）キャンプをやっていたので問題はない。

俺は朝一で飯を食うと、まずは昨日調べた『ダンジョン』とやらに向かうことにした。ここトルソンの町の周辺にはダンジョンが三つあり、うち二つはFクラスのダンジョン、一つはDクラスのダンジョンということだ。

ダンジョンのクラスは冒険者のランクと対応しており、Fランクの冒険者はFクラスのダンジョンに入ることが推奨されている。ただこの場合注意しなくてはならないのは、「Fランクの冒険者推奨」という言葉は、基本的に「Fランクの冒険者パーティ推奨」という意味だということだ。パ

ーティは三～五人が想定されているので、「Ｆクラスのダンジョンは、Ｆランクの冒険者三人以上で組んで入ってください」という意味になる。

なので今日のところは見るだけで入るつもりはない。そもそも俺はモンスターと戦う技術どころか、メイスを満足に振ることさえできないのだ。

町を出て案内の看板に従って一時間ほど歩いていくと、平原の真ん中に巨大な岩が見えてきた。その岩にはぽっかりと穴が開いており、それがダンジョンの入り口なのだそうだ。

入り口周辺にはすでに何組かの冒険者パーティがいて、装備の確認などを行っている。よく見ると昨日食堂で話した青年のパーティもいる。彼らはＥランクのはずだが、Ｆクラスのダンジョンに入るのはなにか理由があるのだろうか。

彼らに話を聞こうかとも思ったが、戦いを前にした人間たちである。殺気立っていたりするかもしれないと思ってやめておく。

俺が遠目に見ているうちに、その場にいたパーティはすべてダンジョンに入っていった。

「ちょっとだけのぞいておくか」

この後メイスを振り回す練習などをするつもりだが、自分がこれから戦う場所の様子を見ておいた方が練習もはかどるだろう。

俺は巨大岩に近づき、縦横三メートルほどの穴から中をのぞいてみた。どうやら中は岩の洞窟《どうくつ》のようだ。なだらかな下り坂になっていて、地下に続いているように見える。奥の方までぼんやりと明るいのはダンジョンの謎の一つらしい。おかげで松明《たいまつ》とかが必要ないとのことで冒険者としては助かる話だ。

「おう、入らないならどいてくんな」

おっと、新たなパーティが来ていたようだ。俺は声をかけてきた体格のいい青年に謝罪をしてその場を後にした。

さて、下見も終わったし、どこか人目のつかないところで身体《からだ》を動かすとしよう。


俺はダンジョンから町の方へ引き返しつつ、道から外れたところにある林に入っていった。もちろんそこでメイスの素振りなどを行うためである。

若いころ社内の野球大会に駆り出された時に知ったのだが、初心者はバットを振るのさえ満足にできないのだ。プロ野球の選手すら素振りの練習をするのだから当たり前の話だが、運動を真面目《まじめ》にしてこなかった自分には驚きの経験であった。なのでいきなり実戦などありえないと思い、最低限でもメイスを振る練習をしようと思ったわけである。

背負い袋を下ろし、メイスを手に取る。

金属製の棒で、先端に角ばった金属板が何枚か取り付けられている武器だ。

とりあえず何度か振ってみる。不思議なことに重さはそれほど感じない。身体も以前よりはるかにスムーズに動く。ブン、という音とともに振り下ろされるメイスは、確かにこれだけでかなりの破壊力がありそうだ。

俺はしばらく一心不乱にメイスを振り続けた。ガタがきていたはずの身体なのに異様に調子がいい。もしかしたらこれも『覚醒《かくせい》』とやらの効果なのかもしれない。

何百回と素振りをしただろうか、突然不思議な感覚が俺の身体を包んだ。それまで力ずくで振り下ろしていたメイスが、急に自然な感じで振るえるようになったのだ。徐々に身体に馴染《なじ》んだとかそういう感覚ではない。なんというか、いきなりレベルが上がってステータスが変化した、そんなゲーム的な身体感覚であった。

「なるほど、これが『スキル』を身につけるということか」

しかしその現象、実は既知《きち》のものであった。なんのことはない、ギルドの冒険者ガイドに書いてあったのだ。

『覚醒』した人間は、経験を重ねることで『スキル』という特殊能力を得ることができる。それは普通の人間が練習して上手《うま》くなるのとはまったく別の、いわば『神に与えられた力』である——ということらしい。

ゲーム的に言えば今俺は『メイスLv.1』というスキルを得た、ということなのだろう。

「しかしこれは……すごいな」

さらにメイスを振り続ける。脳内で相手をイメージして、様々な角度から、様々な部位を狙って攻撃するように。まったくやったことのない動きのはずなのに、まるで何年も練習してきたかのように自然に身体が動く。

さらに驚くべきは、何百回も重いメイスを振っているのにまだ体力が尽きないことだ。筋力も心肺機能もこれほど高かったことは俺の人生を振り返ってもない。おかげで楽しくなってしまい、気付いたらさらに一時間くらい素振りを続けてしまった。

そろそろやめるか……と思っていたら、二度目のレベルアップが来た。

『メイスLv.2』と自分で憶《おぼ》えておくことにする。身につけたスキルを確認する手段はあるらしいのだが、トルソンの町にはないとのことだった。

「さて、それじゃ他のスキルも試しておくか」

メイスの振りがさらに鋭くなったのを確認してから、俺は次の訓練に取り掛かるのであった。

その日は日が暮れるまで色々なことを試して一日が終わった。

宿に帰った俺は、食事を済ませてベッドに横になっている。さすがに全身に結構な疲労がたまっていた。

なお、その疲労の対価として得たと思われるスキルは以下の通りである。

名前　ソウシ・オクノ　　Fランク

武器系
メイス　Lv.2　　短剣　Lv.1

防具系
バックラー　Lv.1

身体能力系

体力　Lv.2　筋力　Lv.2　走力　Lv.2　瞬発力　Lv.2　反射神経　Lv.2

感覚系

視覚　Lv.1　聴覚　Lv.1　嗅覚《きゅうかく》　Lv.1　触覚　Lv.1　動体視力　Lv.1

気配感知　Lv.2

ほとんどが言葉のままのスキルだが、『バックラー』は小型の盾のことである。相手の攻撃を受けるイメージで盾を構えて力を込めたりしていたら習得できた。

『気配感知』は動物などの気配を感じるスキルである。林の奥に入って動物やら虫やらを探していたら、なんとなくそれらの居場所がわかるようになって取得できた。ガイドによるとモンスターに奇襲されないために必要なスキルとのことで、どうしても欲しかったスキルである。

ともかくも一日を費やしたが、自分としてはかなりの収穫があったと思う。実際に得たスキルもそうだが「得たいスキルを意識したトレーニングをすると効率がいい」というコツがわかったのも大きい。現代日本で教育を受けていれば当たり前とも思われる話だが、これは冒険者ガイドには載っていなかった。もしかしたら常識なのかもしれないし、実はコロンブスの卵的な発見かもしれない。

まあ今はそんなことを考えても仕方がない。所詮異世界二日目のルーキーだ。とりあえず明日もう一日トレーニングをして、明後日ダンジョンに入ってみることにしよう。

できればパーティを組んだ方がいいのだろうが、文化も習俗も違う世界の人間といきなり深く付き合うことには抵抗がある。それなりに社会生活を営んできて、人間関係のリスクが一番高いことはよく知っているつもりだ。

実は夕飯の時に例の青年に話を聞いてみたのだが、あのダンジョンの浅いところは一人でもそこまで危険はないらしい。スキルの話をちょっとしたら、武器関係のスキルレベルが1でもあれば通用するとのことなので、もう一日スキル上げをすればとりあえず大丈夫だろう。

ただ「ポーションは必ず持ってけよ」と言われたのでそれは買っておこう。どうやらあの青年は結構いい奴《やつ》のようだ。

そんなことを考えていたら、いつの間にか意識が遠のいていた。


さて異世界三日目の朝だ。

今日も朝一で飯を食って、昨日のトレーニング場（仮）へと向かった。

一日のはじめとばかりに試しにメイスで太めの木を殴ってみたら幹の半分ほどがえぐれてしまった。どう考えても人間が出せる威力ではない。これが『覚醒』した冒険者の力なのだと思うと、冒険者がモンスター退治をさせられるのも当然だという気もしてくる。まだモンスターがどの程度の存在なのかはよく知らないが。

さて、今日は昨日のスキルをさらに1ずつ上げる感じでやっていくか。

というわけでランニングやダッシュや跳躍やら素振りやらのトレーニングを一通りやっていく。

昼を少し過ぎたころには昨日得たスキルは『気配感知』以外それぞれ1ずつ上げることができた

が……少し上がりやすすぎる気がするな。ガイドにはどのくらいの頻度で上がるのかは書いていなかった。そのうち先輩冒険者にでも聞いてみるか。教えてくれるかどうかはわからないが。

最後に林の奥の方に入っていって『気配感知』のトレーニングをする。このスキルは、どうやら視覚や聴覚、嗅覚、触覚といった五感の延長、というかそれらを統合した感覚のようだ。恐らくわずかな環境の変化を感知して動物などの位置をなんとなく感じ取る、といった能力なのだろう。感覚としてはこの先数メートルの位置になにかいる、という曖昧《あいまい》な知覚として感じられる。

林を歩きながら、小動物や大きな虫などの存在を感知するように意識していく。

ふむ、五メートルほど向こうの地面になにかいるな。細長い気がするから恐らく蛇だろう。木の上に小さい動物、昨日見たリスみたいな動物か。そいつは近づくと別の木に飛び移って逃げていく。

二十メートル先に大きな……犬くらいの大きさの動物……イノシシ、いや野犬か!?

マズいと思う間もなく、そいつはグオウッと鋭い叫び声を発して木立の間からこちらへ突っ込んできた。犬にも見えるが微妙に身体の造形バランスがおかしい。上半身が発達していて、口からのぞく牙《きば》は上向きに突き出ている。

確かガイドに書かれていた、あれは『ボアウルフ』とかいうモンスターだ。

木の上に逃げる……クソ、足がすくんで動けない。

ボアウルフはもう目の前だ。迎撃するしかない。バックラーを構えて腰を落とす。

グアァッ！

ぶつかる瞬間左手のバックラーを突き出し、同時にメイスも突き出す。

練習した成果もなにもない。気が動転してモンスターを突き飛ばすような動作しかできなかった。凄《すさ》まじい衝撃が俺の左半身に来た。突き飛ばしの成果か体当たりの直撃は避けられたが、それでも俺は二メートルほど吹き飛ばされた。

視界がグワングワンとするが、寝ている場合ではないのはわかる。すぐに起き上がると、やはり目の前にボアウルフ。

俺は咄嗟《とっさ》にメイスをそいつの横顔めがけて振り抜いた。

先端あたりに重い手ごたえがあり、同時にブヒィイッという悲鳴が響いた。見るとボアウルフの目のあたりがえぐれている。ラッキーパンチがヒットしたらしい。

その場でたたらを踏むボアウルフ。デタラメに暴れ始めたそいつめがけて俺はメイスを振り下ろした。

激しく動く標的にはなかなかクリーンヒットしない。しかしメイスを振るたびになぜか俺の頭の中が冷えていくのがわかる。

そうだ。冷静に、冷静に。相手の動きをよく見ていけ。いきなり急所を狙うな。まずは足だ。

不思議な感覚だった。生き物を殴ったことすらない俺がこんな場面でこうも冷静になれるものだろうか。

メイスを斜めに振り下ろす。湿った打撃音。狙い通りボアウルフの前足が砕ける。

倒れたボアウルフの頭部に渾身《こんしん》の力をこめてメイスを振り下ろす。頭部が半分ほど潰《つぶ》れたボアウルフは、全身を一瞬ビクッと痙攣《けいれん》させると、電池が切れたかのように一切の動きをやめた。

「やった……のか？」

安堵《あんど》と疲れから俺は片膝《かたひざ》をついた。メイスを杖代《つえ》わりにして上半身を支える。

ボアウルフはピクリとも動かない。どうやら間違いなく倒したようだ。

「モンスターはこの辺には現れないんじゃなかったのか……」

ガイドにはそう書いてあったはずだ。この周辺ではモンスターはダンジョンにしか現れないと。

だからこそ俺はこの場所でトレーニングをしていたのだし。

「う……痛《つ》……ぅ。マズいな」

左ふとももの外側がざっくりと裂けていた。体当たりされた時に牙でやられたらしい。俺は背負い袋から水筒を取り出して傷口を洗った。

「そうだ……ポーションを使えば……」

今日の朝、青年のアドバイス通りポーションを二本買っておいたのを思い出した。一本を取り出し、栓を開けて中身を傷口にかける。そう使えと道具屋のご老体に言われたのだ。

「しみるなこれ……」

どれだけ効くものなのだろうか……と思って見ていると、傷口がビデオの逆再生映像のようにふさがっていく。まるで魔法の薬だ。一分もするとスラックスの破れ以外は完全に元に戻ってしまった。

「はあ、助かった」

俺は尻《しり》もちをついてその場に座り込んだ。

改めて見るとボアウルフはかなりデカい。大型犬くらいはあるだろうか。よく戦って勝ったものだ、こんな奴に。

「さて、ダンジョン以外でモンスターを倒したらそのまま持ち帰らないとならないんだったか」

ゆっくりとこの後すべきことを思い出す。

モンスターはダンジョン内で倒すと一部の素材を残して消える、というかダンジョンに吸収されるらしい。

しかしダンジョン外——ゲーム的に言えばフィールド——で倒した場合、死体はまるまる残る。

その場合のモンスターの死体には色々と使い途《みち》があるそうなのだが、その分死体を運ばなくてはならない。

俺は五分ほど休んで立ち上がり、ボアウルフを担ぎあげてみた。

見た目百キロ近くありそうだが、ほとんど重さは感じない。『覚醒』して強化された肉体と『筋力』などのスキルのおかげだろう。

「これが冒険者としての初仕事になるのかね」

俺はそのままトルソンの町に向かって歩き始めた。

ボアウルフを担いだまま冒険者ギルドに入っていったら、受付嬢が目を丸くしてギルドの裏にある解体場なる場所に案内してくれた。

町の人間も俺を見てギョッとしていたから、やはりこの辺りではモンスターがフィールドに現れるのは珍しいらしい。

じゃあなんで解体場があるのか……と受付嬢に聞いてみたら「まったく現れないわけじゃないんです」とのことで、やはり俺は運が悪かっただけのようだ。

「ええと、オクノさんでしたね。職員が解体をしますので、しばらくお待ちください。これが番号札になりますのでなくさないようにお願いします」

解体用の台の上にボアウルフを載せると、受付嬢は俺に木製の板を渡しながらそう言った。

「すみません、この獲物はどういう扱いになるか教えて欲しいのですが」

「あっ、そうですね。このボアウルフはこれからウチの職員が解体します。ボアウルフは使える部位が多いので、素材ごとの状態を見て査定して、その値段をもとにオクノさんから買い取る形になります。先日の貸付金の返済分も一部いただきます」

「なるほど。ちなみに概算でどれくらいになるものなんでしょうか」

「う～ん、そうですね……。ボアウルフはだいたい七十万ロムにはなりますね」

「それは結構な額ですね」

先日借りた金が三十万ロム（ロムはこの国の通貨単位）だった。通貨価値としてはほぼそのまま日本円に換算できる感じだ。

日本でイノシシ一頭がいくらになるのか知らないが、七十万というのは悪くないような気がする。

「このあたりではダンジョン外でモンスターが出るのは本当に珍しいので。特にダンジョン外産の肉は特別な扱いになったりもしますし」

「へえ、味が違うんですか？」

「みたいですね。私はダンジョン内産のものしか食べたことがないのでわかりませんけど」

と受付嬢が苦笑いをした。なるほどこの世界でも格差からは逃げられないか。どうやらこの国は君主制をとっている身分制社会のようだし。

「それにしてもオクノさんはまだ冒険者になって三日目でしたよね。それなのにボアウルフを一人で狩るのはすごいですね。もとはどこかで兵士などされていたのですか？」

「え？　いえ、ただの……何でしょう、商人ですかね。少なくとも戦いとは無縁でしたよ」

「ええ？　じゃあ冒険者に向いているのかもしれませんね。頑張ってください」

「ありがとうございます。では解体が終わるまで冒険者ガイドを読み直しながら待ってますね」

受付嬢に礼を言って、俺は冒険者があまり使わないという資料室へと向かった。


結局四十五万ロムを受け取って俺は宿へと戻った。額が少ないのは貸付金を全額返済したからである。

帰りにポーションを補充して、それから破れてしまったスラックスの代わりのズボンを購入した。スラックスは珍しい布だからといって、服屋の方で結構な値段で下取りしてくれた。確かにこの世界の布に比べると現代日本の布は高価なものに映るだろう。

それと明日ダンジョンに行くにあたって防具も用意することにした。防具屋に寄って胸当てと籠《こ》手《て》、それと脛当《すねあ》てを注文した。固定具の調整だけなので明日の朝には用意できるとのことである。

さて、ベッドの上で伸びをするが、ちょっと気になったことがある。

今日の朝までに比べて身体能力がワンランク上がったように感じられるのだ。

ボアウルフを担いでいた時にも感じたが、どうも戦闘の前後で変化したような気がする。

「レベルアップみたいなものか？」

ガイドには確かに「戦いによって冒険者は強くなる」と書いてあったが、スキルのことを指しているのだと思っていた。別の形でも身体《しんたい》が強化されることがあるのだろう。

どうやら『覚醒《かくせい》』というのは、人間に色々な恩恵を与えるもののようだ。スキルと合わせて強くなっていったら、それこそ超人のようになってしまうのではないだろうか。Fランクの俺ですらあのモンスターを一対一で倒せるのだ。そう考えると、この町にいるDランクの冒険者など、すでに人間の域を脱しているのかもしれない。

そういえば、冒険者は正当な理由なくその力を振るって人に害を与えると非常に厳しく罰せられるらしい。それはそうだろう。この力を持った者が犯罪に走ったらとんでもないことになる。いや、逆に考えれば悪用しようとする人間も当然現れるはずだ。このあたりは警戒しておかないといけない。

ともかくも、今日のトレーニングとバトルの結果、得たスキルは以下のように推定される。

名前　ソウシ・オクノ　　Fランク　　冒険者レベル2

武器系
メイス　Lv.3　短剣　Lv.2
防具系
バックラー　Lv.2
身体能力系
体力　Lv.3　筋力　Lv.3　走力　Lv.3　瞬発力　Lv.3　反射神経　Lv.3
感覚系
視覚　Lv.2　聴覚　Lv.2　嗅覚《きゅうかく》　Lv.2　触覚　Lv.2　動体視力　Lv.2
気配感知　Lv.3
精神系
冷静　Lv.1

ボアウルフとの戦いでレベルが上がったと仮定する。スキルはトレーニングで1ずつ上がったはずだ。戦闘中急に冷静になったのも恐らくスキルだろう。一応『冷静』というスキルだと仮定しておく。

しかしこうやって考えていると、まだなにか悪い夢でも見てるんじゃないのかという気になる。だがボアウルフとのバトルで感じた傷の痛み、殴った時の感触が、それが感傷に過ぎないと主張する。

まったく、人生なにがあるかわからないとはよく言うが、ここまで訳がわからないことになる人間はそうはいないだろうな。

翌朝防具を受け取って装備した俺は、朝やや遅れて大岩ダンジョンに向かった。

ダンジョン入り口にはすでに人影はない。先行組はすべて入っていったのだろう。冒険者の動向を観察した感じでは、この大岩ダンジョンに潜っているパーティは四組いるようだ。それが多いのか少ないのかは判断できないが、トラブル回避のためにあまり関わらないようにした方がいいだろう。

俺は入り口で深呼吸をすると、大岩の中に入っていった。

ダンジョンの中は不思議とほのかに明るく、『視力』スキルが上がっているせいか視界にはなんの問題もなかった。

通路は幅五メートル、高さ三メートルほどだろうか。洞窟《どうくつ》のように壁はゴツゴツとした岩になっているが、地面は平坦《へいたん》で普通の洞窟と違って明らかに歩きやすい。どうにも作りもののアトラクションのように感じてしまうが、それがダンジョンの不思議なところでもあるようだ。

なだらかな下り坂を進むと分かれ道にたどりついた。ここからが実際のダンジョンとなるらしい。俺はギルドで渡されたダンジョン内の地図を取り出して確認をする。右は正ルートで地下二階へ続いていて、左はしばらく進むと行き止まりになる。

俺は迷わず左へ進んだ。今必要なのは二階に進むことではなく、誰もいないシチュエーションでモンスターと戦うことだ。

『気配感知』で警戒しながらゆっくりと進んでいく。『冷静』スキルのおかげか精神も非常に落ち着いている。右手にはメイス、左手にはバックラー。本当にゲームのプレイヤーキャラクターだ。

不意に『気配感知』になにかが引っかかった。前方、曲がり角の陰からなにかがやってくる。大きさは子どもくらい、直立二足歩行のモンスター。

ギャ？

そいつは角から現れると、俺の顔を見て一瞬だけ戸惑ったような動きを見せた。

ギャギャッ！

しかし次の瞬間、木の棒のようなものを振り上げてこちらへ走ってくる。

緑色の肌、醜悪な顔、黄色い乱杭歯《らんぐいば》、ガイドにも載っていたFランク最下位レベルのモンスター『ゴブリン』だろう。

ゴブリンが木の棒を振り下ろす。勢いがつく前にバックラーで弾《はじ》くように止める。

がら空きの胴にメイスを横薙《よこな》ぎに叩《たた》き込む。ゴブリンはグェッと声を上げ、身体をくの字に折り曲げて吹き飛んだ。

そのままとどめ……と思ったが、すでにゴブリンは絶命していた。

見る間にその身体が溶けてダンジョンの床に吸い込まれ、後には木の棒と光沢のあるパチンコ玉大の石が残された。

「ふぅ……意外と弱いな。最下位レベルだとこんなものか」

昨日戦ったボアウルフはFランク上位らしいので、同じFランクでも結構な差があるようだ。まあ俺のレベルが上がったせいもあるかもしれないが。

木の棒と石を拾い上げて背負い袋に入れる。木の棒は薪くらいにしかならないようだが、石の方は『魔石』といってこれが金になるらしい。というか冒険者の稼ぎといえば基本この『魔石』を回収して売ることを指すそうだ。

俺は装備の状態を確認して、行き止まりを目指して再び進み始めた。


行き止まりまであの後三回ゴブリンと遭遇した。

『覚醒』のおかげか戦闘にはすぐ慣れ、最後の一匹は向こうが武器を振り下ろす前に倒すことができた。

その後最初の分岐まで戻り、もう一度行き止まりまで行ってみる。

一度通った通路はモンスターとの遭遇率が下がるのか、行き止まりまで一匹のゴブリンとしか遭遇しなかった。ゲームと違って同じ場所をうろついてレベル上げというのは難しいようだ。

と考えてみて、どうも感覚がマヒしていることに自分でも驚く。やっていることは命のやりとりのはずなのに、すでにゴブリンの頭を叩き潰《つぶ》すことにすらなんの感慨も湧かなくなっている。

これも『冷静』スキルのせいなのだろうか。そうすると冒険者というのはヘタをすると人間性を失っていきかねない危険な職なのかもしれない。常にそのことは頭に置いておかなくてはいけないだろう。

そう心に刻みつつ再び分岐まで戻っていく。途中で『気配感知』に反応。ゴブリンだが……相手は三匹だ。

ギエエッ！

三匹のゴブリンが並んで一斉に突撃してくる。通路はそれで横一杯だ。逃げ場はない。ならば前に出るしかない。

こちらからもゴブリンに向かって走りだす。そして接敵する前に、俺は勢いをつけてジャンプした。真ん中のゴブリンを飛び越しざまに蹴《け》り飛ばす。着地して、倒れたそいつにとどめを刺す。

二匹のゴブリンがたたらを踏んで振り返る。俺はすでにそいつらに向かってダッシュしている。片方の横面をメイスで吹き飛ばして二匹目だ。

しかしその隙に三匹目が木の棒を振り下ろしてきた。なんとかバックラーで受けたが、肩口に軽く打撃を食らってしまう。

しかしそのお返しにそいつの脳天にメイスを振り下ろす。これで三匹だ。

「ふう……なんとかなったか」

複数現れることは考えていないではなかったが、実際に戦うとなるとやはり勝手が違う。その割によく動けたとは思うが……所詮《しょせん》相手は最下位レベルだからな。

俺は木の棒と魔石を拾い、分岐に向かって歩き始めた。

その日は午前中いっぱい大岩ダンジョンの一階をうろついてみたが、出てくるのはゴブリンのみで他に見るべきものはなかった。実戦は得るものも大きいのだが、相手が弱いせいなのかレベルもスキルも一向に上がった気がしない。

そこで午後はいつものトレーニング場（仮）でトレーニングを行い、いくつかのスキルを上げておいた。早めにダンジョンを切り上げたのは他のパーティと鉢合わせするのを避けたということもある。

こちらが弱いうちはダンジョン内で他のパーティと接触するのは避けたかった。こういう言い方はなんだが、彼らはゴブリンよりはるかに強いのだ。


「ゴブリンの魔石は一つ八百ロムです。全部で二十六個ですので、ええと……」

「二万八百ロムですね」

「え？　あ……そうですね。オクノさん計算早いですね」

「ええ、一応商人でしたので」

驚いた風の受付嬢に言いつつ、俺は冒険者ギルドのロビーを見回した。まだ日が落ちるには早い時間なので、戻ってきているパーティは一組だけだ。それも彼らはメンバー一人が大怪我《けが》を負ったので帰ってきたらしい。ギルドの救護室に血だらけの青年が運ばれていったのだが大丈夫だろうか。

「さっきの彼は大丈夫なんですか？」

「はい？　ああ、たぶんあれくらいの怪我なら二等級のポーションを使えば治りますよ。ただ四十五万ロムかかりますけど。オクノさんは商人さんだったから大丈夫だと思いますけど、お金は貯《た》めておいた方がいいですよ」

受付嬢はあっさりと言った。なるほど、あの程度のことは日常茶飯事というわけか。

「そうですね、そうします。ところでゴブリンの木の棒って普通どういう風に処分するんでしょうか？」

「宿屋の人に渡せば薪として使ってくれると思いますよ。普通の木より火のもちがいいんだそうです。ご飯一回分くらいはタダになるかもしれません」

「わかりました。いつもありがとうございます」

「いえ、どういたしまして」

この世界の一般的な教育がどの程度のものかわからないが、この受付嬢は比較的しっかりしたお嬢さんのようだ。他の店の主人などはぶっきらぼうな人が多いので、なおさらそう感じられる。俺は金を受け取るとギルドを後にして宿に向かった。

ちなみにこの世界の通貨はすべて硬貨である。ではあるのだが、金貨とか銀貨とかそういう感じではない。どうもこの国の貨幣制度は俺が想像する中世風ファンタジー世界よりは進んでいるらしい。

宿に着く前に、屋台で肉串《にくぐし》のようなものを買ってみた。宿の食事はそれなりに美味《うま》いのだが、どうにもタンパク質が足りない気がするのだ。身体を作るには動物性のタンパク質が必須《ひっす》……かどうかは知らないが、ここ数日の運動量を考えると食えるものは食っておいた方がよさそうだ。

千五百ロム出して二本の肉串を受け取り、その場で頬張ってみる。味付けは塩とコショウっぽい香辛料だけ。肉も日本で食べ慣れた豚肉に比べると臭みが強いが、悪くはない。顎《あご》も歯もさらには胃も以前よりはるかに頑丈になっているので、多少硬い肉でも問題なく食べられる。そうだな、これからタンパク質を積極的に摂取しよう。

この世界では現代日本で得た知識が多少アドバンテージになるかもしれない。そんな希望的観測を思い浮かべながら、俺は宿へと再び足を向けた。

翌日、やはり朝から大岩ダンジョンに向かった。

先行パーティが突入してから多少時間を置いて入っていく。最初の分岐まで進んで、まずは行き止まりの左ルートを行く。ゴブリンの発生率は昨日一回目に入った時と同等だった。ある程度時間が経《た》てば発生率が戻るのだろう。

六匹のゴブリンを討伐して分岐まで戻り、今度は正ルートの右に行ってみる。

先行パーティが入った後なので発生率は下がっているかと思ったが、地下二階へ続く坂の手前に着くまでに二十匹ほどのゴブリンが出現した。もちろんそこまでの距離は、左ルートの行き止まりまでに比べて倍以上あったのだが。

しかし正直、もうゴブリンはまったく相手にならない。三匹同時に出てきても完全に力押しで完勝できてしまう。なんなら一振りで三匹倒せるレベルである。

ちなみに昨日と合わせてゴブリンを五十匹以上倒したわけだが、ようやく冒険者レベルが3になった。というわけでますますゴブリンでは物足りなくなってきた。

……あれ、俺ってこんなに好戦的な人間だっただろうか。

ともかく好奇心もあってそのまま地下二階に下りてみることにした。なお食堂で例の青年に話を聞いたところ、彼らは最下層の地下五階で主に戦っているらしい。他のパーティも四、五階で稼いでいるとのことであった。

地下二階も一階と同じような雰囲気であった。地図を見て自分の位置を確認しながらダンジョンを進んでいく。やはり何度かゴブリンに遭遇した後、ようやく初見のモンスターが出現した。

小型のワニほどの大きさの表皮が岩のようなトカゲ、『ロックリザード』である。攻撃手段は噛《か》みつきと尻尾《しっぽ》による打撃。

ロックリザードはシャカシャカという感じでこちらに走ってくる。そして目の前で大きく口を開き、噛みつこうとする――

グシャッ！

俺はその横っ面にカウンター気味にメイスを叩き込んだ。『反射神経』『動体視力』スキルがそういった高度な攻撃を可能にする。

ロックリザードは横に吹き飛び、仰向けになってもがいている。今の一撃に耐えるということは、防御力はゴブリンよりも高いようだ。俺は近づいていってその白い腹にメイスを振り下ろした。グエッと断末魔の声を上げ、ロックリザードは息絶えた。

残ったのは魔石と皮だ。魔石はともかく皮はかさばりそうだ。まあとりあえず持っていくが。

とりあえず戦えそうなので先に進む。ロックリザードが二匹同時に出現することもあったが、動きがそこまで速くないので問題なく倒せた。

ゴブリンを二十匹ほど、ロックリザードを二十匹ほど倒したところで地下三階へ下りる坂の前まで着いた。今日はここまでだな。調子に乗って進むのはやめよう。

踵《きびす》を返そうとすると坂の奥から人の気配が近づいてきた。

「あれ、おっさんじゃん。三階に下りるのはやめとけよ。一人じゃ無理だ」

上がってきたのは例の青年のパーティだった。

「ああ、もちろん下りるつもりはないさ。ここまでいっぱいいっぱいだ」

「それならいいけどよ。まあ一人でここまで来るのも結構無茶な気がするけどな」

「そうかもな。ところでそっちは今日も五階まで行ったのか？」

そう言うと、青年は首を横に振った。

「いや、ボアウルフが多めに出たんで今日は切り上げだ。『アイテムボックス』持ちがいないと素材が持ちきれなくてよ。まあ三日分の稼ぎにはなったから問題はないんだけどな」

「なるほど……ところで『アイテムボックス』っていうのはやっぱりスキルのことか？」

「知らねえのか？　物を大量に運べるスキルさ。魔法みたいなもんだな。Cランク以上のパーティには必ず一人はいるらしいぜ。なにしろそのランクになるとバカでかい素材とかも手に入るからな」

「へえ……気が遠くなる話だな」

「まあな。正直低いランクで日銭を稼いで生きていくのも悪くはねえ。高いクラスのダンジョンは命がいくつあっても足りないって話もあるからな。もちろんここだって気を抜けばあの世いきだ。せいぜい気をつけな」

「ありがとう、気をつける」

「おう、じゃあな」

そう言って青年たちは去っていった。何度か話してみてわかったが、彼は話し好きでおせっかい焼きらしい。

しかし『アイテムボックス』か。要するにゲームみたいにあり得ない量のアイテムを運べるようになるスキルなのだろう。そういうスキルはどうやって手に入れるのか……はすでにわかっている。ダンジョンのボスを倒すのだ。ボスを倒すとランダムで特殊なスキルが一つ身につくらしい。そこで運が良ければ……というわけだ。

それはともかく、先ほどの会話で彼らがこの最低ランクのダンジョンにいる理由が少しわかってしまったな。「低いランクで日銭を稼いで生きていく」。なるほどそういうゆるい生き方も冒険者には許されているのか。

それなら自分はどうするのか。しばらくはそれを考えながらダンジョンに潜ることになりそうだ。

「え、オクノさんもう地下二階に行ったんですか？　それもロックリザードをこんなに」

ギルドで素材をカウンターに並べると、いつもの受付嬢が目を丸くした。ちなみに彼女はキサラという名前らしい。桃色の髪をツインテールにした可愛《かわい》らしいお嬢さんである。

「そんなに驚くほどのことなんでしょうか？」

「Eランクに上がってそれなりの人ならわかりますけど、冒険者になって五日の人がこれは珍しいですよ。というか無理をしていませんか？」

「う～ん、そこまで無理はしてないと思いますが」

「やっぱりオクノさん、戦いに慣れてるんじゃないですか？　本当に強い冒険者になれるかもしれませんよ」

「はは、それならいいんですがね。まだまだ先は長いですから」

「そうですねえ。Dランクになるのも結構大変みたいですから。オクノさんの場合はまずパーティを組むところからですね」

「もうちょっと強くならないと無理でしょうね。この歳《とし》で『覚醒《かくせい》』するのも珍しいみたいですし、組んでくれる人もそうはいないでしょうから」

「そこはちょっと不思議ですよね。私の父はもう『覚醒』する可能性がなくなったって安心してたんですけど」

「私も話を聞いて驚いてますよ」

キサラ嬢の父親と比較されると自分の異常性がわかってギクリとするな。

やっぱりパーティを組むのは難しそうだ。若い人間は若い人間同士で組むのが普通だ。会社でだって若手は好んでベテランを飯に誘ったりはしないものだ。

まあ一人の方が気楽だしな、と自分の人生を思い返しながら、俺は買取額五万ロム近い金額を受け取ってギルドを後にした。

屋台で肉串を三本買い、食いながら考える。

Ｆクラスのダンジョンに二階まで潜って一日五万ロム。日本で言うなら日当五万円。普通に考えれば悪くない。いや悪くないどころかかなりの高給取りだ。

もっともこの世界は食料品の値段が感じとして日本の二、三倍はするので実際そこまで余裕はない。宿代も継続的にかかる。今の宿は一泊六千ロムだが、正直今の宿にずっといるのは勘弁願いたい。ちなみに町にあるもう一軒の宿（Ｄランク冒険者用だ）は一泊二万ロムらしい。

さらに問題なのは冒険者の装備品や道具が非常に高額だということだ。武器や防具はハードに使えば当然破損するし、メンテナンスも定期的に必要だろう。着ている服だってすぐにボロになる。

ポーションも最下級の五級品で一万五千ロムだ。キサラ嬢の話の通り大怪我を負えば四十五万ロムかかる。そのぶん前の世界の薬から考えれば超高性能なので、むしろ安いのかもしれないが……。

ともかく、そう考えると一日五万ロムというのは命がけで戦っていることを考えてもかなりカツカツの稼ぎである。

キサラ嬢によると魔石の買取額はモンスターのランクが上がると跳ね上がっていくらしい。つまり冒険者としていい生活をしたいなら、必然的に高い冒険者ランクを目指し、強いモンスターと戦っていくことになる。結局はリスクとリターンの間でどこに妥協点を置くかということになるのだろう。なんのことはない、前の世界と同じである。

宿に着くまでに三本の肉串を食い終える。実は昨日も感じたのだが、肉の栄養分がすぐに全身に行き渡るような不思議な感覚がある。もしかしたらこれも『覚醒』の効果なのだろうか。この後筋トレすると効果が高くなったりしないだろうか。しばらく試してみるか。

俺はその夜、宿の部屋で自重トレーニングをやってみたが、今の身体《からだ》に自重トレーニングは大した意味がないことがわかった。あとで鍛冶屋《かじや》に頼んでダンベルでも作ってもらおう。

翌朝、俺は当然のように大岩ダンジョンに潜った。特に問題なく地下三階への入り口までたどりつく。

そこまでにどうやらまた冒険者レベルが上がって4になったようだ。ロックリザードはすでに一撃で倒せるようになり、二匹同時に出てきても一瞬で方が付く。

「ちょっとだけ下りてみるか……」

昨夜《ゆうべ》青年に酒を一杯おごって話を聞いたが、三階はロックリザードやゴブリンが四、五匹の集団になるだけでそれ以外は特に変化はないらしい。もちろんこちらはソロなので相手が集団というのはそれだけで危険度が跳ね上がるのだが、正直五匹までなら対処できる確信がある。

というのは今日、対集団戦で動きや位置取りを意識しながら戦っていたら、思考がクリアになる感覚があったからだ。恐らくなんらかのスキル……『思考加速』とでも言うようなスキルが身についたに違いない。

俺は装備の状態を確認し、地下三階へ下りていった。

地下三階は通路の幅がそれまでの倍ぐらいになっていた。地図を見ながら順路を進むと『気配感知』に反応あり。さっそくゴブリン五匹だ。

ゴブリンはこちらを包囲するように動いてくる。もちろんそのまま立ちすくんでしまえば袋叩《ふくろだた》きである。

俺はバックラーを前に構えて猛然と前方にダッシュ。まったく勢いを殺すことなく真ん中の奴《やつ》にバックラーごと体当たりを食らわせて吹き飛ばし、そのまま集団の後ろまで駆け抜ける。

吹き飛んだ奴はすでに絶命している。体当たりというのは体重差があれば致命的な一撃になる。

すぐに振り返り、慌てて態勢を立て直そうとするゴブリンたちを手当たり次第に殴りつける。

俺のメイスの一撃はすでにゴブリンの頭部をまとめて潰《つぶ》せる威力がある。少し乱戦気味になり木の棒の打撃を二、三発もらってしまったが、接敵から三十秒ほどで全滅させることができた。

「痛《つ》ぅ……あざになってるな……」

袖《そで》をまくってみると、打撃を受けたところが青く変色していた。ズキズキ痛むのでもったいないがポーションを使った。ちなみにポーションは栓を開けてしばらくすると劣化するそうで、基本一本使い切りである。

思ったよりも対集団戦は難しいな。というかやはり普通はソロで戦うシチュエーションではない。

立ち回りでなんとかなると思ったが、モンスターは基本突っ込んでくるだけだからあっという間に乱戦になってしまう。これがロックリザードだったらどこかで噛みつかれていたかもしれない。

「やはり対策が必要か」

というわけで俺は引き返してそのままダンジョンを出た。時間がまだ早かったので、トレーニング場（仮）でみっちりとトレーニングをしたのは言うまでもない。

帰りの途で、集団戦攻略の方法を考える。

といっても「ステータスを上げ、装備を整えて力押し」と「武器を変えて戦法を変える」しかない。もちろん「パーティを組む」が一番真っ当な方法なのだが、その選択肢は今のところは外しておく。

「ステータスを上げる」に関しては今やっていることを続けるだけである。反復練習で身体能力や技術を高め実戦で経験を積む。学校の体育や部活動で学んだスポーツの訓練法そのままである。

とすると今考えるべきは「武器を変える」ことだろうか。メイスは確かに扱いやすく近距離戦ではかなり強力な武器だが、いかんせんリーチが短い。とすると狭い通路では多少制限があるが、長柄の武器を使うというのは選択肢としてはアリだろう。実は武器屋の親父《おやじ》には最初に槍《やり》も勧められたのだが、予算の都合で手が出せなかったのだ。

確認のためにギルドに行く前に武器屋に寄ってみる。

「はいよ。おう、この間のお兄さんか。どうした、もうメイスが壊れたのか？」

武器屋の親父は俺と同年代の男だ。鍛冶屋も兼ねているのでかなり逞《たくま》しい身体をしている。

「どうも。メイスは問題ないですよ。今日は多数を相手にする時の武器を考えてまして」

「多数？　一人で多数を相手にするってことかい？」

「ええそうです。メイスだと乱戦になってしまうので、距離を取れる武器がいいかと思って」

「その前に仲間作った方がいいとは思うが……まあそっちも都合があるか。距離取って戦いたいならまずは飛び道具だが、そうじゃないんだろ？」

「ええ、弓矢などは今のところ考えていません」

「ならやっぱり槍が一番だろうな。グレイブとかハルバードは扱いが難しいし、狭い場所だとちょっとな」

「ですよねえ」

グレイブは薙刀《なぎなた》、ハルバードは槍と斧《おの》が一体になったような長柄の武器だ。

「ただ冒険者用の槍となると基本全金属製になるから値が張るんだ。一番安くて二十八万ロムだ」

そう言って親父が指さす先には、黒光りする長さ二メートルほどの槍が壁に立てかけられている。冒険者用が全金属製というのは、木の柄だと『覚醒』した人間の力に耐えられないからだ。

「まだ買える額ではありませんね。金を貯《た》めてまた来ます」

「おう。しかし多数を相手にするってことは地下二階か？　いや、一階でも出るんだったか」

「いえ、三階です。さすがに五匹は多くて」

「一人で三階行ったのか⁉　よくやるな、気をつけろよ。俺と同年代で冒険者になったなんて初めて見るからな。できるだけ長生きしてくれよ」

「ありがとうございます。ああそうだ、武器とは別に、身体を鍛える道具を探しているんですが」

「身体を鍛える道具？　なんだそりゃ」

「ええと、まあ言ってみればただの重りですね。手に持ちやすい形をしているこんな形の……」

俺は鉄アレイの形を説明した。親父は首をかしげていたが、

「要するに重い金属の棒がありゃいいんだろ？　ちょっと待ってな」

と言って、奥から直径五センチ、長さ五十センチくらいの金属製の棒を持ってきた。持ってきたと言っても台車に載せて運んできたのだが。

「これでどうだ、持ってみな。おっと、見た目よりかなり重いぞ」

言われるがままに持ち上げてみると、確かに恐ろしく重い。五十キロは軽く超え百キロくらいあるんじゃないだろうか。どう考えても鉄の重さではない。というかこれほど比重の大きい金属など聞いたこともない気がする。

「そいつはダークメタルって言ってメチャクチャ重い金属なんだ。ただ衝撃に弱いとか他の金属と混じらないとか変な性質があって、重りくらいにしか使えない。だけど今のお兄さんが言っていた用途にはぴったりだろ？」

「ええ、これならいい訓練ができそうです」

「ただ多少希少なモンだからな。まあ仕入れ値にちょっと儲《もう》け足して八万でどうだ？」

安くはない。安くはないが、これがあれば色々トレーニングがはかどりそうな気もする。槍のために金も貯めたいが、筋トレで基礎体力やスキルを伸ばす方が汎用《はんよう》性はあるか……。

「……買います」

俺はとんでもなく重い棒を手に入れて、店を後にした。

冒険者ギルトへ向かうと、入り口横に一台の馬車が停まっているのが目に入った。

ここトルソンでも馬車自体はそこまで珍しくはない。冒険者ギルドが買い取った素材を運びだすこともあるし、逆に生活物資が他の街から運ばれることもある。もちろん先ほど買ったダークメタル棒だって外から運ばれてきたものだ。そういった荷物運搬に使われるのは当然馬車ということになる。

ただ、運搬用途に使われるのは当然荷馬車である。それに対して今ギルドの前に停車しているのは、客室だけの箱型の馬車だった。造りが上品なところから貴族なのかとも思ったが、冒険者も町の人も特になんの反応もしていないのでそうではないようだ。

車内には人の気配があった。失礼だろうかとは思ったが好奇心には勝てず、そばを通る時にちらと客室の中をのぞいてみた。

そこに座っていたのは一人の少女だった。金髪碧眼《へきがん》、その横顔は人形を思わせるほどに整っている。年のころは十二、三であろうか、絵に描いたような美少女である。

しかし俺の心に引っかかったのは彼女のその儚《はかな》げな美しさではなく、悲しみと不安に満ちた瞳《ひとみ》であった。どのような境遇に陥ればあのような目になるのか……彼女が見目麗しい少女であるからこそ色々と想像ができてしまう。

俺が一瞬立ち止まってしまっていると、ギルドの入り口から、白いローブをまとった壮年の男が出てきた。彼は馬車に近づくとドアを開き、少女に話しかけた。

「こちらのギルドには適当な冒険者パーティがないようです。別の町に向かいますので今しばらく我慢をなさってください」

「……わかりました。その、ご面倒をおかけします」

「いえ、私にできることはこれくらいしかございませんので……」

「それでも……ありがとうございます」

「日が落ちる前に次の町へ向かいましょう」

白ローブの男性が御者台に座り、手綱を振って馬車を走らせ始めた。

やはりなにか訳ありのようだ。依頼のために冒険者パーティを探しているのかと思ったが、会話からすると違うような気もする。そもそも依頼をするならもっと大きな町のギルドに行くだろう。

それにあの少女の様子は、単純に困りごとがあるとか、そういった雰囲気ではなかった。

「……といっても今の俺にはできることもない、か」

しかし所詮《しょせん》、異世界に来て一週間、最下位ランクの冒険者に過ぎない自分である。薄幸の美少女なんてものを見つけても、できることなどなにもない。

馬車を見送った俺は、そのままかぶりを振ってギルドへと入っていくのだった。

宿のベッドに横になるころには、少女のことはいつの間にか頭の中から消えていた。

代わりにふと思い出されたのは前の世界のことであった。異世界での生活が軌道に乗り始めて心に余裕ができたからだろうか。

俺の両親は健在だが、弟と妹がいるから心配はないだろう。親の世話が急に回ってくることになる弟には申し訳ないが、俺の心臓が止まったのだろうから仕方ない。

別れた妻は……向こうはすでに新しいパートナーがいたようだからどうでもいいか。

仕事は一応新プロジェクトのチーフだったのだが、こっちも誰かが代役をやるだろう。会社の仕事なんて誰でも代わりが利くからな。

なんだ、そこまで悩むこともないな。両親と兄弟と数少ない友人は悲しんでくれるだろうが、逆に言えばそれだけだ。むろん俺自身寂しさはあるが、この歳《とし》になると感情なんてそう長続きはしない。切り替えて「残りの人生」を生きるだけだ。想像もしなかった形でだが。

そういえば受付のキサラ嬢が妙なことを言っていた。『覚醒《かくせい》』した人間は歳をとりづらくなるとかなんとか。ただ弱いモンスターばかりを相手にしていると普通に歳をとるそうだ。つまり長生きしたければ強いモンスターと戦うしかない。もちろん強いモンスターと戦うなら命の保証はない……という底意地の悪いシステムになっているらしい。

あれ、そう考えると、中年スタートの俺はなにがなんでも強くなって上のランクのモンスターと戦わないと「残りの人生」もすぐ終わるってことか？

なんだそれ、かなりのクソゲーじゃないか。ひどい話だ。

とするとFクラスのダンジョンで足踏みしてる場合じゃないな。トレーニング量を増やして稼ぎを増やして……結局こっちでもノルマに追われる人生か。やれやれだ。

名前　ソウシ・オクノ　　Fランク　　冒険者レベル4
〈新たに獲得したスキル〉
精神系
冷静　Lv.3　　思考加速　Lv.2

2章　新人冒険者として

第二の人生をせいぜい長生きするためには、とにかく強くならないといけない。

そんな事実が判明したため、俺は多少のオーバーワークを覚悟の上で夜が明ける前からのトレーニングを始めることにした。

町の入り口でダークメタル棒を振り回してみると思ったよりかなりキツい。なにしろ自分の体重より重い棒だ。振り回すといっても重心を考えないとならず、なかなかに難儀である。ただ普通にダンベルのように扱う限りでは物足りないくらいの負荷ではある。このあたり俺は完全に人間以上のなにかになりつつあるようだ。とにかくこの棒を持って色々とトレーニングをした結果、やはりスキルの伸びがいいことが確認された。

そして買い置きしていた肉串《にくぐし》を食う。冷めて硬くなっているが構わず食う。しみ渡るタンパク質。これで素の筋力も上がっていくことだろう。たぶんだが。

日が昇ったら時間を合わせて大岩ダンジョンに行く。筋トレも大切だが金を稼ぐことも重要だ。

地下三階までのルートはもう記憶している。朝のうちにスキルも上がっているから昨日より戦えるだろう。俺は迷わず三階に下りてみた。

ゴブリン五匹はすぐに来た。小細工せずに正面からメイスを横殴りに振り切る。

右側三匹が吹き飛び、左の二匹は木の棒を弾《はじ》き飛ばされ硬直する。もちろんその隙に残り二匹も一息に殴りつける。

なんだ、力押しでいけるじゃないか。

次はロックリザード四匹。大口を開けて同時に突っ込んでくる。

さすがに正面からぶつかるのはまずい。俺は左にステップし、左端のロックリザードをすくい上げるようにして殴りつける。方向転換して向かってくる残り三匹は、俺が左に動いたせいでちょうど縦に並んで突撃してくる形になった。

一匹ずつカウンターで横っ面を張り倒していくと、難なく方が付いてしまった。動きが遅めのモンスターはやはり位置取りが重要なようだ。

お、思考がさらに研ぎ澄まされた気がする。このまま三階を進んでみるか。

結果として、三階はいけるということがわかった。モンスターの数が多いぶん稼ぎもいい。調子に乗っていたら一回だけロックリザードに足を噛《か》まれてしまったが、すぐに倒したのとポーションで事なきを得た。

かなりの数のゴブリンとロックリザードを倒し、冒険者レベルが1上がり、四階への入り口を確認したところで今日は引き上げることにした。時間が余ったのでトレーニング場（仮）に寄ったのは言うまでもない。

「オクノさん、やっぱり無理をしてませんか？」

受付のキサラ嬢が、大量の収穫を前に疑わしそうな目で俺を見る。さすがに今日はちょっと無理をしたかもしれないが、それを認めると面倒になりそうなのでとぼけることにする。

「いや、別に無理はしていないと思いますよ。身体《からだ》も大丈夫ですし」

「でも足のそのズボンの破れ、噛まれた跡じゃないですか」

さすがにプロだ、そのあたりは見逃さないか。

「ああ、これはそうですね。でもポーションも用意してますから」

「冒険者って最初の三カ月が一番危ないって言われてるんです。くれぐれも気をつけてくださいね」

「ありがとうございます。私もまだ死にたくはありませんから気をつけますよ」

十万ロムを超えるお金を受け取りつつ、俺は視線を逸《そ》らすようにして掲示板の方に目を向けた。

基本的にそこにはダンジョンで出現するモンスターの情報が貼り出されているのだが、稀《まれ》にフィールドに出現するモンスター討伐の依頼が貼り出されることもあるらしい。

とはいっても駆け出しのFランクにはほぼ関係はないのだが……。

「あ、そうだ。今ゴブリンの討伐依頼が出ているんですよ。近くに小さな集落が見つかったんです。たぶんEランクの『銀輪』が受けてくれると思うんですけど、オクノさんもどうですか？」

「え？」

いきなり妙なオファーが来た。『銀輪』というのは例の世話好き青年のパーティの名前である。

「それって嫌がられるでしょう？」

「いえ、実はEランク以上の冒険者にとって、新人の研修に協力するというのはいいポイント稼ぎになるんです」

「ポイント？」

「ええ、ランクを上げるために必要なポイントです。ギルドでも新人育成には力を入れていまして、その一環でもあるんですが」

「なるほど。私を討伐依頼に連れていくことで彼らにポイントが入るわけですね」

「ええ。オクノさんはカイムさんと仲良さそうに話をしてましたし丁度いいかと。もちろん討伐依頼に参加するのはオクノさんにとってもポイントになります」

「ふむ……」

これは結構いい話ではないだろうか。討伐依頼というのも経験してみたいし、ゴブリンの集落というのも興味がある。なによりEランクパーティの戦いぶりを見られるというのはかなり大きい。

「わかりました。もし『銀輪』が承諾してくれるのなら是非参加させてください」

「はい。じゃあ今日『銀輪』が戻ってきたら話をしておきますね」

そんな感じで、初の討伐依頼参加が決まってしまった。


「おうおっさん、ゴブリンの集落潰《つぶ》し、一緒に行くことになったぜ」

俺が食堂で飯を食っていると、戻ってきたばかりの青年……カイムが話しかけてきた。

改めて見ると、茶色の髪を短く切り揃《そろ》えた、体格のいいまあまあなイケメンである。

「ああ、受けてくれたのか。ありがたい、助かる」

「まあこっちもポイントになるしな。おっさんなら変な動きはしなそうだしよ」

「もちろんそちらの指示には従うさ。討伐依頼自体初めてだしな」

「それがEランクへの近道だぜ。出発は明後日だ。明日準備をしといてくれ。ポーションは最低三本、あと携帯食が三日分だ。水筒も忘れんな。途中で村があるから水は補給できる」

「わかった。日程はどんな感じになるんだ？」

「初日に現場近くまで移動。二日目朝に集落潰して、余裕があれば一気にトルソンに帰ってくる。余裕がなきゃ途中の村でさらに一泊だな」

「なるほど。他には？」

「後はまあ、夜は外で寝るからマントとかもあった方がいいか。男だから食う寝るがなんとかなりゃ大丈夫だろ」

「そうだな。ありがとう、用意しておく」

「おう、じゃあな」

手を振ってカイムは自室に向かっていった。やはり面倒見のいいタイプのようだ。最初に知り合ったのが彼でラッキーだったな。

俺は飯を食い終えると、早起きの代償として襲ってきた眠気と戦いながら部屋へと戻った。

翌朝も日が昇る前からトレーニングを行う。

ダークメタル棒は非常に役に立つ。資金に余裕ができたらもう一本買ってもいいかもしれない。

ただし取り扱いには注意が必要だ。持ったまま宿屋に入ると床がかなりきしむ。二本持って入ったら確実に床が抜けるだろう。このあたりを解消できるスキルもあるらしいが、ダンジョンボスを何匹倒せば希望のスキルが得られるかは神のみぞ知る、だ。

カイムたちは今日は休むと言っていたが、俺は大岩ダンジョンに向かう。今は少しでも経験を積まないと不安の方が先に来る。もちろん少し早く上がって準備はするつもりだ。

地下三階は完全に問題なくいける。ゴブリンは正面からの力押しで相手が攻撃する前にすべてメイスで吹き飛ばせる。集落というのがどのくらいの規模かはわからないが、少なくとも戦闘でカイムたちEランクパーティの足を引っ張ることはしないで済むだろう。

帰りにふと気付いて、トレーニング場（仮）では素手での格闘のスキルが得られるかどうか試してみた。武道は高校の時の授業で剣道と柔道をちょっとやっただけだ。だがモンスター相手に必要なのは打撃系の武術だろう。聞きかじりの知識でパンチの動作を反復練習すること一時間、急に拳《こぶし》がスムーズに出るようになった。

『格闘　LV.1』を得たということか。蹴《け》りも行ってみて一時間、『格闘　Lv.2』になったところで日が傾きかけているのに気付いて慌てて町へ帰った。

上達が目に見えてわかるのが楽しくて、トレーニングが全然苦にならない。天才的なスポーツ選手が言う「楽しい」とかいう感覚はこういうことなのかもしれないな。

翌朝、日が昇ると同時に、俺とカイムたちのパーティは町の門前に集合した。

「おっさん……ええと、ソウシのおっさんだったか、一応こっちのメンバーを紹介しとくわ」

長剣を腰に下げ、盾を持ったカイムがそう言うと、隣の杖《つえ》を持ったおさげの少女が口を開いた。

「メリベです。Eランクです。一応魔導師をやってます。いつもカイムがすみません」

次は二十歳《はたち》くらいのショートカットの女性だ。槍《やり》を持っている。

「ラナンだ。同じくEランク。攻撃専門だな。よろしく」

最後は小柄な少年だ。俺と同じくバックラーとメイスを持っている。

「ラベルトっす。Eランクす。回復魔法を使えるんすけど、どっちかというと殴る方が好きっすね」

タンクにアタッカーにマジシャンにヒーラー、絵に描いたようなバランスのいいパーティだな。

ちなみに全員結構美形だ。美形多いなこの世界。

「ソウシ・オクノです。Fランクです。今のところ殴ることしかできません。今日から少しの間お世話になります。カイムさんには大変お世話になってます」

とお辞儀をすると、「おっさん気持ち悪いからいつものしゃべりにしてくれよ」と言われてしまう。彼なりに気を遣っているのかもしれない。

「ソウシさんは姓を持っているんですね」

おさげ少女のメリベが聞いてくる。実はこの国では姓持ちは珍しいらしい。貴族階級の特権に近く、平民で姓持ちは基本他国出身ということになるようだ。

「ああ、自分の故郷だとそれが普通だったんだよ。呼ぶ時は今みたいにソウシで頼む」

「装備が同じだと話が合いそうっす。なんでメイスを選んだんすか?」

「う～ん、使いやすそうだからかな。槍も考えてるんだけど高くてね」

「槍はいい。モンスターの顔を近くで見なくて済む」

「は？　メイスで殴る感触がいいんすよ」

長身美人のラナンと下っ端風少年ラベルトが睨《にら》み合う。仲がよさそうなパーティだな。

「おら、そのへんにしとけ。じゃあ出発するぞ。まずは村までだ」

カイムが仕切って、ゴブリン集落討伐隊の出発となった。


トルソンの町を出て道沿いに進む。もちろん歩きである。

この世界には先日見たような馬車やモンスター車（!?）もあるのだが、基本行商人か貴族様しか使わないらしい。ただ都市部に近づくと乗合馬車なるものもあるそうで、この世界は意外と人の行き来が多いようだ。

しばらく歩くと道から離れたところに畑が見えてくるようになる。日が中天を過ぎたころ、十軒ほどの家が集まった集落にたどりついた。最初の目的地の農村である。

俺たちはその農村に入っていき村長の家らしきところに直行する。どうやらカイムたちはこの村には何度か来ているようだ。

出てきた村長は五十歳くらいの男性だった。

「おお、『銀輪』さんか。ゴブリン退治に来てくれたのか？」

「おうよ。また井戸を使わせてもらいてえ。それとゴブリンを見た奴《やつ》の話を聞かせてくれると助かるんだが」

カイムが対応するが、なるほどきちんと情報収集をするんだな。

「わかった。こっちだ」

村長に案内されたのは畑で、そこで作業をしていた中年のご婦人に話を聞くことになった。

と言っても、そこまで有用な情報があったとは思えない。
・畑の一部に被害があった。
・ここから三カダ（約三キロ）離れた森で、十匹くらいのゴブリンを見た。
・畑に残されたゴブリンの足跡からすると、やはり十匹くらいで行動していると思われる。
・今のところ人的被害はない。
基本的にギルドで聞いた情報そのままだ。

「ゴブリンがどんな得物を持っていたかはわかるか？」

カイムが追加でそう質問する。

ご婦人は「たぶん木の棒を持っていただけだと思うけど……」と答えただけだった。人間注意して見ることをしなければ、モンスターがなにを持っていたかなんて記憶には残っていないだろう。

俺たちはその場を後にして、井戸で水を補給してから、ゴブリンがいたという森の方に向かった。

三十分ほど歩くと、ご婦人の話の通り、畑が荒らされている痕跡があった。

足跡については素人《しろうと》の俺にはよくわからないが、カイムやラナンの前衛組が言うには確かにゴブリンの足跡らしい。

「さっきゴブリンの武器について聞いていたのはなにか意味があるのか？」

俺が聞くと、カイムが頭をかきながら答えた。

「ああ、ゴブリンってのは集団の大きさによって使う武器が変わるんだ。小さければダンジョンと同じで木の棒とせいぜい石を投げてくるくらいだが、大きくなってくると刃物とか弓矢まで使いだす。ヤバくなると魔法も使うらしいが、さすがにそれは見たことがねえな」

「なるほど、使う武器は確かに重要な情報だな」

「だろ。まあ今回は足跡の数からいってもそんなデカい集団じゃないな。多くてせいぜい百匹くらいか。それより増えると村を襲いだすからな」

百匹というとそれは結構な数じゃないだろうか。だが考えてみると俺ですら二十匹くらいならなんとかできそうだ。Eランクの彼らなら問題ないのだろう。

「じゃあ今日はここで一泊だ。火をおこして飯食おうぜ」

カイムの指示で野営の準備が始まる。キャンプの知識が多少は役に立つと思ったが、現代日本のキャンプは道具に恵まれていることがよくわかっただけだった。


一応交代で見張りを立てつつ一泊して、翌朝日が昇ると同時に俺たちは森に入っていった。

先頭からリーダーのカイム、槍使いラナン、魔法使いメリベ、回復役ラベルト、そしてゲストの俺の並びだ。しんがりは結構危険なポジションだが、『気配感知』スキルがあるので背後から奇襲される可能性は低いだろう。

しかし百匹ほどの集団とはいえ、広い森の中でそれを見つけるのは容易ではないはずだ。

と思ったのだが、ゴブリンは集落までの順路に印をつける習性があって、それをたどれば簡単に見つかるらしい。ただその印とやらは木の幹に打撃痕《こん》がついているというもので、正直知らないと見分けはつかない。このあたりはやはり経験がものを言うということなのだろう。

三十分ほど進んだ時、『気配感知』にゴブリンの気配が引っかかった。数は八だ。

しかしどうもカイムは気付いていないらしい。どういうことだろうか？

「前にゴブリンがいるぞ」

と小声でしらせると、カイムが振り返る。

「あ、マジか？　おっさんわかんのか？」

「ああ、百メートト……いや、百リド先に八匹だな」

「ソウシさん『気配感知』が強いんですね」

メリベがちょっと驚いたような顔をする。ふむ、俺の『気配感知』は高性能なのか。

「まあいいや、俺とラナンでやる」

二人は先行して行き、俺たちは少し離れてついていく。

すぐにゴブリンが見えてきた。森の中で見ると緑の肌が保護色になるんだな。『視覚』スキルがなければ正確に見分けられなかったかもしれない。

「せやっ！」

カイムの掛け声でカイムとラナンがゴブリンたちの前に躍り出る。

まばたきする間もなく四匹の首が飛び、さらに四匹が心臓あたりを貫かれ地に倒れ伏す。

驚いた。剣さばきも槍さばきもほとんど見えなかった。これがEランクか。

ダンジョンと違い死体は消えないが、ゴブリンの死体を運ぶのはありえないので、魔石だけ短剣でえぐり出して持っていくようだ。

せっかくなので手伝いがてら取り出し方を教えてもらったが……やはりグロ耐性は今後必要だな。


そこからさらに四十分ほど進んだ時、カイムが「待て」と小さく叫んだ。

それぞれが木の陰に隠れて、カイムが指さした先、森の奥を見る。

そこには確かにゴブリンの集落らしきものがあった。木の枝を集めて造った家のようなものが十ほど木々の間に点在しており、その周辺に五十匹を超えるゴブリンが座っていたりうろついていたりする。

家の中にもかなりの数がいそうだが、ゴブリンの数が多すぎてそこまでは『気配感知』が働かない。

「予想通り百匹くらいの集落だな。いつもの通りメリベの魔法で一発やって、奴らが慌てたところに突っ込む。魔法をかましたあとはメリベとラベルトはここで待機、メリベは行けるようならもう一発だ。おっさんは……突っ込めるか？」

「いける」

「じゃあ俺とラナンの後についてきてくれ。よし、始めるぞ」

カイムが指示するとメリベが杖を構えて精神統一のようなものを始めた。魔法の準備だろうか。

この世界に来て初めて魔法を見られることに心が躍るのを抑えられない。

十秒ほど見ていると、メリベが構える杖の頭の部分が淡く発光し始めた。

「いきますっ」

メリベが木陰から身体《からだ》を出し、杖をゴブリンの集落の方に向ける。

杖の頭の光が消えたかと思うと、その周辺にいきなり拳大の石がいくつも出現した。

出現したかと思うとその石は凄《すさ》まじいスピードで一直線に飛んでいき、複数のゴブリンとゴブリンの家に直撃した。

石が直撃したゴブリンは身体の一部が吹き飛んでいるので相当な威力のようだ。

家も一発でバラバラに飛び散り、中にいたゴブリンも数匹が血まみれになって倒れている。

「よしっ、突っ込むぞっ！」

カイムとラナンが、騒ぎ始めた集落へ迷いなく突っ込んでいく。

俺も一瞬だけ躊躇《ちゆうちよ》したが彼らの跡を追った。『冷静』スキルがあって助かった。なかったらいきなりの戦場の雰囲気に呑《の》まれて動けなかったかもしれない。

カイムとラナンは手あたり次第ゴブリンを斬り捨て、貫いて回っている。ゴブリンも木の棒で反撃を試みるが、振るう間もなく倒されていく。

カイムが中央、ラナンが右に行ったので、俺は左に向かった。前方にはゴブリンの家が二軒、そしてゴブリンが十匹ほど。

俺が突っ込もうとすると、俺の腹に衝撃が来た。石だ。フィールドのゴブリンは投石をしてくるのを忘れていた。投石は実は極めて殺傷力の高い攻撃なのだが、体格的にゴブリンが投げられる石はそれほど大きくはない。ここで止まるのは悪手だと『冷静』『思考加速』スキルが判断する。俺はバックラーで頭部を守りながらゴブリンの群に突っ込んでいった。

何発か石が当たったが、身体が興奮状態にあるため痛みは感じない。俺は手近なゴブリンめがけてメイスを横殴りに振り切った。三匹のゴブリンが血や肉やその他もろもろを飛び散らせて吹き飛んでいく。

後は力押しだ。メイスやバックラーを振り回し、目の前のゴブリンを薙《な》ぎ倒していく。

表にいたゴブリンを一掃すると、家の中からもさらに五匹ずつが現れた。俺はためらわずに走っていき次々と殴り飛ばしていく。

ついでに家も破壊して、中に残っているか確認する。よし、こっちはこれで片付いたな。いったん頭をクールダウンする。石が当たったところが多少痛いがただの打撲だろう。

周囲を見回すと、カイムが向かった方ではまだゴブリンの叫び声が聞こえてくる。

俺は『気配感知』を働かせながらそちらへ向かう。

「ちいっ、ラナンこっち来てくれ！　キングのなりそこないがいやがる！」

カイムの叫び声が聞こえた。結構切迫した調子だ。『キングのなりそこない』……要するにボス敵がいたということだろう。

小走りに向かうと、カイムが複数のゴブリンに押されて下がりながら戦っていた。

一匹のゴブリンが明らかにデカい。身の丈がカイムと同じくらいで、全身の筋肉もかなり発達している。大きな棍棒《こんぼう》をガンガンとカイムの盾に叩《たた》きつけ、カイムの反撃を許さない。

ラナンは……かなり遠くまで行ってしまったようだ。こちらへ向かってはいるが、さすがにそれを待っているとカイムがヤバそうだ。

俺はデカいゴブリンの背後に回り込んだ。俺に気付かずカイムを夢中で攻撃している。

メイスを振りかぶり、そいつの後頭部に思い切り叩きつける。

グシャ。

普通のゴブリンとは比べ物にならない手ごたえがあり、頭を砕かれたそいつは前のめりに倒れた。

「うおっ!?　おっさんか！　ナイスだぜっ！」

形勢逆転、カイムは一瞬で残りのゴブリンを片付けた。

そこにラナンとメリベ、ラベルトが集まってくる。

ラベルトのメイスにも血のりがついている。何匹かがメリベたちの方にも向かったのだろう。

『気配感知』に他の気配は引っかからない。どうやら集落は全滅させられたようだ。

「カイム、大丈夫？」

メリベが心配そうに声をかけると、カイムは頭をかきながら「おう」と答えた。

「おっさんがいいところに出てきてくれて助かった。『なりそこない』がいるってのは予想外だったわ」

「そうだな。この規模で『なりそこない』がいるのはありえない。ギルドにも報告した方がいいな」

ラナンがうなずく。

「しかしおっさんやるな。不意打ちとはいえ『なりそこない』を一撃ってのはかなりスキル鍛えてんだろ。力だけならFランクになりたてって感じじゃねえな」

「そうっす。っていうか見た目に反して戦い方が完全バーサーカーだったっす。オレの好きな戦い方っす」

ラベルトがちょっと興奮したようにまくし立てる。しかしバーサーカーって……言われてみればそうかもしれない。反省だな。

「俺が倒せたのはカイムが引き付けていたからだ。パーティで戦う意味がよくわかったよ」

「まあな、一人じゃ限度があるからな。なんにしても今回のお手柄はおっさんだ。さて、これからが一仕事だ。魔石の回収といくか」

「地上じゃそれがあるから討伐はやりたくないんすよね……」

ラベルトがうなだれる。確かにこれならダンジョンで戦っていた方がはるかに楽だな。討伐任務は冒険者の華らしいが……そういう言葉は大体がなにかを誤魔化《ごまか》すためにつけられるものである。

百近い魔石を回収し、俺たちはそのまま森を後にして途中の村に向かった。

ゴブリンの死骸《しがい》はそのままでいいのかと思ったが、人里離れた森の中では基本そのまま放置でいいらしい。

村長に話をすると感謝され一泊していくように言われたが、例の『なりそこない』の件があるのでそのままトルソンの町に帰ることにした。いつも思うが、『覚醒《かくせい》』した冒険者の体力は恐ろしいほどである。

トルソンの町に着いたのは夕方だった。俺たちはそのままギルドへ直行した。

カウンターに立つキサラが、俺たちの顔を見て微笑《ほほえ》む。

「お疲れ様です。ゴブリンの討伐任務、達成されたんですね」

「おう、ばっちりだ。魔石がこれだ、確認してくれよ」

「はい、承りました。少々お待ちください」

キサラは他の職員を応援に呼んで魔石の確認を始めた。すぐに一際大きなピンポン玉大の魔石が混じっていることに気付いたようだ。

「すみません、カイムさん、これって……」

「なにに見えるよ？」

「この大きさですとゴブリンの上位種……キングにはちょっと足りないですけど、ジェネラルよりは大きいですよね」

「そうだぜ。そいつは『キングのなりそこない』の魔石だ。ゴブリンの集落に『なりそこない』がいやがったんだ」

「えっ⁉」

キサラが目を見開いて口を押さえる。周りの職員も似たような反応だ。『なりそこない』が出るというのはそこまで危険なことなのだろうか。

職員の反応が気になったのか、後ろにいた冒険者の一人がこちらに近づいてきた。三十前くらいの、ベテランの雰囲気を漂わせた男だ。恐らくDランクの冒険者だろう。

「おいカイム、それは本当か？」

その男は魔石をちらりと見て、眉《まゆ》をピクリと動かした。

「……その魔石、確かに間違いないな。面倒なことにならなきゃいいが」

「とにかく『銀輪』の皆さん……とオクノさんには詳しくお話を聞かせていただきますね。奥の部屋にどうぞ」

キサラがパタパタと動いて、俺たちを奥の部屋に案内する。

先ほどのベテランは自分のパーティの方に戻っていく。なにか相談を始めたようだが、もしかしたらDランクが動く案件になるということだろうか。


奥の部屋というのは会議室のような雰囲気の部屋だった。

大きめのテーブルがあり、その周りに椅子が十脚ほど並んでいる。

俺たちが椅子に座って待っていると、部屋の扉が開いてキサラともう一人、四十がらみの男性職員が入ってきた。服装に少し高級感があるので上司ということだろう。その男は反対側の椅子に座ると口を開いた。

「引き止めて悪いな。さすがにこの件は話を聞かんわけにもいかなくてな」

「ああギルマス、構わないぜ。大変な話だってのはわかるからよ」

「ギルマス」というのはギルドマスター、すなわちトルソンの町の冒険者ギルドのトップということか。新人の俺がいきなりそんな人間と面識を持つことになるとは思わなかったな。

「じゃ、ちょっと話を聞かせてくれ」

カイムが中心となって、今回の一部始終をギルドマスターに報告する。

足りないところはメリベが補足し、俺が聞く限りでは漏れのないレベルで話ができていたと思う。

一通りの話を聞くと、ギルドマスターは俺の方を見た。

「ふむ、ところで『なりそこない』を倒したのは君だそうだが……初めて見る顔だね」

「はい、先日冒険者になったばかりの者です。ソウシ・オクノと申します」

「その歳《とし》で『覚醒』したのか、そういえばそんな冒険者が来たとキサラが言っていたな。今回はいきなり難儀だったな。Fランクで『なりそこない』を殴り倒すのはなかなかに見どころがあるが……頑張ってくれ」

なんか奥歯に物がはさまった感じの対応をされるが、これは仕方ない。この年齢で新人とか自分でもどうかと思うからな。

「報告感謝する。この件は上にあげて、他の情報と突き合わせて対応が検討されるだろう。君たちは今後も普段通りに活動していてくれ」

「おう、わかったぜ。ポイントは色をつけてくれよ」

「むろん勘案させてもらおう。オクノ君もな」

そう言って、ギルドマスターは去っていった。

程なくして解放され、俺たちはそれぞれ自分の取り分の報酬を受け取って、宿へと帰った。


宿に戻った俺たちは打ち上げということでちょっとした宴会をやり、その後各自の部屋に戻った。

宴会中に『銀輪』のメンバーに聞いたのだが、どうやらゴブリンの『キング』というのは特別な存在で、その個体がいるだけでゴブリンが爆発的に増殖するらしい。

ゴブリンは単体では本当に弱いが、集団で数を増していくと上位種が複数現れ、その数とともに脅威度が跳ね上がっていくそうだ。それを考えると『キング』は非常に危険な存在と言える。

今回はその『なりそこない』を事前に討伐できたのだからいいことのように思えるが、実はそうではないらしい。実は『キング』というのは複数の『なりそこない』から一匹が選ばれる形で出現するそうで……つまりあの森の付近には他にも『なりそこない』がいて、その中から『キング』が生まれる可能性があるということになる。

もし『キング』が知らないうちに生まれたら大きな被害が出るということで、恐らく今回の件はここ一帯を治める領主に知らされ、なんらかの対策が取られるだろうということであった。

「俺、冒険者になってまだ一週間なんだがな」

ベッドの上で少し愚痴がでる。ゆっくりレベル上げをしたいのだが、どうも状況がそれを許してくれない方向にしか動かない。

こうなったら仕方ない、今以上のハードトレーニングだ。とりあえずゴブリン関係で動きがある前に、大岩ダンジョンのボスを倒して特殊スキルを手に入れよう。Ｅランク昇格の条件の一つがそれらしいし、もし魔法系のスキルが手に入ればメリベのように魔導師になるのも悪くない。

さすがにこの歳でバーサーカーをやるよりは見栄えがいいだろうしな。


翌朝も早朝トレーニングを行ってから、大岩ダンジョンへと向かった。

一泊で討伐任務に行ったにもかかわらず身体《からだ》は絶好調である。この身体が前世日本でも欲しかったとちょっとだけ思ってしまう。

レベルが上がったこともあり、ダンジョン地下三階は完全にノーダメージで行けるようになった。格闘にも慣れておきたいと思い、ゴブリンは素手（というか籠手《こて》）で殴って倒した。

地下四階は『ボアウルフ』が出るようになるとのこと。今の俺なら大丈夫だろうと判断し、四階へ下りる。

地下四階も同じ岩をくりぬいた感じのダンジョンである。ここからゴブリンは出なくなる。ロックリザードを叩き潰《つぶ》しながら進むと、『気配感知』に大きめの気配が引っかかった。

ボアウルフだ。目が合うとそいつは猛然とダッシュしてきた。コイツの突進は基本的には正面から受け止めるしかない。俺はメイスを両手で握り、突っ込んできたボアウルフの頭めがけて振り下ろす。

完璧《かんぺき》なカウンターでメイスが脳天にめり込み、ボアウルフの顎《あご》が地面に叩きつけられる。さすがに勢いは殺しきれずその身体を受け止める形にはなったが、ノーダメージで倒すことができた。

落ちたのは魔石とひと固まりの肉である。俺がいつも食っている肉串《にくぐし》がこれらしい。両方回収して俺は先へと進んだ。

「あれ？　アンタ一人でここまで下りてきてんの？」

途中でまだ面識のないパーティと出会った。十代後半と見える少年少女三人のパーティである。話しかけてきたのはリーダーと思われるやせ気味の少年だ。

「ああ、一人でもなんとかなるもんだよ」

「いや、さすがにボアウルフは無理だろ」

「そうでもない。先手を取れればなんとかなる」

俺の言葉が自信ありそうに聞こえたのか、少年は肩をすくめて「イカれてるぜ」と言った。

「まあいいや、オレたちには関係ねえしな。じゃあな」

そう言い捨てて、彼らは奥へと進んでいった。

ふむ、しかしイカれてると言われるほどのことはないと思うのだが。スキルとレベルを上げて、相応の経験を積めば一人でも倒せるレベルだろう。受付嬢のキサラもロックリザードについては「Eランクなら」と言っていたし、ランクが高ければボアウルフを一人で倒してもおかしくないはずだ。

……ということは、俺はすでにEランク以上の力があるってことか？

いや、甘い予測はしない方がいいな。だいたい別に特別なことをしているわけでもない。自分だけが他人より強くなるということはないだろう。

その後、地下四階をうろついてみたが、ボアウルフが出てきたのは結局合わせて二回だった。やはり出現率はそこまで高くないらしい。五階まで行ってみようかと思ったが、五階に下りるならそのままボスと戦いたい。今日のところはこれで切り上げて残りはトレーニングの時間にするか。

「はぁ？　一人でボスと戦うって、おっさん正気かよ」

その夜食事の時にカイムにボスの情報を聞こうとしたらやはり驚かれてしまった。

「なんでそんな急いでんだよ。おっさんなんだからゆっくりやってりゃいいだろ。せめてパーティ組んでからにしろよ」

「そうっす。ソウシさんは強いとは思うっすが、さすがにボスは一人だとキツいっすよ」

ラベルトも心配そうな顔をする。メリベとラナンの女性二人もその言葉にうなずいている。

「もちろんいけそうだからやるんだ。特殊スキルも手に入れておきたいしな」

「まあそれはわかるっすけど……」

「おっさんはあれか、世界最強とか目指してんのか？」

カイムがなにか痛いものを見るような目で俺を見てくる。若者にそういう扱いをされるとさすがにキツいな。

「そんなんじゃないさ。だけど強くなっておくにこしたことはないだろう？」

「まあそりゃそうだけどな。この町はのんびりしてっけど、デカい町に行くと低いランクの冒険者は馬鹿にされるしな」

ああ、やはりそういうこともあるんだな。ならばなおさらランクは上げておきたい。

「ま、酒おごってくれんなら教えてはやるよ。ったくしょうがねえおっさんだぜ」

「いつも悪いな。よろしく頼む」

俺は礼を言いつつ、女将《おかみ》さんに酒を注文した。


翌日大枚をはたいて上位のポーションも買い足し、メイスの状態を武器屋の親父《おやじ》に見てもらって、俺は大岩ダンジョンに向かった。

ちなみに武器屋でダークメタル棒を買い足したいと言ったら仕入れが必要とのことであった。二本仕入れてくれるように頼んだら武器屋の親父に変な顔をされたのは言うまでもない。

もはやゴブリンもロックリザードもボアウルフも敵ではない。一撃で殴り倒し素材を回収しまくって地下五階まで進んだ。

背負い袋をパンパンにしながらたどりついた地下五階は壁の色が茶色から灰色っぽくなっており、いかにも最下層という雰囲気であった。出てくるザコモンスターは四階とほぼ同じ、今日はダンジョンに一番乗りなので先行するパーティはいない。

しばらく地図通りに進むと、石でできた扉が見えてきた。縦横三メートルくらいの、両開きの扉だ。

ダンジョンで見る初めての人工物だが、こんな石の扉、作ろうとしたら相当コストがかかるだろう。ダンジョンの不思議ギミックの一つということか。

「さて、ポーションよし、防具の固定よし、メイスも問題なし。よし、いくか」

口に出して確認をして、石の扉を押して開ける。

中は石造りの四角い部屋だった。部屋と言うより倉庫と言った方が近いか。床面積はバスケットボールのコートくらいある。

俺の背後で扉が閉まると同時に、部屋の向こうに黒い靄《もや》が発生、その靄の中からモンスターが現れた。ガイドにあった通り、またカイムに聞いた通り、一回り大きなボアウルフだ。『ベアウルフ』と言うらしい。

「実際よりデカく見えるからビビんなよ」と言われたが、確かにデカく見える。前足周りの筋肉も異常に発達していて迫力も桁違《けたちが》いだ。

しかも牙《きば》だけでなく、頭部には巨大な二本のツノまで……ん？　ツノ？

ここのボスにツノがあるなんて聞いてないな。なにしろ名前からして『熊《ベア》』であるし……。

「まさか特殊なボスとかないよな。ボスの上位種とか……勘弁してくれよ」

ツノがあるとなればさすがにカイムも真っ先にそれを注意するだろう。それを言わなかったとなるとコイツは特別なボスと考えた方がよさそうだ。結果これが普通だったとしても笑い話で済むだけだしな。

俺は頭を切り替える。相手のベースがボアウルフである限り基本的な戦い方が変わるわけではない。

どちらにしろあのツノ付きの突進をまともに受けたらそれで終わりである。ザコのボアウルフならギリギリ耐えられるが、今目の前にいる『ボスウルフ（仮）』はどう見ても体重が二百キロ以上はある。体重差は三倍だ。

バフッ！

ボスウルフは鼻息を一つ漏らして突進を開始した。頭を低めに構えているのはツノで突き上げるつもりだろう。

その体当たりを受ける寸前、俺は横に飛びのいた。

もちろん普通に横に跳んだくらいなら余裕で反応されてしまっただろう。しかし『覚醒《かくせい》』により高まった身体能力と『瞬発力』や『筋力』スキルの力によって、今の俺は一瞬で五メートルほどを跳べる。

相手を見失ったボスウルフはたたらを踏んで急停止、振り返って俺を探す。

俺が待っていたのはその隙だ。一気に距離を詰め、振り向こうとするボスウルフにメイスを叩《たた》き込む。

狙いは……足だ。

俺は身体を低くして、突っ込みながらメイスを横薙《よこな》ぎに振り切った。

ブオオォッ！

左前脚を粉砕され、悲鳴を上げるボスウルフ。しかしそこで止まらないのがボスたるゆえんか。体勢を崩す前に後ろ足で地を蹴《け》って無理やりタックルを仕掛けてきた。

攻撃直後の隙を狙われ、俺はそのタックルをもろに食らってしまった。幸いツノは防具が防いでくれたが、激しく吹き飛ばされ地面に叩きつけられる。

一瞬息が詰まる。だが頭は冷静に体勢を立て直せと警告を出す。

俺は飛びのくようにして立ち上がる。ボスウルフは三本足になりながらも、執念の塊のように俺に迫ってくる。

俺はメイスを両手で握り直し、眼前に迫ったボスウルフの眉間《みけん》めがけて振り下ろす。

渾身《こんしん》の一撃は、見事にボスウルフの頭蓋《ずがい》を砕いた。両手に凄《すさ》まじい手ごたえが返ってくる。

それでもまだ暴れるボスウルフ。激しく頭を振り回し、ツノで俺の身体を貫こうとする。

足を止めての殴り合いか、受けて立つしかなさそうだ――

そう思った時、全身が妙にいきり立つ感じがした。目の前が赤くなり、意識が攻撃だけに集中する。

「倒れろ……クソがぁっ！」

自然となにかを叫んでいた。何度もメイスを振り下ろす。

ボスウルフのツノが俺の防具をへこませ、腕や足を切り裂く。

俺のメイスはボスウルフの横っ面を何度も吹き飛ばし、ムカつくツノを叩き折る。

ブモォ……オオォォォ……！

どのくらい殴り合っただろうか。断末魔の叫びとともにボスウルフの身体はズシンと地面に横倒しになった。

しばらくすると死骸《しがい》はダンジョンの床に吸い込まれ、後には野球ボール大の魔石と立派なツノが残された。

「はぁ……ふぅ、やった……んだよな」

頭が冷えていく。おかしいな、ずっと冷静だったはずなのだが、途中から意識が飛んでいたような気がする。

いや、かすかに憶《おぼ》えている。無我夢中で攻撃していた記憶。どうも興奮して我を忘れていたようだ。代わりに力がみなぎっていた感じもある。まさかこれもスキルなのか？

「あつつ、ポーションを使わないと……」

吹き飛ばされたダメージで全身が痛むが、骨には異常はないようだ。しかし身体《からだ》のあちこちに傷がある。ツノで引き裂かれたのだろう。

ポーションを使って回復しようとした時、急に身体が軽くなったような気がした。今までにない感覚だ。

「ああ、これがカイムの言っていたやつか」

どうやらこれが特殊スキル取得の感覚らしい。さて、どんなスキルを得られたのか。このワクワク感はまるでくじ引きだな。しばらくじっとしていると、脳内にスキルの知識がじんわりと流れ込んできた。

「『再生』……傷とかの治りが早くなるやつか？」

ふと腕の傷を見ると、ポーションを使った時のように治っていくところだった。その速度はさすがにポーションを使った時よりは遅いが、それでも普通の現象ではない。

「お、全部治ったか。これかなりいいスキルなんじゃないか」

五分ほどかかったが、手足の傷はすべて消えてしまった。マンガとかでこういう能力を持ったキャラクターはよく見た気がするが、まさか自分がそうなるとは。

ともかくも生存性《サバイバビリティ》を高めてくれるスキルは極めて重要だろう。特殊スキルに外れはないらしいが、最初にいいのを引いた気がするな。

俺は魔石と二本のツノを回収して、そのままダンジョンを後にした。

もちろんボスを攻略したからといって、いつものトレーニングを欠かすことはしない。気分がいい時こそ苦しい作業ははかどるものなのである。


「え⁉　は⁉　オクノさん一人でボスを倒したんですか⁉」

素材の買取りを頼むと受付嬢のキサラが素《す》っ頓狂《とんきょう》な声を上げたので、俺はついビクッとなってしまった。

「そうですが、なにかマズかったでしょうか？」

「あっ、すみません。マズいというわけではないのですが、一人でボスに挑む人はほとんどいないので」

「そうなんですか？」

「ええまあ、Ｆランクでやる人はほとんどいませんね。いても帰ってこないですし……」

「ああ……」

「でもそういうことならおめでとうございます。これでEランクにぐっと近づきましたね」

「確かボスの討伐がEランク昇格の条件の一つでしたね。やはり一番の壁なんでしょうか？」

「そうですね。といってもFクラスダンジョンのボスはパーティを組んでいればそこまではありませんけど、高クラスダンジョンだとやはり大変みたいです」

「この町にはDクラスダンジョンもありますけど、やっぱり難しいんですね」

「そうですね。最近はほとんどいませんが、昔はパーティで挑んで一人も帰ってこないということもあったそうですから」

「怖いですね」

　このギルドにあるガイドは結構内容が充実していてボスの情報もそこそこ載っているのだが、このガイド自体最近作ったものらしい。ギルドの上の方に有能な人がいて、その人の号令一下で作ることが決まったとか。俺みたいな新人にとってはありがたい話である。

「あれ？　オクノさん、この素材はボスのものですか？」

　キサラが手にしているのは立派な二本のツノである。

「ええ。ツノが生えたボスでしたね。ガイドには載ってなかったので驚きました」

「えっ？　それってもしかしてレアボスじゃありませんか？」

「いやわかりませんが……。レアボスっていうのはごく稀《まれ》に出現するボスとかそんな感じですか？」

「そうです。あのダンジョンでレアボスが出たのは初めてですよ。だとすると詳しい話を聞かせていただかないとなりません。お願いできますか？」

なんと、やはりあのボスはレアものだったのか。しかも初めてって……そんなクジ運良かったか俺。いや、むしろ難易度が上がったとするならば運が悪いのかもしれないな。そっちなら納得できる。

「わかりました。もちろんお話ししますよ、ガイドには助けられていますしね」

ということで、俺は再び奥の部屋に案内された。ちなみにツノは本部に照会するとかで、買取りはしばらく待つことになってしまった。

なお俺が得た『再生』という特殊スキルは結構なレアスキルらしい。レアボスからレアスキルが得られるというのはわかりやすい話である。

そうするとやはりラッキーだったのか。幸先がいいということならいいのだが。

宿のベッドの上で情報の整理をする。現状のスキルは恐らく以下のような感じのはずだ。

名前　ソウシ・オクノ　　Fランク　　冒険者レベル6

武器系

メイス　Lv.8　　短剣　Lv.4　　格闘　Lv.4

防具系

バックラー　Lv.7

身体能力系

体力　Lv.8　筋力　Lv.9　走力　Lv.8　瞬発力　Lv.9　反射神経　Lv.7
感覚系
視覚　Lv.6　聴覚　Lv.5　嗅覚《きゅうかく》　Lv.3　触覚　Lv.3　動体視力　Lv.7
気配感知　Lv.6
精神系
冷静　Lv.5　思考加速　Lv.4　興奮　Lv.1（new）
特殊
再生　Lv.1（new）

ボス戦の時に急に身体能力が上がったのはやはりスキルだろう。興奮状態で暴れるというのは少し恐ろしい気もするが、『興奮Lv.1』というスキルだと仮定しておこう。ゲーム的には『バーサーカー』とかの方がしっくりくる気もするが、その名をつけるのには少し抵抗がある。

ボスを倒して得た特殊スキル『再生』の有用性は言うまでもないが、考えたらこのスキルがあるとポーションの使用量が減るので、お財布にも優しい優秀なスキルである。

さて問題は今後の予定だ。大岩ダンジョンのボスも倒したし次はもう一つのFクラスダンジョンに向かうのが定石だろう。特殊スキルは一ダンジョンにつき一つしか取得できない。強くなりたいならなるべく多くのダンジョンを回る必要がある。

ちなみに当たり前の話だが、低いクラスのダンジョンで得られるのはレア度の低いスキルになる。

俺が運よく得られた『再生』は普通ならDクラス以上のダンジョンでないと出ないもので、しかも取得率も低いらしい。

ともかくも、もう一つのFクラスダンジョンの情報はガイドで取得済みだ。カイムにも話を聞く予定だが、今日は彼らと飯の時間が合わなかった。

まあ明日行ったとして、いきなりボス部屋に行くつもりはない。

そうそう、今回のボス戦で服がボロボロになってしまった。前世からの持ち越しのシャツもついに手離す時が来たようだ。そうなると完全に俺はこの世界の住人になってしまう気がするな。それはそれでいいことかもしれない。

そんなことを考えていると、意識はいつの間にか遠のいていた。


もう一つのFクラスダンジョンは、町からちょっと離れた森の中にあった。

木に刻まれた目印に沿って進むと、複数の樹木がより合わさったような巨木があり、その幹に大きな洞《うろ》が開いている。不思議な光景だが、ダンジョンの入り口とはどこもそういうものであるらしい。

こちらにもいくつかのパーティが来ているはずだが、すでに先行組の姿はない。俺は装備の確認をして、そのままダンジョンに入った。

ダンジョンの壁は、大岩ダンジョンのそれと違って樹皮のような質感だ。場所によってテクスチャが変わるのは面白い。

地図に沿って順路を進むと、『気配感知』に反応。ブーンというデカい羽音がするのでこのダンジョンのザコモンスターの一つ『キラービー』だろう。

現れたのはカラスくらいの大きさの大きな蜂だ。尻《しり》の先には「返し」のついた、見るからに刺されたら痛そうな針が光っている。

そいつは俺を確認すると少しだけ左右に揺れた後、一直線にこちらに向かってきた。もちろんその針で獲物を刺そうというのだろう。

グシャ！

しかし俺の『動体視力』『反射神経』『瞬発力』スキルは余裕でその動きに対応する。カウンター気味にメイスを叩《たた》き込まれ、キラービーはバラバラになって吹き飛んだ。

「動きは速いが所詮《しょせん》Ｆクラスか」

落ちたのは魔石と、膨らんだ水風船みたいな物体だ。持ち上げると中に液体が入っている。なんとそれはハチミツなのだそうだ。この世界、実は甘味は結構発達しているらしい。

そのハチミツ入り水風船を専用の袋に入れ、俺はダンジョンの奥へと歩を進めた。

結局今日は地上四階まで進んで引き返した（大木ダンジョンは上るタイプだった）。

ザコモンスターは、キラービー以外に『キラーマンティス』というデカいカマキリが出現した。

こちらは素早いカマの攻撃が嫌らしく多少手こずったが、攻撃してくる時にカマをカウンターで折ってしまえば楽勝だと気付くとやはりザコと化した。

なんにせよ同じFクラスでも大木ダンジョンは大岩ダンジョンよりは多少難度が高いようだ。

『反射神経』などのスキルが育っていないと苦戦はするだろう。

「オクノさん、今日から森のダンジョンなんですね」

ギルドで買取りを頼むと、テーブルに並べたハチミツ袋を見てキサラが確認をしてきた。

「ええ、早めに多くの特殊スキルを得ておきたいですからね」

「それはわかりますけど、次に行くのが早すぎですよ。それにずっと休んでないんじゃありませんか？」

「ああ、それは確かにそうなんですけど……」

カイムたちの様子を見ていると一日ダンジョンに入って二日休み、みたいな感じで活動しているようだ。

命がけの肉体労働なのでそれが当たり前なのだろうが、俺としては正直他にやることもないし、強くなるのが加齢対策なこともあってついダンジョンに行ってしまう。

それでもなぜ自分に命がけの戦いに対する忌避感がないのかよくわからないが……。

「でもそれだけ力を求めているなら、森のダンジョンを攻略したら別の町に行っちゃうんですよね。少し残念です」

「ありがとうございます。まあまだ先の話ですけどね。それにDランクになったらまた戻ってくるでしょうし」

「あっ、そうですね。でもそのためにもまずEランクに上がらないといけませんね。実はもう少しで上がりますから頑張ってください」

む、そう言われると明日にでもボス退治に行きたくなるな。まさかキサラも励ましが煽《あお》る結果になるとは思わないだろうな。


翌日も大木ダンジョンに潜った。

四階まで上ると、昨日はお目にかからなかったザコモンスター『キラーワーム』に遭遇した。

全長三メートル、太さが二十センチほどのミミズ型モンスターである。その先端には歯が円周に並んだ口が開いていて、人によっては見た目だけで卒倒するようなグロさである。

そいつはゆっくりにじり寄ってきたかと思うと、一瞬身を半分くらいまで縮め、そして一気に伸ばす形で飛び掛かってきた。

もちろんその程度の動きは俺の『動体視力』『反射神経』スキルによって余裕で対応できる。

咄嗟《とっさ》に身をかわしながら体勢を立て直し、胴体の真ん中あたりをメイスで叩き潰《つぶ》す。

ギュウゥッ！

キラーワームが鳴き声を上げる。その頭部が俺の方を向き直る前に口ごとメイスで叩き潰すと、キラーワームは力を失いダンジョンの床に吸い込まれていった。

俺は残った魔石と拳《こぶし》大の金属の塊を回収した。なぜミミズから金属がドロップするのだろうか？

などと考えてもきっと答えは出ないのだろう。

五階に上るとキラーワームが二匹同時に出るようになったが、上手《うま》く立ち回って一対一になるようにすれば問題はない。死角に回り込んで胴体を潰せば露骨に弱体化するのでパーティなら楽勝なモンスターだろう。

さて、そんなこんなで木製の大きな扉の前までやってきた。言うまでもなくその先はボス部屋である。

「まさかまたレアボスとか……」

「ないよな」と言いかけて、妙なフラグが立ちそうなのでやめた。さすがにそこまでの運の良さ（悪さ）はないだろうと思うが、戦いにゲン担《かつ》ぎは大切である。

装備を確認し、扉を開く。中は大岩ダンジョンのそれと同じで、バスケットコートほどの広さのボス部屋だ。

背後で扉が閉まり、奥で黒い靄《もや》が湧き起こる。ここまでは前と同じだが……靄の量が多くないか？

前回の倍はある靄の中から現れたのは、胴体だけで中型犬ほどの大きさがあるキラービー、通称『キラービーソルジャー』だ。もちろんレアボスではなく通常のボスなのだが……。

「なんで二匹いるんだよ」

そう、現れたのは二匹のキラービーソルジャーだった。

そんな話は聞いてないのだが、ということはもしかしたらこれも初だったりするのだろうか。

「とにかくやるしかないか」

俺は背負い袋を下ろし、メイスとバックラーを構えた。

数は倍になったが、ボス自体はノーマルだ。攻撃方法は情報の通りだろう。

俺がじりじりと距離を詰めると、二匹のキラービーソルジャーは左右に分かれ、それぞれが俺から距離を取った。

そして両方ともに尻を大きく上に反らすと、勢いよく振り下ろす。

ヒュンッ！

風切り音とともに尻についていた毒針が俺の方に飛んでくる。初見殺しの飛び道具である。

俺は横っ飛びにかわし、すぐに一匹のキラービーソルジャーに肉薄する。連射ができないというのはわかっている。

しかし回避に専念するキラービーソルジャーをとらえるのは難しい。メイスが何度も空を切り、その間にキラービーソルジャーの尻に毒針が再装填《そうてん》される。

二発目の毒針攻撃。これも難なくかわす。発射時の動作が大きいので、タイミングがわかってしまえば正直大した脅威でもない。ただこちらの攻撃も当たらないのだが。

毒針をかわす。メイスが空を切る。毒針をかわす。メイスが空を切る。
七、八回繰り返しただろうか。ダメだなこれは、無限ループになってしまう。
「普通のキラービーのように直接攻撃しにくればカウンターを取れるんだがな」

そう愚痴った時閃《ひらめ》いた。向こうが来ないなら、こちらから無理やりカウンターを取りに行けばいい。

見るとちょうど毒針の再装填を完了したところだった。距離を取ってまた撃ってくるはずだ。

俺は一匹に狙いを定めゆっくりと距離を詰めた。

キラービーソルジャーが尻を上げる。ここだ。

俺は猛然とダッシュした。針を撃ちだす瞬間無防備になる。そこを狙いにいったのだ。

キラービーソルジャーが尻を振る。針が飛ぶ。俺のバックラーがそれを弾《はじ》く。そして俺のメイスが……空を切った。

「うぐっ！」

俺のふとももに針が刺さっていた。そのせいで一瞬踏み込みが鈍ったのだ。

もう一匹のキラービーソルジャーが俺の動きを読んだというのか。そうでなければ当たるはずがない。

俺は鉛筆ほどの太さの針を無理やり引き抜いた。ふとももから痛みがせり上がってくる。これが毒か。

俺は腰に下げていたポーチをまさぐった。むろん解毒ポーションは用意してある。

しかしその時二匹のキラービーソルジャーが急接近してきた。カチカチという耳障りな音は、巨大な顎《あご》から発せられている。

――勝機と見て噛《か》みつきにきやがったか。ムカつく奴らだ。

目の前が赤くなる。血か？　いや違う。これは……『興奮』スキル？

「おおおッ！」

俺は叫びながら、一匹のキラービーソルジャーにメイスを振り下ろした。

そいつの頭が爆発したように四散する。

その隙にもう一匹が俺の右腕に噛みついた。凄《すさ》まじい咬合力《こうごうりょく》だ。肉どころか骨まで砕かれるレベル。

「潰れろ虫がッ！」

俺はその腕を引き抜こうとせず、逆に無理やり押し付けた。そのままキラービーソルジャーを床に叩きつける。何度も何度も、そいつの頭がひしゃげて潰れるまで。

気が付くと二匹のキラービーソルジャーはダンジョンの床に消え、それぞれ魔石と高級ハチミツ入りの袋だけが残されていた。

「はぁ、ふうぅ……すごいな『興奮』スキル」

普段の俺なら絶対言わないような言葉を口走っていたようだが……興奮していたならしょうがない。

俺は全身にけだるさと悪寒を感じ、慌てて解毒ポーションをあおった。腕とふとももの傷はすでに再生を始めている。

「さて、イレギュラーだったんだからいいスキルがもらえるんだろうな」

しばらく立ったままでいると、脳内に知識が入り込んでくる感覚。

「ええと……これは『安定』スキル、か」

レア度はそこまで高くないが気になっていたスキルだ。物理法則を無視して足場を安定させるスキルらしい。

しかし苦労した割には普通の感じなのか……と思っていたら、再度脳内に知識が滑り込んでくる。

「『鋼体』スキル……まさか一気に二つ特殊スキルが手に入るとは、これはラッキーだな」

『鋼体』は言葉の通り身体《からだ》が鋼のように強靭《きょうじん》になるスキルだ。防御力アップと言えばわかりやすいだろう。こちらもレア度はそこそこだが、『再生』とともに生存性を高めてくれるのはありがたい。

俺は素材を回収すると、意気揚々と大木ダンジョンを後にした。

もちろん残った時間で気分よくトレーニングをしたのは言うまでもない。

名前　ソウシ・オクノ　　Fランク　　冒険者レベル7
〈新たに獲得したスキル〉
武器系
格闘　Lv.5
精神系
興奮　Lv.2
特殊
再生　Lv.1　　安定　Lv.1　　鋼体　Lv.1

3章　昇格と大討伐任務

「ええと、オクノさん、Eランク昇格です。当ギルド最速での昇格おめでとうございます」

「はい？　まだFランクになって二週間しか経《た》ってませんけど」

大木ダンジョンでのボス二匹の件を報告し、また初のケースだと言われて事情聴取を受けたその翌日。

日課のダンジョン参りとトレーニングを終えた俺に、受付嬢のキサラが昇格の通告をしてきた。

「ダンジョンでの素材の回収数、ダンジョン外でのボアウルフ討伐、討伐依頼での上位ゴブリン討伐、レアボス討伐、二匹のボス討伐、十分すぎるポイントです。カードをこちらへ」

「あ、はい」

なるほどやってきたことを列挙されると確かに密度が濃いな。

俺が言われるがままに冒険者カードを渡すと、キサラはそれを一度奥に持っていき、少しして戻ってきた。

「どうぞ、Eランクのカードです」

「ありがとうございます」

受け取った金属製のカードには「E」の文字が浮かんでいる。実はこのカードも結構謎アイテムなんだよな。討伐数などが記録されるらしいし。

「これでオクノさんはEクラスダンジョンに入る資格を得ましたが、町を出るのは少し待っていただけませんか。例のツノの照会結果がまだ届いていないので」

「わかりました。どのくらいかかるんでしょうか？」

「普段なら一週間ほどで来ますので、あと三、四日ですね」

この世界も一週間は七日だった。ただ週休日という習慣はないらしい。世界そのものがブラック……というほどあくせくした世界ではない感じなのが救いだな。

「自分も武器屋に頼んでいるものがあるのでそれまではここにいるつもりです」

「助かります。Eランクになってもクラスダンジョンでの素材回収はポイントになりますので、今まで通りお願いできればと」

「そうですね。他の町に行くとなるとお金も必要でしょうからせいぜい稼ぎますよ」

とキサラ嬢を安心させてやっていると、ギルド前に馬車が止まる音がした。

ギルドに入ってきたのは二人の人間であった。

一人は高級そうな洋装をビシッと着こなした俺より少し若い壮年の男で、見るからに切れ者といった感じのエリート特有のオーラを漂わせている。

もう一人は銀のロングヘアを腰まで流した若い女性で、真紅の軽鎧《けいがい》を身につけ、凝《こ》った装飾の長剣を腰に佩《は》いている。どちらもが一見してただ者ではないと感じさせる人間だが、特に女性の方は『覚醒者《かくせいしゃ》』特有の雰囲気があった。

女性が近くのギルド職員に声をかけると、二人はそのまま奥の部屋に案内されて行ってしまった。

「今のは？」

「男の人はこの一帯を治めているバリウス子爵家の家令の方ですね。前に一度見かけたことがあります。女の人はもっと有名な人です。元Aランクの冒険者で、今は子爵家の騎士になっているアナトリアさんですね」

キサラの表情がちょっと硬い。貴族の関係者、しかもその一人が家令ということは側近中の側近だ。硬くなるのも当然か。

しかし冒険者には貴族に騎士として召し抱えられるというルートがあるようだ。ゆくゆくはキャリアプランも考えないといけないのだろうか。

「そこまでの方がいらっしゃったということは、相応のなにかがあったということでしょうか？」

「ええ、たぶんこの間のゴブリンの集落について領主様の対応が決まったんだと思います」

「もしかして冒険者が駆り出されるって話に？」

「なりますね。ちなみにEランク以上は強制参加になります」

「え……っ？」

ちょっと、このタイミングでそれはないでしょうよ。まさかギルドにハメられた……なんていうのはいくらなんでも自意識過剰か。最速ランクアップしたとしても、自分なんて単なる数多いEランク冒険者の一人でしかないのだし。

「ぶはははっ、おっさんツイてねえなあ！」

その夜昇格祝いにかこつけてカイムたちと飲んでいると例の領主様の使いの話が出た。

当然どの冒険者もゴブリンの大規模討伐の話が出るのだろうと勘付いている。

で、俺が昇格した途端強制参加になると知って、カイムが大ウケしたのである。

「ソウシさんの昇格は話を聞くと納得できるっすけど、それにしても早くないっすか？」

「ああ、どうも一人だったから討伐のポイントが割増しされたみたいだ」

少年ラベルトの問いに俺が答えると、槍《やり》使いの美人ラナンが相づちを打つ。

「なるほど、それは当然だろうな。ソロでダンジョンに入っていることは評価されるべきだ」

「おっさんの場合誰も組んでくれないってだけだろ。ひひひっ」

「カイム、失礼でしょ！」

悪乗りするカイムの頭に魔法使いメリベの拳《こぶし》が落ちる。結構いい音がしたが、まだ笑っているところを見ると大丈夫らしい。

ひとしきり笑うと、カイムは俺の横に座って肘《ひじ》でつついてきた。

「ところでおっさん見たんだろ、『紅《くれない》のアナトリア』を。かなりの美人って話だけどどうだったんだ？」

「いやすまん、装備ばっかり見てて顔はあまり見てなかった。あんまり顔を見てると怒られそうだったしな」

「なんだつまんねえな、俺も少し早く上がっとくんだったぜ……ってイテッ！」

どうやらメリベにつねられたようだ。

ラベルトがそれを見てニヤつきながら言った。

「『紅のアナトリア』、もしかしたらゴブリン討伐の時に出てくるかもっすね。いいところを見せるチャンスっすよ」

「おう、そうだな。目に留まるような活躍をしてお近づきに……だから痛《いて》えって！」

「元Aランクが出てくるような話なのか、ゴブリンキングって？」

Eランクの自分ですら普通の人間が遠く及ばない力を持っている。Aランクとなると恐らく凄まじい力を持っていると思うのだが……。

「正直Cランクがいれば余裕だと思うっす。ただ冒険者の数を揃《そろ》えないといけないっすから、餌が必要なんすよ」

「エサ……？　ああ、有名人で人を集めようってわけか」

「そうっす。皆そういうのが好きっすからね。半分祭りみたいなものっすよ」

「それはまたしたたかと言うか、冒険者は強いな」

正直娯楽の少なそうな世界である。冒険者が大討伐任務を祭り扱いにするのもわからなくはない。

俺が酒で口を潤していると、メリベがカイムをつねったまま俺の方を向いた。

「ところでソウシさんは、今度のゴブリン討伐が終わったら別の町に行かれるんですか？」

「そうだな。できる限りあちこち回ってスキルも集めたいし、Eクラスのダンジョンも入ってみたい。準備ができたら行くつもりだ」

「そうですか……。ソウシさんは外国の方ですもんね。この町にとどまる必要はないんですよね」

メリベが少し羨《うらや》ましそうな顔をする。それを見て俺はちょっとピンと来た。

「もしかして『銀輪』の皆がこの町にいるのは、ここ出身だからなのか？」

「おう、そうだぜ。皆家族がいるからな。この町でそれなりに稼ぎながらやっていこうってわけだ」

つねり攻撃からようやく解放されたカイムが言う。

「そうか。故郷や家族っていうのは大切だからな」

「まあな。一回外に出てDランクになってから戻ってこようって話もあんだけど、踏ん切りがつかないとか色々あってよ」

「外に出るのは金も時間もかかるしな。家族も心配するだろうし、そう簡単には動けないか」

「そういうこった。ある意味おっさんが羨ましいってのはあるぜ。強くなりたいってのは俺も思う時あるわ」

そう言って少し遠い日をするカイム。それをなんとも言えない表情で見つめるメリベ。なるほど彼らにも色々と葛藤《かっとう》があるようだ。それでも若ければ、きっとなんとか都合をつけてやりたいことをしようとするだろう。その時のために先にランクを上げておいて、今度は俺が彼らを導く側になるのもいいかもしれないな。

翌日も日課を終えて夕方にギルドに行くと、掲示板の前にちょっとした人だかりができていた。どうやらゴブリンの大討伐任務の召集が正式に発表されたようだ。

ざっと目を通すと、子爵家主導での討伐でEクラス以上の冒険者は必ず参加。報酬は一人一日五万～二十万ロム（ランクによって変動）、ということのようだ。

出発は三日後となっていてずいぶんと急だなと思ったが、周りの反応を見る限りこれが普通らしい。ちなみに掲示板の前にはキサラをはじめ数人の職員がいて、文字が読めない冒険者には口頭で説明している。ギルドとしても極めて重要な案件というわけだ。

必要な情報を得た俺は、買取りを済ませてその足で武器屋に向かった。資金に余裕ができたので武器を新調しようと思ったのだ。実はレベルやスキルが上がり特殊スキルも得たことによって、今のメイスでは物足りなくなってしまったのだ。

「おう兄ちゃん、頼まれたもの届いてるぜ」

店頭で挨拶《あいさつ》をすると、武器屋の親父《おやじ》がそう言いながら出てきた。運ばれてきた台車には二本の金属棒が載っている。訓練用のダークメタル棒だ。

「ありがとうございます、買わせてもらいますよ。それと今のメイスでは物足りなくなってしまったので新しいものが欲しいんですが」

「物足りねえってずいぶんと強気じゃねえか。まだ買って二週間くらいだよな？」

「ええ、こんな感じなので」

俺がメイスを手首だけで軽くブンブンと振ってやると、親父は目を丸くした。

「いやいやどんな力だよ。Dランクでもそうはいねえぞ」

「ああ、昨日一応Eランクに上がりましたが……」

「はあ？　マジか……マジだな。兄さん結構すげえ奴《やつ》になりそうだな。わかった、武器はまたメイスでいいのか？　槍を使うって話もあったよな」

「どうやらメイスで力押しする方が合っているみたいで。ただ長剣もちょっと興味があります」

「長剣か。メイスより格段に扱いが難しいぞ」

「ええわかっています。とりあえず練習用で一本お願いします。メイスは今の三倍くらい重いものが欲しいですね」

「三倍か……。わかった、ちょっと待ってな」

親父は奥に引っ込むと、別の台車にメイスと長剣を三本ずつ載せて戻ってきた。

「今うちに置いてあるもので勧められるのはこのへんだな。長剣は安物で……と言いたいところだが、その力で振ったらもたねえからいいもの買っといた方がいい」

「わかりました。見せてもらいます」

全部を手に持ってみて、一番しっくりくるものを選ぶ。メイスについてはスキルが上がっているせいですぐに選べるが、長剣は何を基準に選べばいいかわからないな。適当に持ちやすいものを選ぼう。

「じゃあこれでお願いします。長剣の鞘《さや》はベルトもつけてください」

「わかった、全部で五十一万ロムだが払えるか？」

「ええ問題ありません。ありがとうございます」

資金がだいぶ減ってしまったが、未来への投資と思えばなんてことはない。

こんな大胆な金の使い方ができるようになるなんて、この世界に来て二週間で俺もずいぶんと変わった気がするな。

翌日俺はダンジョンに入らず、一日をトレーニング場（仮）で過ごした。

まずは新調したメイスに慣れるところからである。

新しいメイスは長さが多少長く、先端の部分も一回り以上大きい。重さは確かに今までの三倍はありそうで、振ってみると以前のメイスを初めて振った時と同じような重さを感じる。

頭の中で今まで戦ってきたモンスターの動きをイメージし、それらを叩《たた》き潰《つぶ》す感じでメイスを縦横に振っていく。

普通ならこれだけ重いものを振り回すと身体《からだ》が引っ張られるのだが、特殊スキル『安定』のおかげで俺の身体はほとんどふらつくことがない。『安定』は足場を安定させる効果があると言われているが、実際には自分の身体の近いところに重心を持ってくるという、物理法則を軽く無視したとんでもないスキルであった。感覚としては瞬間的に自分の体重が増えて安定するという感じで、どうやらレベルが上がるとその度合いが増えるらしい。

今はレベル2だが、それでも十二分に効果を感じられるスキルである。

一時間ほど一心不乱に素振りをしているとメイスが身体に馴染《なじ》んできたような感覚になる。恐らく慣れたと同時にレベルも上がったのだろう。

さて、次に試すのは長剣だ。

なぜ新しく挑戦する武器が槍ではなく長剣なのか……言うまでもなく先日見た『紅のアナトリア』が長剣を下げている姿がカッコ良かったからである。

素人《しろうと》丸出しの型で長剣を振り続けること一時間、身体に馴染んできたころにピコンと剣の振り方がわかってきた感覚が全身を走り抜ける。刃筋が安定するようになり、足の運びもなんとなくスムーズになる。そのままさらに一時間、どうやら長剣レベル2になったようだ。

「よし、これ以上は実戦で使ってみてからだな」

実際にモンスター相手に使ってみないとこれ以上の素振りの感覚は掴《つか》めない。

俺は長剣を置くと、今度はダークメタル棒を両手に持ち、さらにもう一本を袋に入れて背負った。これで三百キロ近い負荷がかかるはずだ。

このままランニング……と思ったが、どう考えても靴がもたない。俺は靴を脱ぎ裸足《はだし》で走り始めた。特殊スキル『鋼体』のおかげで足裏が瞬間的に硬くなるため、石を踏んでも痛くはない。ホントに人間離れしてきたな俺。

そんな感じで一日ハードトレーニングを行うと、スキルも素の身体そのものも強化されてくる感じがする。うん、やっぱり楽しいなコレ。明日はこの力をモンスターにぶつけてやろう。

翌日は大討伐任務の前日ということで、朝のうちに防具の調整をしてもらいバックラーを新調した。

その後大岩ダンジョンにて長剣でゴブリンとロックリザードを斬ってまわり、身体を剣の感覚に慣れさせた。メイスの殴打に慣れた身体には、刃によってモンスターを斬るという感覚は新鮮であった。それと同時に、刃物の威力を嫌と言うほど実感することができた。西洋の剣は斬るより叩くがメイン……なんて聞いた気がするが、やはり刃物は違うものだ。

ただ、どうも筋力を上げたこの身体だと、やはりメイスの殴打の方が単純な威力は出るらしい。

なにしろボスのベアウルフですら、全力で殴るとそれだけで頭部が『爆散』するのだ。質量と速度の生み出す暴力の恐ろしさである。

そんなわけで、大討伐任務に向けて今やれることはやった気がする。今の俺なら『キングのなりそこない』も正面から叩き伏せることができるだろう。

どうも周囲の冒険者を見る限り、Eランクとしては破格な気もするが……いやいや、慢心は良くない。俺は冒険者になって二週間ちょっとの新人だということを忘れてはならないだろう。


大討伐任務当日。

トルソンの町の門の前に大勢の人間が集まっている。

まずは領主の兵士たちだ。短槍《たんそう》と軽鎧《けいがい》で武装をした、統一された出で立ちの人間が二百人ほど隊列を組んで並んでいる。もちろん彼らは普通の人間で『覚醒者《かくせい》』ではない。

指揮をするのは銀髪に真紅の鎧《よろい》の女騎士『紅のアナトリア』である。

そこにトルソンの町所属の冒険者五十名ほど。DとEランクが半々といったところだ。もちろんカイム率いる『銀輪』もその中にいる。

また他の街から来た冒険者も同じく五十名ほどいる。中にはCランクのパーティもいるのだが、明らかに装備や風格が段違いでその差に驚く。実は冒険者はDランクで終わる者が多く、Cランク以上はエリートになるらしい。

当然俺も冒険者の中に交じって、演説を始めた『紅のアナトリア』の方を眺めていた。

「冒険者諸君、今日はよく集まってくれた。そして兵士諸君、務めご苦労。私はバリウス子爵家の筆頭騎士アナトリアだ。諸君には本日から数日の間、ここトルソンの町近郊の森に巣を作っているゴブリンを掃討する任務についてもらう。諸君も知っての通り、ゴブリンは繁殖すると脅威となりうる存在である。すみやかに奴らを根絶やしにし、任務を完遂できるよう各々全力を尽くしてもらいたい」

凛《りん》とした声というのだろうか、その容姿にふさわしい美しい声である。しかしその声を聞く限り、彼女はまだ少女と言える年齢に思える。そう思って見てみると、凛々《りり》しい顔立ちの中にまだ幼さが残るような気がしないでもない。もっとも見た目はともかく中身はAランクであるから、容姿で判断するのは愚かというものだろう。

「うへぇ、すっげえ美人だな」

と小声で感想を述べたカイムが、メリベにつねられて悶絶《もんぜつ》している。

そんな若人《わこうど》の戯れを見ているうちに演説が終わり、出発の号令がかかった。

以前ゴブリンの討伐任務で立ち寄った時に訪れた村の近くで一泊して、翌日俺たちは森に入っていった。

Dランクの冒険者がゴブリンの残した痕跡《こんせき》をたどりながら先導し、その他の冒険者が後に続く。さらにその後を、女騎士アナトリアに率いられた子爵の兵士がついていく形である。

ゴブリンの大規模な集落が見つかったのは、森に入って二日目のことだった。

偵察に出ていた冒険者が、やや緊張した顔つきで女騎士アナトリアのもとにやってきた。冒険者の言葉にじっと耳を傾けていたアナトリアは、報告が終わるとうなずいて静かな声で命令を下した。

「この先にゴブリンの大集落がある。偵察では『なりそこない』が五匹確認されているので最低でも二千五百匹はいるだろう。無論キングもいると思われる。これより我らはその集落を急襲、殲滅《せんめつ》する。キングは私、もしくはCランクの『フォーチュナー』が対応するので手出しは無用だ。突入前に魔法の斉射を行う。魔導師は土属性、礫《つぶて》系魔法の準備をせよ」

冒険者全員が装備の再確認を始めた。森の中にかすかな金属音が響き渡り、これから大規模な戦闘が始まるのだという緊張感をいやが上にも高める。

俺も武器と防具、そして背負い袋の確認をして次の命令を待った。

「よし、移動開始」

アナトリアの号令で、冒険者が移動を始め、遅れて兵士が続く。

十分ほど進むと前方に日の光が当たる場所が見えてきた。森の中に樹木の生えていない広場があるのだ。

近づくにつれ、その広場が野球場くらいの広さであることがわかってきた。そこには百を超えるゴブリンの木の枝製テントが並んでいる。もはや町とすら言える集落だ。もちろんそのテントの周りでは数えきれないほどのゴブリンが歩き回っている。ぱっと見ても千匹は軽く超えていそうである。正直背筋がゾッとする光景であった。

俺たちはその集落の外周に横に並ぶといったん足を止めた。

「魔法用意」

アナトリアが言うと、魔導師系の冒険者が杖《つえ》を掲げ精神統一を始める。パーティメンバーが手を上げるのは準備完了の合図だろう。Cランクパーティの一人が手を上げると、アナトリアが「撃て」と命令を下した。

魔導師はだいたいがパーティに一人だ。パーティが平均四人として、冒険者百人いれば二十五人が魔導師ということになる。実際に二十五人前後の魔導師が一斉に『礫系魔法』、つまり石を飛ばす魔法を使ったわけだが、目の前の光景はなかなかに凄《すさ》まじかった。

メリベのようにEランクだと拳《こぶし》大の石が複数高速で飛んでいく感じだが、Dランクだと石でできた槍のようなものを飛ばしている。

最後に魔法を放ったCランクの魔導師はその石槍を三十本ほど、高い位置から次々と降らせていた。

もちろんそれらの魔法の威力は絶大で、瞬時に四百～五百匹のゴブリンたちが血まみれになって吹き飛び、テントも七割方が破壊された。身体の大きなゴブリン……『キングのなりそこない』も一匹倒れたようだ。

「突撃っ！」

アナトリアの号令で冒険者が広場になだれ込んでいく。こういう時でもパーティごとにまとまって行動するあたりはいかにも冒険者らしい。

子爵の兵士は遅れて広場に入ってくるが、彼らは冒険者が討ち漏らしたゴブリンを相手にしている。

ゴブリンは冒険者にとっては一人でまとめて相手にできるようなザコだが、『覚醒』をしていない人間にとっては十分な脅威である。

見るとアナトリアは兵士たちを置いて先行して突撃している。

彼女が長剣を一振りするとその剣先から光の刃《やいば》のようなものが放射され、ゴブリンをまとめて両断する。間違いなくスキルによるものだろう。

そのスキルも恐ろしいものだが、そもそも太刀筋《たちすじ》がまったく見えない上に、時々瞬間移動したように超高速のステップを踏んでいる。その戦いぶりはもはや人の域を外れているとしか言いようがない。

と、せっかくなのでAランクの戦いぶりを観察していたが、俺も冒険者の列の端の方でゴブリンたちを次々と殴り倒し……というか爆散させている。大きな集団ということでゴブリンたちもパワーアップしており、木の棒ではなく石斧《せきふ》や石槍を装備しているのだが、正直そのあたりは問題にならない。

槍だけは多少攻撃をもらってしまうが、『鋼体』のおかげで石槍の穂先が俺の皮膚を貫通することはない。直前でこのスキルを身につけられたのは幸運だった。

二十〜三十匹をメイスで潰して回っただろうか、目の前にまだ健在なゴブリンのテントが現れた。中にまだ何匹かいるかもしれない。メイスでそのテントを吹き飛ばしてやろうと、俺が近づいたその時、
グギギィッ！

重厚な叫び声とともに、テントが内側から弾《はじ》け飛んだ。

現れたのは身長二メートルほどの筋骨隆々のゴブリン。片手に太い棍棒《こんぼう》を持ち、怒りに身を震わせて仁王立ちになっている。以前見た『なりそこない』よりも明らかに上位のゴブリンだ。

ということは――もしかしてこいつが『キング』か⁉

「うおっ！」

いきなり振り下ろされた棍棒を、俺はギリギリのタイミングで避《よ》けた。

地面を叩く音が凄まじい。こんなものが直撃したら『鋼体』スキルがあっても大ダメージは免れない。

「そいつはキングだ、おっさん下がれっ！」

遠くでカイムの声が聞こえる。

そうだ、キングはアナトリアかCランクに任せるという話だった。しかし目の前のキングは完全に俺に狙いを定めている。この距離で背を見せれば後頭部にあの棍棒を食らうだろう。とすればなんとか粘って援軍が来るのを待つしかない。

キングが棍棒を振り回す。どう見てもメチャクチャに振っているだけなのだが、よほど体幹が強いのか体勢を崩さない。

俺は下がりながら、攻撃を止める隙をうかがった。盾で受けたら盾ごと腕が潰されそうだ。だったらメイスで……そうか、カウンターか。

キングが棍棒を斜めに振り上げた。そこからなら袈裟《けさ》斬りに振り下ろすつもりだろう。

キングが振り下ろすのに合わせて、俺は地面スレスレからメイスを振り上げる。

狙いは棍棒そのものだ。普通なら狙ってできることではないが、『動体視力』『反射神経』スキルを鍛えている俺ならできる。振り下ろされる棍棒と振り上げられるメイスがかち合って、材料の差で俺のメイスが棍棒を粉砕する。

腕に凄まじい衝撃が返ってくるが、なんとか持ちこたえて構え直す。得物を破壊されたキングは、戸惑うようにして二、三歩下がった。

よし逃げよう、そう思った時、キングが猛然とダッシュしてきた。反応が遅れる。キングの右フックが俺のボディをとらえた。

『鋼体』でも消しきれない衝撃が内臓に響き渡る。口から胃が出てきそうだ。クソ、この野郎。目の前が赤くなるのは血？　いや、あのスキルか。

『安定』スキルもあってなんとか踏みとどまる。そこへ追い打ちの左ストレート。

紙一重でかわし、俺はキングの鷲鼻《わしばな》に思い切り額を叩《たた》きつけた。バカめ、頭突きは接近戦最強の技だ。

鼻血を出してのけぞるキング。それでも両腕で俺を掴もうとする。

掴まれながらも、俺はメイスを振り上げる。その先にあるのはキングの股間《こかん》。

グギャアッ！

ああ痛いよな。今楽にしてやるからな。

俺はメイスを両腕で構えると、前かがみになったキングの頭めがけて振り下ろした。


「なるほど、いきなり目の前にキングが現れて戦わざるをえなかったと」

残りのゴブリンたちは程なくして掃討され、今は二千匹を超えるゴブリンの死骸《しがい》から魔石を回収する作業が始まっている。どうやら子爵の兵士たちはこのために来た意味合いが強いようだ。

そんな中で一人、俺は真紅の鎧を身につけた女騎士に詰問されていた。

「はい、そうなります。逃げようと思ったのですが、距離が近く背を見せるのは危険と判断しました」

「ふむ。見ていた者も確かにそう言ってはいるので仕方ないか」

顎《あご》に手をあてて、俺を品定めするような目で見上げるアナトリア。

近くに立ってみてわかったが、彼女は俺より頭ひとつ分ほど背が低かった。

しかし近くで見ると確かに美人、というか美少女か？　耳の先が尖《とが》っているのは彼女が人族以外の種族……恐らくエルフ……だからだろうが、それがなんとも幻想的な雰囲気を醸しだしている。

この体格と容姿であの鬼神のような戦いができるのだから、元Aランクというのは恐ろしい。

「ところで貴殿は最近Eランクになったばかりという話だが、キングの頭を一撃で粉砕するというのは相当な腕だ。失礼だが年齢からしても冒険者歴は長いのではないか？」

「いえ、本当に最近『覚醒』した身なのです。ただ力だけは多少自信がありまして。今回はたまたま急所に攻撃が当たったのも幸運でした」

「幸運か。普通に考えればキングはEランクが一対一で勝てるモンスターではない。本当に冒険者になったばかりというなら運が良かったのは確かだろう」

「はい。気配感知を怠ったのは失敗でした。今後注意します」

「そうするがよかろう。わかった、今回はやむをえず戦ったということで不問に付す。大討伐任務における命令違反は相応の罰が下るということは忘れるな」

「肝に銘じておきます。寛大なご処置感謝いたします」

俺は一礼してアナトリアの前を辞した。

去り際に珍しい生物を見るような顔をされたが、俺が冒険者らしくない言動をしたからだろうか？

元は別の世界の人間だからな。多少は仕方ないのかもしれない。

その後は後処理をして、トルソンの町へと帰還した。

なお、さすがに二千匹以上のゴブリンの死体はそのままにはしておけないようで、一カ所に集めて魔法やら油やらで燃やしていた。その作業だけで半日以上かかり、ゴブリン繁殖の面倒さを身に

染みて感じた次第である。

　戻ったその日はさすがに休み、翌日からは普段通りのＦクラスダンジョンとトレーニングの日々である。

　討伐から二日後の夕方、ギルドに顔を出すと、大討伐任務の報酬とともに、レアボスのツノの買取金をキサラから受け取ることができた。

「お待たせして申し訳ありませんでした。ようやく本部からの返答が参りました。やはりかなり希少なものらしくて、買取金はこのようになりました」

　と言って渡されたのは百七十万ロムだった。Ｆクラスダンジョンモンスターの素材としては破格の額だろう。

「これはありがたいですね。大討伐に向けて散財してしまったもので、これでなんとかエウロンの町まで行けそうです」

「オクノさん、本当に行ってしまうんですね。ちょっと寂しいです」

「ありがとうございます。キサラさんのおかげで冒険者としていいスタートが切れましたよ。Ｄランクになったら戻ってきますので、その時はまたよろしくお願いします」

「はい、もちろんです。Ｅランクでゴブリンキングを倒せる人なんてそんなにいないと思います。オクノさんはきっと強くなると思いますので頑張ってください」

「ええ、死なないように頑張りますよ。では失礼します」

　俺はキサラにお辞儀をしてギルドを後にした。

その夜は送別の宴《うたげ》という名目で『銀輪』の四人と一緒に飯を食った。

「そうか、おっさん行っちまうのか。ちょっとばかり寂しいぜ」

カイムが珍しくしみじみとした感じで酒を飲みながらそんな言葉を漏らした。

その隣でメリベが相づちを打つ。ちょっとだけ涙目になっているようだ。

「なんていうか、ソウシさんは落ち着いていて一緒にいて安心できる人でしたから残念です。でもキングを倒しちゃうくらい強い人ですから仕方ないですよね」

「正直あれには驚いた。キングはかなり表皮も硬いはずなのだが。一撃で頭部を砕くとは凄《すさ》まじい腕力だ」

ラナンが淡々と飯を食いながら感心したように言うと、その横でラベルトがしきりに嬉《うれ》しそうにうなずく。

「ソウシさんのおかげで、メイスでもいけるってことがよくわかったっす。自分ももっと腕力スキル上げて頑張るっす」

「そうだな。重いメイスを振れるようになればそれだけ威力は上がるから、ひたすら重いものを振る鍛錬をするといいかもな」

「ソウシさんはどんな鍛錬をやってるんすか？」

「武器屋で買ったダークメタルの棒を振ってるんだ」

「ダークメタルって、あのクソ重いだけで役に立たねえ金属か？」

カイムが興味を持ったように割り込んでくる。

「ああそうだ。あれを三本買って、振り回したり持ちながら走ったりしてる」

「ふへえ、ソウシさんそんなことやってたんすか。そりゃ強くなるわけっす」

目を丸くするラベルトに、ラナンが横から口を出した。

「いや、ダークメタルの棒を三本なんて並の冒険者では持てない。その時点でソウシは異常だと思うぞ」

「そうなのか？」

「無論高ランクなら別だが、Eランクでは確実に無理だ」

「じゃあなんでソウシさんは持てるんすか？」

ラベルトの問いに答えたのはメリベだった。

「たぶん腕力に適性がある『覚醒《かくせい》』をしたんじゃないかな。そういう冒険者がいるって、前キサラが言ってたし」

「そんなことがあるんすか？」

「同じ『覚醒者』でも、実は色々差があるんだって。同じようにダンジョンで戦っても成長するスピードは人によって違うって言ってた」

「まあその辺は『覚醒者』じゃなくても同じだからな。おっさんはちょっと特別なのかもしれねえな」

カイムが少しだけ羨望《せんぼう》の眼差《まなざ》しで俺を見る。そういう態度を急に取られても困るのだが、言われてみれば確かに才能の差みたいのはあって当然なのかもしれないな。

前世を思い出しても、どんなに努力してもこいつには絶対に勝てないだろうって奴《やつ》は何人もいた。もし俺がそちらの側に回ったのだとしたら……俺はどうするのだろうか？

「……自分でも少しおかしいとは思っていたよ。もしそうなら、そのつもりでもっと鍛えてみるかな」

「いったいどうなるかすごく興味あるっすねえ。そうだ、試しにソウシさんのメイス持たせてもらっていいすか？　自分も鍛錬する目標を知っときたいっす」

「ああいいよ」

立てかけてあったメイスをラベルトが握る。両手で持って一振りするがかなり身体《からだ》がふらついている。武器屋の親父《おやじ》はDランクの力自慢用だと言っていたが、確かにその通りのようだ。

すでにこのメイスを軽く感じ始めている俺は、確かに腕力特化の冒険者なのかもしれないな。

名前　ソウシ・オクノ　　　Eランク　　　冒険者レベル8
〈新たに獲得したスキル〉
なし

とあるEランクパーティのやりとり

その日もFクラスダンジョンでひと仕事終えて、俺たちは宿の食堂で飯を食っていた。

俺とラベルトは冒険者になった時に家を出たのでこの安宿に泊まってるが、メリべとラナンはまだ実家から通っている。ただ彼女たちも兄弟の結婚が近いって話で、そろそろ家を出ないとならないらしい。二人も普通なら結婚する歳なんだが、冒険者となるとそのあたりも面倒だ。まあメリべについては俺がなんとかするつもりはある。まだ本人には言っていないけどな。

「ソウシさんがいないとなんか物足りないっすねえ」

飯を食いながら、ラベルトがふとそんなことを口にした。

ソウシってのは、三週間くらい前にこの町にやってきたおっさん冒険者だ。なんか最初は俺が酔って声をかけたらしいんだが……その時のことはまったく覚えてねえ。

「酔ったカイムの相手ができる貴重な人だったよね。カイムも寂しいでしょ」

メリべが意地悪そうに俺を見てくるが、そんな風に思われてたのかよ。

「どっちかっていうと俺がおっさんの世話をしてた感じだったろ。まあ話しやすいってのは確かだったけどよ」

「まったくカイムは。世話をしてたのはソウシさんも認めてたけど、それもソウシさんが酔ったカイムを上手《うま》く誘導してたからなんだからね」

「そうかあ？　まあでもソウシのおっさんは話をきちんと聞く感じだったから、話しやすかったのはあるかもな」

まあ実際おっさんは聞き上手《じょうず》だったし、話の対価をきっちり払うあたりも悪くなかった。『ゴブリンキングのなりそこない』の件では助けられたこともあったしな。

「今頃はエウロンの街に着いてるころっすかねえ。向こうは冒険者も多いっすから、パーティ組めるといいんすけど」

「ラベルトは心配性だな。あれだけ強ければ同ランクなら組んでくれる者は必ずいるだろう」

ラナンが肉料理をつつきながら答える。

「ならいいんすけどね。『ゴブリンキング』を正面から一人で倒せるんすから、頑張って欲しいっす」

「そうだな。短期間であれだけ強くなったんだ、死ななければあっという間にCランクまでは行くだろう」

「微妙に不安になることを言わないで欲しいんすけど」

ラベルトの言うこともわかるが、冒険者は常に死とは隣り合わせだからな。おっさんがいくら強くなる才能があっても、いきなり命を落とす可能性はいくらでもある。

ちょっと暗くなりそうな雰囲気だったんで、俺は話題を変えることにした。こういうのもリーダーの務めだからな、たぶん。

「ところでメリベの兄貴は結婚決まったのか？」

「え？　あ、うん、二カ月後くらいに式をやるみたい」

「そうなるとメリベもこの宿に泊まるようになるのか？」

「そうだね。お兄は家にいていいって言ってくれてるけど、そういうわけにはいかないと思う」

「だよな。そうするともう少し稼ぐようにした方がいいかもしれねえな」

「私も弟の結婚が近い。その上私にも親が結婚しろとうるさいので家を出ようと思っている。そうすると、先を考えてもう少し稼ぎたいと思っている」

「ラナンもか……」

ま、こうなるのは前からわかってた。俺たちは今Eランクパーティだが、この町にはEクラスのダンジョンはない。ランクを上げるには一度この町を出ないとならない。しかし皆この町の出身で、なかなかその踏ん切りがつかなかった。

「……近い内にこの町を出ないとならないのかもしれねえな」

「うん、そうだね……」

「やっぱりそうっすよねえ」

メリベとラベルトの感じだと、もうちょい心の整理が必要なのかもしれない。しかし皆、常になんとなく感じていたことのはずなんだ。

「あのおっさんだって上を目指してんだ。俺たちがそれをしねえでこの町にずっといるのも、なんか情けなくねえかなとは思うんだよな」

俺がそう独り言のように言うと、三人ともそれにはうなずいたみたいだった。

俺としても、そりゃ強くなって上を目指したいなんて考えはずっとある。ただそこは自分やパーティメンバーの命を秤《はかり》にかけることになるからな。俺一人の意見で町を出るってわけにはいかない。しかしメリベとラナンが動きやすくなるのなら、一度キチンと考えて話し合った方がいいはずだ。

そんなことを考えてたら、俺はいつの間にか酒を注文していた。

メリベが怒ったような顔をするが、いつものことだから放っておく。

ああそういえば、ソウシのおっさんは俺と一緒に酒を飲んでくれてたんだよな。このパーティだと酒は俺しか飲まないし、そういう意味でもおっさんの存在はデカかった。

――短期間つきあっただけでも存在感が大きいんだから、あのおっさんは本当に有名な冒険者になるのかもしれねえな。

酒を飲みながら、ふと俺はそんなことを考えていた。

4章　新たな町へ

翌朝まだ暗いうちに、俺はトルソンの町を出た。

それなりに仲良くなった奴はいたが、さすがに見送りはいない。というか万一見送りとかされても恥ずかしいから早く出たというのもある。

さて、次に向かうエウロンの町はトルソンの町から徒歩で三日のところにあるらしい。もっともそれは普通の人間の話で、体力も脚力も人間の比ではない冒険者なら早ければ一日で着くようだ。

自分としては急ぎたい気持ちもあるが、初めての長距離移動なので二日を見込んでいる。

なにしろモンスターや野盗も出る世界なのだ。この世界に来てからの自分の運の悪さ（良さ？）を考えると、絶対になにか厄介ごとイベントがあると思われた。

歩いているのは街道だ。土の道だが、馬車などでそれなりに踏み固められているので歩きづらくはない。

うっすらと夜が明ける時間帯なので他に人はいない。トルソンの町自体が田舎《いなか》なのでもともとそこまでの交通量はないようだ。

ちなみに今俺は武器や防具を身につけ、食料や水、ダークメタル棒などを担いでいる身である。

その総重量は四百キロ近いはずで、もちろん靴を保護するために裸足《はだし》で歩いている。人に見られたらかなり恥ずかしい気もするが、こればかりは仕方ない。もちろんこの荷物を持って早足で歩くだけで相当な鍛錬になるのは間違いない。

日が昇り、中天にさしかかるころにいったん休憩をした。ここまで見た景色としては、時々畑や農村が見えるほかは、林や草原や山や小川があるだけだ。

非常にのどかで、前世日本の都市部の灰色さを思うと心が洗われるような気がするほどである。

昼飯として買っておいた肉串《にくぐし》をすべて食いつくすと、俺は再び歩き始めた。

しばらく行くと、街道の脇で止まっている荷車と、そのそばに立つ二人の人間が見えた。荷車にはロバのような動物がつながれているので馬車のようだが、その荷台は大きく傾いている。

近づいてみると、荷車の片側の車輪が半分ほど砕けて地面に転がっているのが見えた。どうやら荷車が破損して途方に暮れているところのようだ。

困った顔で思案している二人の人間の頭には犬みたいな耳が突き出ている。獣人族といわれる種族だが、身体能力が多少優れているほかは基本普通の人間である。若い男女であるところを見ると夫婦なのかもしれない。

「どうされましたか?」

さすがに素通りできずに声をかけると、男性の方が俺を見て首をすくめた。

「御覧の通りでさ。荷車の車輪が壊れちまって立往生してるところです。エウロンまでまだ距離があるんですがねえ」

荷車には荷物が満載である。恐らく行商人かなにかなんだろう。それとも引っ越しだろうか。

「ああ、これはひどいですね。なにか助けられることはありますか？」

と言うと、男性はちょっと驚いたような顔をしたが、俺の格好を見てなにかピンと来たようだ。

「もしかしてお兄さんは冒険者かい？」

「ええそうです」

「だったらすまねえが雇われてはくれねえか。エウロンの町まで行って商人ギルドに俺っちの事情を話して欲しいんだ。そうすりゃ迎えの馬車をよこしてくれるからよ」

彼は今「雇われる」と言ったが、確かに冒険者が依頼を受けたり雇われたりするという習慣はあるらしい。

「なるほど。しかしそれだと迎えが来るまでかなり時間がかかりませんか？」

「そりゃ仕方ねえ。荷物から離れるわけにもいかねえしな」

「ああ、まあそうですよね」

俺は納得しつつも、荷台を眺めていて、別の解決手段を考えついた。

「雇われるのは構いませんが、私がこの荷台の片側を持ち上げて進んでいくというのはどうでしょう？」

「へっ？　いやアンタ、さすがに冒険者でも無理だろうよ。かなり重いぞ？」

「ちょっと試してみますね」

俺は荷台の破損した車輪の軸受けあたりに手をかけ持ち上げてみた。

確かに重いが、片側を持ち上げるだけなら片手でもいけそうだ。俺が車輪の代わりになることは問題なくできるだろう。

「大丈夫だと思います。ちょっと進んでみませんか？」

「あ、ああ、わかった。冒険者ってのはやっぱすげえな」

男性は目を丸くしながらロバを牽《ひ》いて歩き出した。女性は俺の反対側で荷物の様子を見ている。

どうやら俺が同じスピードで歩けばなんの問題もなさそうだ。到着が多少遅れてしまうが、まあ仕方ないだろう。

俺たちはそのまま、日が暮れるまで街道を進んでいった。


「いや助かる。しかしソウシさん力強すぎだな。トルソンの町の冒険者ならDランクかい？」

獣人族の男性（ガシという名らしい）がそう言って、携帯していた水筒からちょっとばかりの酒を俺のコップに注いでくれる。

今俺たちがいるのは、とある農村の空き小屋の中である。街道沿いの農村は旅人の中継地点に使われることがあるため、多くの村には小屋のようなものが用意されているらしい。雰囲気としては日本の山にあった登山小屋みたいな感じで、野宿するよりは数千倍マシなのでありがたい。

「いえ実はまだEランクでして。ただ腕力だけは多少ありますので、あれくらいの重さなら問題ありません」

「いやいや、あんなダークメタルの棒を三本も運びながらってのは聞いたことねえよ。それに俺っちの荷物も軽くねえからな。すげえ力だって」

としきりに感心するガシ。その隣では女性の獣人族（ナリという名前とか）が「ほんとにねえ」とうなずいている。ちなみに二人はやはり夫婦で商人、というか商人ギルドの下請けの運び人らしい。

「そういえばガシさんたちはこの仕事はどのくらいやってらっしゃるんですか？」

「あ〜、十年以上かな。俺はガキのころからやってるからな」

「もうベテランですね。仕事はエウロンを中心に？」

「そうだなあ、子爵様の領地じゃエウロンが一番デカい町だからな。そこを中心にトルソンみたいなダンジョン町を回ってる感じだな」

実はこれから向かうエウロンは、このあたり一帯を治めるバリウス子爵領一番の都、つまり領都であるらしい。

とすると実はトルソンはそこそこ中央に近い町だったということになる。その割には人が少なかった気がするが。

「そのダンジョン町っていうのはなんなのですか？」

「あれ、知らねえのかい？　ダンジョンのそばに作られた町をそう呼ぶんさ。俺たちはそこで取れた素材を運ぶのが主な仕事だわな」

「素材？　魔石とかですか？」

「いんや、魔石は冒険者ギルドしか扱えねえんだ。俺たちはそれ以外のものを扱ってる」

「ああ、なるほど」

ダンジョン産の素材の扱いは気にも留めていなかったが、なるほどそうやって扱う先が分かれているのか。勉強になるな。

俺がコップの酒を飲み干していると、不意に小屋の扉がノックされた。誰かが近づいてきているのは『気配感知』でわかっていたが、特に変な動きもなかったので村人だろう。

「どうぞ」

と言うと扉が開いて中年の男性が顔を出した。確か村長だったはずだ。

「ああ、すまんね。アンタら、今夜は外に出ない方がいいかんな。さっき吠《ほ》え声が聞こえたでな」

「吠え声？」

俺が聞き返すと、村長はうなずいた。

「モンスターの吠え声さ。最近近くに一匹住みついちまってな。『ナイトウルフ』って奴《やつ》さ」

「それは……討伐依頼は出したのでしょうか？」

「ああ、出しに行くことは決まってんだが、今ちょっと畑の方が忙しくてなあ」

さすがにそれは優先順位が違うのでは……と思ったが、そこに住んでいる人間にしかわからないこともあるか。

しかしナイトウルフか。確かEランクのモンスターのはずだ。夜行性なので夜出歩かなければ比較的安全と言われているが、このあたりの木造の家だと結構危険な気がするな。

「数は一匹ですか？」

「そうさね。足跡からすると一匹みてえだ」

「……わかりました、それなら私が討伐しましょう。一応Eランクの冒険者なので」

メイスを持ち上げて言うと、村長は少しだけ目を見開いた。

「アンタやっぱり冒険者だったんか。それなら助かる。報酬は依頼と同額出すからやってくれんか？」

「承りました。お任せください」

さて、やっぱりイベントが起きたか。問題は本当にナイトウルフ一匹で済むかというところだが……まあ覚悟はしておこう。


外はすっかり夜のとばりが下りていた。とはいえ月の明かりが照らす周囲の様子は、『視力』スキルが高まった俺なら行動には問題ないレベルで視認できる。

「すまねえが頼んだぞ」と言って村長が去ると、辺りは静寂に包まれた。日本ではなかなか体験できない静けさだ。

足跡が見つかったという方向に向かって歩いていく。村といっても家が五、六軒あるだけだ。すぐに村の外に出てしまう。

しばらく歩いていると、それほど遠くないところから「ウオォン」という唸《うな》り声が聞こえた。

『気配感知』に反応、急速にモンスターが近づいてくる。数は一匹だ。

ガサガサと草をかき分けて大きなものが走ってくる音がする。

そちらに目を向けると、四足歩行のモンスターが疾風のように走ってくるのが見えた。白い毛皮の大型犬のようなモンスター。

白……？　ナイトウルフは暗灰色のはずだが。

間合いに入った瞬間にカウンターでメイスを横薙《よこな》ぎする。しかしそいつは物理法則を無視したように方向転換すると、その一撃をするりとかわして後ずさった。

そのナイトウルフ（？）と、月の光の下で対峙《たいじ》する。

よく見れば確かに狼《おおかみ》のような見た目のモンスターだった。その瞳《ひとみ》は赤く光り、禍々しさを孕《はら》んでいる。

「まさかまたレアモンスターか？」

白い体毛に赤い目となるとアルビノという可能性もあるが……まあ油断せずに戦うしかないだろう。

ナイトウルフは体勢を低くして攻撃の隙をうかがっている。

俺はバックラーを前に構え、メイスを体側《たいそく》にひきつけて構える。スピードは向こうの方が上だ。狙うならカウンターしかない。

ナイトウルフが動いた。高速で蛇行しながら俺に迫ってくる。やはり物理法則を無視しているような動きだ。スキル持ちなのだろうか。

ナイトウルフは俺の正面左側、バックラーの陰に隠れるようにして飛び掛かるような動きを見せた。

俺がそちらにメイスを振ろうとした時、ナイトウルフは反対側……俺の右へと跳んだ。まさかフェイントか！

俺の身体《からだ》が一瞬だけ流れる。ナイトウルフはその隙を逃さず、口を開けて俺の首を狙う。

さすがに頸動脈《けいどうみゃく》への攻撃は避けたが、右肩をガブリとやられた。『鋼体』のおかげで肉を食いちぎられるまではいかなかったが、牙《きば》は皮膚を貫通して結構なダメージを食らってしまう。

俺がメイスを振ろうとすると、ナイトウルフは飛びのいて距離を取った。なるほど徐々に追い詰めて獲物を狩ろうということか。

俺は再びバックラーを前に構える。右肩の痛みは徐々に引いていく。『再生』スキルのおかげだが……そうか、ナイトウルフも俺が『再生』持ちだとは思ってないだろう。

俺は右腕をだらりと下げて、ゆっくりと後ろに下がる動きをする。フェイントにはフェイクでお返しをしてやろう。

ここぞとばかりにナイトウルフが突っ込んでくる。今度は一直線だ。

俺はバックラーを低く構えて待つ。ナイトウルフが直前で爆発的に加速した。奥の手をまだ隠していたか。

鋭い牙をバックラーで受ける。信じられないことにナイトウルフの牙はバックラーの上半分を一瞬で噛《か》み砕《くだ》いた。かさにかかって俺の首を狙おうとするナイトウルフ。

その腹を、俺のメイスが下から突き上げる。「ギャブッ！」と呻《うめ》いて、ナイトウルフは口から血を吐き出して斜め上に吹き飛んだ。

着地するもすでに足が動かないナイトウルフ。俺はすかさず近寄ってその頭をメイスで叩《たた》き潰《つぶ》した。

「ふう、接近戦ならやっぱり筋力がものを言うな」

俺は首が吹き飛んだナイトウルフの死骸《しがい》を担いで、村の方へと戻った。

「おう、これはムーンウルフじゃねえか。これが暴れてたってのかい？」

翌朝ナイトウルフの死骸を見せると、獣人のガシが驚いたように言った。

「ええ、出てきたのはコイツでした。ムーンウルフって言うんですね」

「ナイトウルフのレア個体ってえ話だ。毛皮が高く売れるはずだけんど、このままだと運ぶのも面倒だな。ソウシさん解体はできっか？」

「いえ、魔石を取り出すくらいしか……」

「よければ俺っちがやるけどどうする？　もちろんお代とかはいらねえからな」

「そうですね、お願いしていいですか？」

というわけで頼むと、ガシは非常に手際よく解体を始めた。どうもそっちでも生計を立てているらしい。手に職を持つというのはこういう世界だからこそ大切なのだろう。

俺はその間に村長を呼んで討伐の報告をし、礼を言われて報酬を受け取った。

一応ウルフの肉は食えなくはないらしく、村としては貴重なタンパク源だそうなのでそのまま贈呈した。

「ほいよ、ソウシさんラッキーだな。コイツはオーブ持ちだったみたいだぞ」

「オーブ？」

ガシに渡されたものは魔石ではなく、水晶の玉のようなものだった。虹色《にじいろ》に輝いていて妙な力を感じる。レア個体だから特殊な魔石が取れたということなのだろうか。

「オーブも知らないんか？　そいつはスキルオーブっつって、冒険者が使うとスキルを身につけられるっていう貴重品さ。ギルドで高く売れっぞ」

「へえ……」

それはガイドにも載ってなかったな。しかしスキルが身につくなら、売るより自分に使ってしまいたい気もするな。

「これは自分で使ってもいいんですよね？」

「基本的にモンスター討伐で手に入れたモンはその冒険者のものさ。ギルドを通さないで売り買いしない限り誰も文句は言わねえはずだぞ」

「そうですよね。しかし使うってどうやって……」

試しに強く握ってみると、手のひらからなにかが流れ込んできたような感覚があった。

じんわりとスキルの知識が浮かんでくる。『翻身《ほんしん》』という、慣性の法則を無視して動くことができるスキルのようだ。あのムーンウルフが使っていたスキルということか。面白いスキルだなこれは。使い方によっては非常に強力な気がする。

「おや、使ったのかい？」

「ええ、どうやら使ってしまったようですね。いいスキルが身につきました」

「そりゃよかった。しかし一人でコイツを倒しちまうなんて、ソウシさんやっぱ強《つえ》えんだな」

「う〜ん、相手も一匹でしたしね。接近すれば腕力がものを言うので」

「ははっ、そりゃそうだな。よし、皮も剥《は》げたし持ってってくんな。少ししたら出発すっけど大丈夫か？」

「ええ、今日中にエウロンに着けるように急ぎましょう」

というわけで、運がいいのか悪いのかわからない謎の現象によって、俺は新たにスキルを身につけることができた。初見の敵にも冷静に対応できたし、いい感じで強くなっている気がするな。


村を出発した俺たちは、その後は特にトラブルもなく、夕方にはエウロンの町が見えるところまで来ることができた。

街道の向こうに見えるのは城壁で囲まれたいわゆる城塞《じょうさい》都市のような町であった。壁の向こう側は背の高い建物の屋根しか見えないが、結構な密度で建物がひしめきあっているようだ。真ん中あたりの一際高い場所に見える立派な館はきっと領主であるバリウス子爵の邸宅なのだろう。

ちなみに城壁の外側にも家や小屋が無秩序に立っていていかにもスラム街的な雰囲気を醸し出している。ガシの話によると、町には入れない貧困層や前科持ちの居住地ということらしい。この国では『壁外地《へきがいち》』という言葉を使うとか。

バリウス子爵がかなり厳格に取り締まりをしているため、彼らが表立ってこちらになにかをしてくることは少ないようだ。ただし裏に回れば……ということは注意された。「もっとも冒険者に手を出すバカはめったにいねえけどな」とも言われたが。

「ああ、やっと着いたな。ソウシさん本当に助かったでよ」

「いえいえ、私は仕事をしているだけですから」

「それでも期日通りに着いたのはソウシさんのおかげさ。礼はきちんとさせてもらうかんな」

などと話しながら『壁外地』の間を通り抜け、城門の前まで来た。検問をやっているらしく四十人ばかりが門の前に並んでいる。明らかに冒険者風の人間がいるが、冒険者用の検問があるとのことで、彼らはそちらから門の中に入っていく。

ガシにいい宿の情報などを聞いているうちに検問の前まで来た。俺が冒険者カードを見せ、ガシたちが商人ギルドのカードを見せると特に厳しい検査もなく通された。ギルドに所属しているというのはそれだけで信用があるのだろう。

エウロンの町は、トルソンとは比べ物にならないほど栄えていた。今いるところは中央の通りらしいが、左右には民家や店が所せましと並んでいる。

建物の造りや看板などもかなり立派で、トルソンではあまり見られなかったガラス窓もこちらでは普及しているようだ。町全体はどう見ても見渡しきれるレベルではなく、道案内がないと迷ってしまいそうな大きさである。

それはともかくまずは荷車を商人ギルドの倉庫まで運ばないとならないので、俺もそこまでは手伝うことになる。中央の通りを一本外れて少し行くと、倉庫らしい飾り気のない、三階建てほどの高さの大きな建物が見えてくる。大きな入り口は開放されていて、何人もの商人や運び屋が出入りしている。

その入り口の少し中まで荷車を運んだところで俺の仕事は終わりのようだった。

「ちょっと一緒に来てくれっか」

ガシの後をついていくと、倉庫の事務所のような部屋に案内された。ガシが事務所の一番奥の席に座っている人物に話をすると、その事務長らしき中年男性は俺のところに歩いてきた。

「ああどうも、商人ギルドのパオロです。どうやらウチの者がお世話になったようでありがとうございます。冒険者さんとうかがってますが本当ですか？」

「ええ、Ｅランクのソウシと申します。通りがかりにガシさんがいらっしゃいまして、困っていたようなので手助けをいたしました」

俺の言葉遣いが丁寧だったせいだろうか、パオロは少し驚いたような顔をした。

「そうでしたか。本来なら冒険者ギルドを通して礼をするところですが、面倒を避けたいので個人的に助けてもらったっていう形にさせてもらえませんか。お礼は同等にお支払いしますので」

「ああ構いませんよ。厚意でやったものということにしてください」

「ありがとうございます。ではこちらを……」

ということで、八万ロムを受け取った。高いか安いかはよくわからないが、ゴブリンの大討伐のＥランクの日当が五万ロムだったから二日でこれはおかしな金額ではないだろう。

「確かにいただきました。なにか受取サインのようなものは必要ですか？」

「いえいえ、あくまで個人的なものですので結構ですよ」

と言って、パオロは愛想笑いをした。

「わかりました、では私はこれで」

と言って立ち去ろうとすると、ガシが慌ててやってきて「今回は本当に助かったよ。この町で落ち着いたらまた酒でも飲もうや」と言ってくれた。

社交辞令にしても、初めて訪れた町で知り合いができたのは幸運だったかもしれないな。

俺はそう思いながら、まずは宿を取るべく中央通りの方へ戻るのであった。


ガシに勧められた宿の部屋を無事確保できた俺は、エウロンの冒険者ギルドへと向かった。

エウロンの冒険者ギルドは中央通りの城門寄りに立つ四階建ての大きな建物で、ギルドがかなり優遇されていることがわかる立地であった。開放されている広い入り口をくぐる。ロビーの様子はトルソンのギルドをそのままスケールアップしたような感じである。

入って右にカウンター、左に掲示板、そしてロビーには十組ほどの冒険者パーティがたむろしている。冒険者パーティの見た目はそれぞれだが、中には明らかに手練《てだ》れと見えるパーティもいる。

この町の近くにはCクラスのダンジョンまであるのでCランクパーティもいるはずだ。大討伐の時に来ていた『フォーチュナー』もここの所属らしい。

彼らは特に俺に注意を払うこともしないで、それぞれ談笑したりしている。変に絡まれるよりよほどありがたい。

俺はとりあえず空いているカウンターに向かった。

「すみません、素材の買取りをお願いします。あとガイドの閲覧許可が欲しいのですが」

その若い受付嬢は、俺が目の前に行ってもそっぽを向いていた。

声をかけると俺の顔を横目でちらりと見て、「初めての顔ですね」とつぶやくように言った。

「ええ、ここに来るのは初めてです。Eランクのソウシと申します」

「Eランクのソウシさんですね。それで買取りの素材は？」

「こちらです」

俺がムーンウルフの毛皮を出すと、それまで眠そうな目をしていた受付嬢の表情が少しだけ変わった。

「これは……ムーンウルフの毛皮ですか？　どこでこれを？」

「トルソンとエウロンの間でたまたま討伐できました」

「魔石はありますか？」

「実は魔石の代わりにオーブが出たのですが、それは私が使ってしまいました」

「オーブの抜け殻は？」

「それならここに」

実はスキルオーブは使っても虹色の輝きが失われただけで、水晶の玉のようなものは残ったのだ。

受付嬢はそれを手にすると「確かに」と言ってカウンターの上に置いた。

「毛皮とこのオーブの抜け殻を買取ります。よろしいですね？」

「お願いします」

合わせて八十万ロムになった。相場がよくわからないのでなんとも言えないが、決して安くはない買取額だろう。レアモンスターの毛皮だからだろうか。どちらにしろラッキーな臨時収入である。

「ガイドは二階にありますのでご自由にどうぞ。それとスキルオーブは同じモンスターから出たものは重複して使用しても意味がありませんので、次に出た場合はそのまま買取りに出してください。ムーンウルフの『翻身』はレアスキルなので最低でも一千万ロムにはなります」

受付嬢は俺を値踏みするような目で見ながら言った。正面から見ると青髪をショートボブにしたかなりの美人である。

「はあ、わかりました。ありがとうございます」

俺はそう答えてガイドを見に二階へと上がっていった。階段の途中で「いっせんまんロム？」となったのは言うまでもない。


その夜、俺は宿で飯を食うと、自分の部屋のベッドで横になった。

一泊一万三千ロムということでトルソンの宿に比べると高級な宿だ。部屋も多少は広く、ベッドも少し柔らかい。

さて、考えるべきはこの町での生活パターンをどう構築するかだ。できれば早朝トレーニング、ダンジョン探索、残り時間トレーニングのルーティンはそのまま続けたい。

問題なのはトレーニングする場所である。この町はトルソンに比べると広く、また城門も早朝は閉まっているためちょっと外に出てトレーニングというわけにはいかない。かといって通りでダークメタル棒を振り回していたらさすがに不審者だと思われて面倒なことになるだろう。

ガイドによるとここの冒険者ギルドには訓練場が併設されているようなのだが、新参でEランクの俺が使っても大丈夫かどうかは微妙なところだ。まあ明日一度顔を出してみるか。できれば早朝も使えるといいのだが。

ダンジョンに関しては町の近くにFクラスが一つ、Eクラスが二つ、Dクラスが二つ、Cクラスが一つあるらしい。

明日はFクラスに行ってスキルを取ってしまいたい。その後Eクラスの攻略に移ろう。

それと新しく身につけた『翻身《ほんしん》』スキルも試さないとな。まさか一千万ロムの値がつくレアスキルだとは思わなかったが、やはり思った通り強力なスキルなのだろう。

そんなことを考えているうちに、俺は眠りに落ちていった。

翌朝一番で冒険者ギルドへ向かった。

ロビーに入るとまだ誰も来ていない。カウンターにいるのも昨日相手をしてくれた無愛想な美人受付嬢だけだ。

「すみません、こちらの訓練場は使うことができますか？」

俺が声をかけると、やはり横目で俺を見て「ええ、自由に使えますよ」とつぶやいた。

「手続きなどは必要ですか？」

「いえ、基本的にいつでも自由に使っていただいて構いません」

「それは例えば日が昇る前とかでも大丈夫でしょうか？」

その質問にはさすがに驚いたのか、受付嬢はこちらを向いた。

「なににお使いになるのですか？」

「もちろん鍛錬です。いつも明け方前からやっているものでして」

受付嬢は疑わし気に俺を見ていたが、溜息《ためいき》をついてカウンターから出てきた。

「ご案内します」

受付嬢についていくと建物の裏手に案内された。そこはちょっとしたグラウンドのようになっていて、端には解体場らしきプレハブが立っていた。

「こちらは大物のモンスターの素材などが運び込まれることもありますが、基本的には常時開放しています。ギルドが閉まっている時はあちらから出入りしてください」

受付嬢が指さす先には簡易的な門があり、その向こうは別の通りにつながっているようだ。なるほどこれはありがたい。これでトレーニング場の件はとりあえず解決した。

「ありがとうございます。早速使わせてもらいます」

俺がお辞儀すると、受付嬢は「どうぞ」とだけ言って建物に戻っていった。無愛想だがきちんと仕事はするタイプなのかもしれない。

早速俺はいつものトレーニングを始めた。ダークメタル棒を駆使して、身体能力とスキルを伸ばすように意識しながら繰り返し運動を行う。『翻身』スキルも試したが、思った通り物理法則を無視して慣性を殺すというとんでもないスキルだった。反復横跳びをしてみると、明らかに違和感があるレベルで体重移動がスムーズに行える。もっともその効果はまだ弱く、ムーンウルフの動きを再現するにはレベルを上げる必要があるようだ。

さらに驚いたのが、このスキルは武器の振りにも適用されるというところだ。メイスを振り切って、そこから切り返す時の重さが明らかに軽減されている。レベルが高まればマンガのキャラクターのように凄《すさ》まじい連打を繰り出すこともできるようになるかもしれない。

一通りの動きを試し、実戦でも使えそうなところまで身体《からだ》を慣らした後、俺はダンジョンへと向かうことにした。


エウロンの町の城門を出て歩いて一時間ほどの場所にFクラスダンジョンはあった。

トルソンの大岩ダンジョンと同じで、平原にドンと穴の開いた大岩が鎮座しているダンジョンである。挑戦するパーティの数は多く、今外にいるだけでも五パーティいる。時間が少し遅いことを考えると中にはさらに多くのパーティがいることだろう。

もっとも俺はEランクなので遠慮するようなものでもない。中に入って一気にボス部屋まで向かった。出るモンスターも同じでゴブリンとロックリザードとボアウルフだ。もはや複数出現しても瞬殺である。

ボス部屋の前では、少年少女のパーティが順番待ちをしていた。俺が順番待ちに加わると、彼らは俺の方をジロジロ見てきた。まあこんなおっさんがソロで来ていたら嫌でも興味は持つだろう。

途中で出会ったパーティも俺を見て色々な反応をしていたしな。

「おじさん一人でボスと戦うの？」

そう聞いてきたのはそのパーティの少女だ。どうやら好奇心が抑えられなかったらしい。

「ああそうだ。ここのと同じボスは何度も戦っているから大丈夫さ」

「一人で倒せるの？　パーティじゃないと大変だって聞いたけど」

「普通は大変かもな。俺はEランクだから」

「あ、そうなんだ。冒険者になって長そうだもんね」

「いや、まだなって一カ月の新人だよ」

と言ったら、そのパーティ全員が変な顔をした。

そこでボス部屋の扉が開き、ボスに挑戦していたパーティが出てきた。やはり少年少女のパーティだ。嬉《うれ》しそうにハイタッチをしているから上手《うま》く勝てたのだろう。

「あ、じゃあ行くね」

そう言って、少女は仲間と共にボス部屋へ入っていった。


しばらくするとボス部屋の扉が開き、先ほどのパーティが出てきた。全員揃《そろ》っているのだが、先ほど話しかけてきた少女が足にかなりの怪我《けが》をしていて仲間に抱えられている。

見ているとどうもそのまま帰っていくようなのだが……。

「君たち、ポーションは持ってないのか？」

ついおせっかいで聞いてしまった。まあ相手が子どもだから、おっさんとしては気になってしまう。

「さっき使い切ってしまったんだ」

と答えたのはリーダーっぽい少年だ。顔には疲れと焦りが見える。

「よければ売ってやるぞ。五級品だから一万五千ロムだ」

「いいのか？」

「ああ」

金と交換でポーションを渡してやると、少年はその場で少女の怪我を回復させた。パーティに安《あん》堵《ど》の雰囲気が広がるのがわかる。

「すまない、恩にきる」

「対等な取引だ。だが礼を言われるのは悪い気はしないな。気をつけて帰ってくれ」

少年たちは礼をするとそのまま去っていった。

「さて、じゃあ行くか」

俺は彼らを見届けてからボス部屋に入る。さすがに今回は普通のベアウルフだった。メイスだと瞬殺確定なので素手で戦ってみたのだが……俺の拳《こぶし》はすでに恐ろしい凶器と化していることがわかった。

なお得られたスキルは『毒耐性』だった。順調に生存性が高まっているのはありがたい限りだ。

ギルドに戻って買取りを済ませると、俺はトレーニング場に向かった。

何人かの冒険者がそれぞれ自分の得物を振ったりしている。どの冒険者も見た感じランクが高そうなので、やはり高ランク冒険者は当然のように鍛錬しているのだと一人納得する。

いつものようにダークメタル棒を活用して筋力トレーニングをしていると、二十代半ばくらいに見える青年が近づいてきた。さっきまで長剣を振っていた、剣士風の冒険者である。

「すまん、アンタどっかで会ったことないか？」

「どうでしょうか。自分はソウシといいます。昨日エウロンに来たばかりですが、その前はトルソンにいました」

「俺はジールだ。思い出した。アンタこの間ゴブリンの大討伐に来てたろ。キング倒してアナトリアに怒られてたよな」

「ああ、そんなこともありましたね。お恥ずかしい限りです」

「ははっ、確かEランクだったよな。キングと正面から殴り合って勝つんだから恥ずかしいなんてことあるかよ」

「いえ、そのせいでお仕事を奪ってしまった相手もいますので……あ、もしかしてあの時のCランクパーティの？」

ハンサムな顔立ちだが、どこか愛嬌《あいきょう》があって嫌味のない顔。言われてみれば俺も見たことがある気がする。

「『フォーチュナー』だ。一応俺がリーダーやってる。しかしそうか、エウロンに来たのか。ところで変わった鍛錬してるがその棒はなんだ？」

「これはダークメタルの棒です。身体に負荷をかけるのにちょうどいいので武器屋に譲ってもらったんですよ」

「へえ……ちょっと持たせてもらってもいいか？」

「どうぞ。重いので注意してください」

ジールは棒を受け取ると一瞬だけぐらっと身体を傾けたが、さすがにすぐに立て直して棒を持ち上げた。

その持ち方で彼も『安定』スキルを持っているのがわかる。まあCランクだし、俺が知らないスキルまで大量に所有していることだろう。

「こりゃ面白いな。確かにこれを振り回してりゃいい鍛錬になる。なるほどキングを倒すのも納得だわ」

ジールはダークメタル棒で剣の素振りの動作を始めた。さすがに無駄のない洗練された動きだ。やはり高ランク冒険者は違う。

「おうおう、本当にいいなこれ。俺も武器屋に言って譲ってもらうわ。すまんな、ありがとよ」

ジールは棒を俺に返すと、そのまま離れて自分の鍛錬を再開した。

Cランクのお墨付きなら間違いないだろう。俺は確信を得たことで気分がよくなり、さらに鍛錬に熱を入れた。


翌日は、いよいよEクラスのダンジョンへと向かった。ガイドで予習はしているので後は実戦でどの程度かを確かめるだけだ。ソロでも攻略可能かどうか、一番の問題はそこである。

Eクラスダンジョンは二つあるが、はじめに挑戦するのは町を出て一時間ほど、川のほとりにあるダンジョンだ。

現地に行ってみるとそこには河原の小石が山のように積み上がっており、その山にぽっかりと黒い口が開いていた。やはり先行の冒険者パーティが数組近くにたむろしているが、俺はそれを横目にダンジョンへと入っていった。

中はひんやりとした湿度の高い空間で、壁の表面は小石を積み上げたような見た目になっている。しばらく地図の順路に沿って歩いていくと、『気配感知』に反応がある。地下一階だが数は五匹だ。Eクラスダンジョンは階層こそFクラスと同じ五層だが、出てくるモンスターの質・量ともに上がるらしい。さっそく数の洗礼というわけだ。

現れたのは手足がついていて二足歩行する魚、『フィッシュマン』というモンスターだ。身長はゴブリンより大きく、手には短い槍《やり》を持っている。

フシュシュシュッ！

フィッシュマンは俺に気付くと、妙な声を上げながら隊列を組んで迫ってきた。ゴブリンよりは統制が取れているモンスターのようだ。突き出してくる槍に対して俺はカウンター気味にメイスを振るった。『翻身』スキルのおかげで切り返しが鋭くなったメイスは、五本の槍を一瞬のうちに破壊する。

こうなると後は格闘戦だ。フィッシュマンは手元に残った槍の柄で殴りかかってくるが、メイスの射程に入った途端に頭部が爆散する。Fクラスとはいえボスすら瞬殺の打撃である。ザコが耐えられるはずもない。

ドロップ素材は魔石と手のひらほどもある大きな鱗《うろこ》だ。鱗は見たところガラスのような質感だ。どちらも背負い袋に入れて先に進む。

地下二階への階段までに、フィッシュマン三~五匹の集団が六回ほど現れた。相当に気を抜かなければ怪我すら負わないのだが、稀《まれ》に槍が『鋼体』を突き抜けて少し刺さることがあった。攻撃力は思ったより高いのかもしれない。むろん怪我は『再生』ですぐに治るのだが。

二階に下りると、そこに若者四人のパーティがいた。男一人女三人のパーティだ。ハーレムパーティというやつだろうか?

俺が会釈をしてそばを通り過ぎようとすると、年長らしい女性が声をかけてきた。

「おじさん一人でここに来るってもしかして奥さんにでも逃げられたの?」

「いや、単に一人で活動してるだけさ。別に自棄《やけ》になってるわけじゃない」

と答えたが、「奥さんに逃げられた」という指摘は当たってなくもない。前世の話では、だが。

「にしてもEクラスを一人はヤバイでしょ」

「問題ないから二階に来てると思ってくれ。フィッシュマンは相手にならないしな」

「ふぅん……結構刺されてるように見えるけど、でもそれくらいで済んでるなら『鋼体』持ちっぽいね。ならすぐにはくたばらないいか」

女性がそう言っている後ろで、気の弱そうな男性がおろおろしている。ああ、これは逆に苦労しているやつだな。ハーレムとか言ってすまんと心の中で謝る。

「まあこの先出るのはストーントータスだし、メイスが通じなかったらさっさと逃げた方がいいよ。噛《か》みつかれると足くらい持ってかれるからね」

「ああ、ありがとう。気をつけるよ」

なんかこの世界の冒険者は人当たりがいい人間が多い気がする。

よく考えたらこの世界の冒険者は『覚醒《かくせい》』によってランダムに決まるから、荒くれ者が冒険者になるわけじゃないし、そのあたりが関係しているのかもしれないな。

さて二階を進むと、さっそく件《くだん》の『ストーントータス』が二匹出てきた。ようするに石で覆われた甲羅を持つ大きなワニガメだ。動きは遅いが防御力は高く、攻撃の瞬間だけは首が急に伸びるので接近戦は危険らしい。

俺は正面から接近し、『翻身《ほんしん》』スキルも活用してフェイントをかけて一匹の側面に回り込む。フェイントに引っかかって伸ばした首にメイスを叩《たた》きつけるとあっさりと頭ごと爆散した。

試しに甲羅も殴ってみたが、表面の石は派手に砕けるがそこまでのダメージは与えられていないようだ。むしろこちらの腕にかなりの衝撃がくるので、やはり伸びた首を叩くことにする。

倒すと魔石と甲羅の一部を落とした。甲羅の見た目は鼈甲《べっこう》のようなのだが、ストーン要素はどこへいったのだろうか。

ともかくもそこまで問題なく二階も踏破できた。やはり一度回避をミスってストーントータスに噛まれてしまったが、『鋼体』のおかげで噛み傷だけで済んだ。

三階への入り口到着時点でどうやらレベルも上がったようだ。

三階はストーントータスの数が増えるだけらしいが、背負い袋が満杯に近いので今日はこのあたりにしよう。

今のメイスも完全に物足りなくなってきた。Ｅクラスダンジョン攻略なのだから装備をランクアップさせてもいいかもしれない。

ギルドに戻って買取りをしてもらう。頼むのは例の無愛想な受付嬢だ。彼女の前だけは常に空いているのだが、あの態度が嫌がられているのかもしれない。しかし仕事はきっちりやるタイプのようなので俺は気にしないが。

「Ｅクラスの鱗と甲羅ですね。……この量を一人で？」

ちらりと疑わしそうな目を向けられるが、まあ仕方ないだろう。ソロで活動している冒険者はエウロンにもいないようだし。

「ええ、二階までを踏破しました」

「失礼ですが、ストーントータスはどのように倒しましたか？」

「首を伸ばしたところを横からメイスで」

「……ああ、そういえば……スキル持ちでしたね」

『翻身《ほんしん》』というスキル名を口にしなかったのは近くに別の冒険者がいたからだろう。そのあたりは気にしてくれるらしい。

「ええ、それで一人でもなんとかなりました」

本来なら誰かが囮《おとり》になって別の者が横から首を落とす、みたいな戦い方をするらしい。確かに一人で倒すのは面倒な相手ではあった。

「すみません、余計なことをお聞きしました。こちらが買取金です」

「ありがとうございます」

「ところでお金をそのまま持ち歩くのは邪魔にはなりませんか？　Eランクからはギルドに預けることも可能ですが」

おっとここでその話が来たか。確かにガイドにはギルドが銀行みたいなこともしてくれるとは書いてあった。

「それならお願いできますか」

「では冒険者カードを」

カードを渡すと受付嬢は奥の部屋に一度引っ込み、しばらくして戻ってきた。

「ソウシさんのカードに入金をいたしました。冒険者ギルドならどこでも引き出せますので必要な時は申しつけてください」

「助かります」

というわけで、ジャラジャラと邪魔だった硬貨がかなり整理できた。きちんと気を利かせて必要な案内をしてくれるのだから、無愛想でもなんの文句もない。

俺は冒険者ギルドを出ると、トレーニング前に武器屋に向かった。

エウロンの武器屋の主人は、背は低いが幅は俺の倍くらいある髭面《ひげづら》の男だった。ファンタジーでも有名なドワーフ族という種族だ。髭のせいで年齢不詳だが、俺と同年代か少し上だろう。

「これより重くて頑丈なメイスだぁ？」

主人は俺のメイスを手にしながら、俺を頭の先から足もとまでジロジロ見た。

「そこそこ鍛えてるようには見えるがコイツだって満足に振れてねぇだろ。おまえさん冒険者ランクは？」

「Eランクです」

「E？　それでこんなメイス使ってんのか？　ちぃと振ってみろ」

メイスを返されたのでその場で振ってみる。『筋力』『安定』『翻身』スキルがいい仕事をするのでかなり軽く振れてしまう。むしろブンブンとかなりいい風切り音がする。

「ほおぉ、それでEってのはなんかワケありか？　まあいいや、そんだけ力があんなら確かに物足りねぇな。こっち来な」

ドワーフというと気難しい頑固者みたいなイメージがあるが、どうやら合格点をもらえたようだ。

主人の後について店の奥の物置に入る。隣が鍛冶場《かじば》らしく、熱気が流れ込んできてかなり暑い。

「メイスは上位ランクはあんま使わねぇから大したモンは置いてねぇ。一応おまえさんに勧められるのはこの二本だな」

と言って主人が指さす先には、先が棘《とげ》付き鉄球になったものと、ハンマー形状のものの二種類のメイスが立てかけてあった。

それぞれ手に取って振ってみる。今使っているものの五割増しくらいの重さがあるようだ。見た目と重さが釣り合っていないので中にダークメタルでも入っているのかもしれない。

どちらも手に馴染《なじ》むのだが、俺は少し考えて棘付き鉄球のものを選んだ。

「こちらにします。突いて使うこともあるので」

「おう、なるほどな。そいつは五十万ロムだ」

俺がそのまま金を払うと、主人はちょっと変な顔をした。

「おまえさん値切らんのか？」

「職人が作ったものを値切るつもりはありませんので」

これは俺のポリシー……なんて大したものじゃないが、人が身につけたスキルを値切るのは気が引けるのは確かだ。人のスキルをいかに値切るかを競うような社会で生きてきた反動かもしれない。

「ふん、おまえさん出世するかもな。値切らん奴《やつ》はすぐくたばる要領の悪い奴か、それとも器のデカい奴かのどっちかだ」

「はは、器の大きさには自信がありませんが、すぐにくたばるつもりもありませんよ」

俺は礼を言って武器屋を後にした。


その後防具屋でも防具を新調し、ポーションも買い足してからトレーニングを行い、宿へと戻ってきた。

宿の娘さんに身体《からだ》を拭《ふ》くためのお湯をお願いして持ってきてもらい、裸になって身体を拭く。エウロンには共同浴場があるのだが、まだそこに行く気持ちの余裕がない。ただやはり身体を拭くだけではどうにも気持ちが良くないので近いうちに行こうとは思っている。

それはともかく裸になって自分の腕や胸や腹を見ると恐ろしく筋肉質になっていることに気付く。まだこの世界に来てひと月くらいなのだが、鍛えられるのが異様に早くないだろうか。これも『覚醒』の影響だとするとますますトレーニングが楽しくなってしまいそうだ。

さっぱりした身体で宿の食堂に行く。

肉料理を注文して待っていると、横から声をかけられた。

「おう、ソウシさん。一緒していいか？」

そこにいたのは、エウロンの街に来る時に知り合った獣人族の青年ガシだった。

「やあこんばんは。どうぞどうぞ」

「じゃ、失礼しまっさ」

対面に座ると、ガシは人懐こい笑みを浮かべて「ソウシさんはもうダンジョンには行ったんか？」と聞いてきた。

「ええ、Ｆクラスはもう踏破して、今はＥクラスに挑戦中ですね」

「ソウシさんはダンジョンも一人で行くんか？」

「そうですね、今のところそれが気楽なので」

「へえぇ。あの腕力がありゃいけるもんなのかね」

「まあどこかで限界は来るでしょうね。その時はパーティを組むことも考えますよ。ところでガシさんはまたどこかに行くんですか？」

「ああ、今度はマネジの町まで行くことになってんだ」

「そこもダンジョン町なんですか？」

「そだな。ＦクラスとＥクラスのダンジョンがある町だ。トルソンより小さい町だが、距離は近いから楽は楽だ」

「しかしこの間も思ったんですが、ガシさんとナリさんの二人では危険はないんですか？」

「ああ、エウロンの周りはそこまで危険はねえな。モンスターも賊もほとんどいねえし。ただここのところモンスターが少し多いとは聞くんだよな。この間みたいなのが増えてるって話だ」

「この間」というのはムーンウルフのことだろう。フィールドモンスターが増えるというのは一般の人間にはかなりのバッドニュースのはずだ。

そういえばギルドの掲示板の討伐依頼はソロでやるものではないと思ってまったく気にしてないんだよな。最近増えたとかそういうこともあるのだろうか。Ｄランク冒険者に上がるには複数の討伐依頼達成が条件らしいし、ソロでもできそうなものがあれば積極的に受けておいた方がいいかもしれない。

「ソウシさんはしばらくエウロンで冒険者やってくんか？」

「そうですね。ここを中心に活動して、できるだけ多くのダンジョンを回りたいと思ってます」

「ダンジョンを回る？　なんでそんなことすんだ？」

「ダンジョンは回るほどスキルが手に入るんですよ。死なないためにできるだけ多くのスキルを手に入れておきたいですからね」

「なるほどなあ。確かに強い冒険者はあちこち回ってるって聞いたことはあるけど、そういう目的があったんか」

「たぶんそうでしょう。ガシさんがさっき言ってたマネジの町も行ってみたいですね。EとFクラスがあるなら丁度いいので」

「それなら行く時は一緒に行かんか？　ソウシさんが一緒なら俺たちも安心だし」

「それもいいですね。行くのはいつですか？」

「明後日の朝一で行くことになってんな。どうだ？」

「ああ、ちょうどいいかもしれません。明日Eクラスを踏破しようと思ってるので。夜明け前あたりに商人ギルドに行けばいいですか？」

「おう、それで大丈夫だ。マネジまでは途中で一泊すっから、酒は用意しとくな」

「それは楽しみですね。この間のお酒は美味《おい》しかったので」

「だろ？　あれ買うとナリがちょっと怒るんだけんど、道中あれがないとさあ……」

というわけでエウロンに来て早々別の町に行くことになったが、まあそれもいいだろう。

Fクラスダンジョンは見かけたらとりあえず回っておきたいしな。正直な話、スキル集めが少し楽しくなってきているのも事実である。

翌日は早朝トレーニングで新しい武器防具に身体を慣らした後、河原のダンジョンへ向かった。

地下三階入り口まではなんの問題もなくたどりついた。武器が強力になったおかげでストーントータスを甲羅ごと叩《たた》き潰《つぶ》せるようになったのも大きい。ちなみに背負い袋もランクアップさせたので素材を全回収しても余裕がある。とはいえ五階までの素材全回収は無理だろう。

地下三階に下りるとストーントータスが三匹現れるようになったが、言ってみればそれだけだ。すでに敵ではないのでさっさと倒して四階へと進む。ここから新ザコの『スライム』が登場する。ファンタジーとしてはお馴染みすぎるモンスターだが、この世界のそれはデロンとした半透明不定形タイプだった。真ん中あたりに茶色っぽい核が見えるが、それを破壊すれば倒せるようだ。

問題はその核が粘性の高い身体に覆われているところなのだが、質量と速度の暴力の前にはあまりに無力であった。俺がメイスを叩きつけるとゼリー状の身体もろとも核が爆散して終わりである。普通のEランク冒険者だと核を潰すのに一工夫必要らしいが……まあ俺は腕力だけならDランクは超えているらしいからこんなものだろう。

ちなみにスライムは毒持ちなのだが『毒耐性』スキルがあるのでそこも問題ない。落ちる素材はそのまま『スライムの核』。薬の原料になるとか。

地下五階はスライムが増えただけ。核が大量に手に入ったが、嵩張《かさば》らないので全部回収できた。

さていよいよ、初のEクラスダンジョンボスだ。

俺の場合、レアボスとか複数ボスとかイレギュラーが多めなので身構えたが、現れたのはガイド通りの『ラージスライム』だった。その名の通り、直径三メートル、中央部の高さが一メートルほどの大型スライムだ。盛り上がった中央部にバレーボール大の核が見える。

ラージスライムはこちらににじり寄ってきながら、身体の一部を触手のように伸ばしてくる。捕らえて身体の内部に引っ張り込んで窒息させるのが攻撃方法らしい。

ソロだと捕まったら致命的なので、俺はその触手をカウンターメイスで爆散させていく。触手を爆散させること十数回、気付いたらラージスライムがミドルスライムくらいの大きさになってしまった。俺は近づいて、そいつの身体をさらにメイスで削《そ》ぎ取っていく。身体が薄くなったところで核を粉砕して討伐終了だ。

ボス戦がこんなに楽勝でいいんだろうかという気もするが、相手が物理属性ならやはり力こそ正義ということだろう。俺の主武器がメイスだったのも相性が良かった気がする。

しばらく待っていると、スキル取得の感覚。

「『剛力』……って、力が強くなるスキルじゃないか。なんだこれ、俺に脳筋プレイでもしろってのか」

つい口に出てしまったが、ただでさえ筋力が強いらしい俺にさらに腕力アップとか、これ大丈夫なんだろうか。確かに一点突破キャラクターはゲームによっては最適解だったりするが……。

本当に物理特化になっていくなら早めに仲間を見つけてパーティを組まないとその内確実に詰む気がするな。

俺はそんなことを考えながら、新しいスキルのおかげでかなり軽く感じるようになった背負い袋を担いでダンジョンを後にした。

「これはラージスライムの核ですね。もしかして一人で倒したのですか？」

ギルドに戻って買取りを頼むといつもの無愛想受付嬢がそう言ってきた。やはり訝《いぶか》しげな目つきである。

「はい。武器と相性が良かったのでなんとか勝てましたね」

「なんとか……。ソウシさんはガイドをよくお読みになっていたと思いますが？」

「ええ、おかげで攻撃をさばくのが楽でしたね。ガイドを作ってくれたギルドには感謝していますよ」

「……そうですか。一人では戦わないという考えにはならないのですね」

「ええまあ、勝てると思いましたので」

俺がなるべく気負わない素振りでそう言うと、受付嬢はふぅと息を吐いてそれ以上はなにも言わなくなった。

「買取金はすべてギルド預かりでよろしいですか？」

「はい、お願いします」

と答えたところで、昨夜《ゆうべ》の「フィールドモンスターが増えている」というガシの話を思い出した。

「ところでお聞きしたいのですが、最近討伐依頼が増えているなんていう傾向はありますか？」

「そうですね、一年前と比べて二割増しくらいにはなっていると思います。なにかお受けになりますか？」

「物理攻撃が通用するモンスターなら。といっても明日からちょっと別の町へ行くのでその後でお願いするかもしれません」

「わかりました」

「あ、ところで例えば別の町に移動中に討伐依頼のあったモンスターを偶然倒してしまった場合は討伐報酬はなしで、素材の買取りのみという扱いでいいのでしょうか」

「はい、そうなります。その場合倒した場所は必ず覚えておいてください。討伐依頼のあったものかどうかの判断材料になりますので」

「わかりました、気をつけます。ありがとうございます」

軽く頭を下げて去ろうとすると、受付嬢は「お気をつけて」と、ぼそっとつぶやいた。


翌日軽く汗を流してから商人ギルドに行くと、獣人族夫妻のガシとナリが待ってくれていた。彼らは行きでは生活用品などをマネジの町に運ぶようで、荷物で満杯になった荷車も一緒である。

合流してそのままエウロンの町の外に出て、一路街道をマネジの町に向かった。エウロンの町の周辺は畑があちこちにあり、非常に牧歌的な景色が広がっている。ガシたちと世間話をしながら歩いていると、日暮れ前には中継地点の農村に着いた。

「また前みたいにムーンウルフが出たりしてな」

村の外れにある旅人用の小屋の中で、ガシがそんなことを言った。

すでに互いに酒が入っている。ナリは横になってウトウトしている感じだ。

「ギルドの討伐依頼をざっと見ましたが、こちらの地域では依頼は出てませんでしたね」

「そっか。まあそんな依頼が出てるようなら俺もさすがに来られねえけどな」

「道中に明らかにモンスターの危険がある場合は討伐されるまで待つんですね？」

「普通はそうだなあ。ただ急ぎの場合とか、冒険者を雇って護衛をしてもらって運ぶこともあるんよ」

「ああ、なるほど」

冒険者には討伐依頼の他にそういう仕事が回ってくることもあるとは聞いている。特に貴族の護衛などはよくあるようだ。

もちろんそういう仕事を頼まれるのはコネや信用がある冒険者に限られるだろう。

「もしかしたらソウシさんにはそのうちお願いするかもしれねえな。遠出する時はどうしても護衛は必要になるからなあ」

「自分は一人ですから護衛には不向きだと思いますが」

「もちろん遠出する時は隊商になるから冒険者も複数雇うんさ。ムーンウルフを一人で倒せる冒険者がいてくれるとそれだけで安心度が違うってもんよ」

「そうなんですかね。まあその時はよろしくお願いします」

と言っておいたが、ムーンウルフってそんなに強い扱いなのだろうか。無愛想な受付嬢はそんな反応はしてなかったし、ガイドにもレアモンスターの情報はそこまで載ってないんだよな。

まあ街道沿いはよほどのことがない限り高ランクモンスターは出ないらしいし、それくらいで十分という意味なのかもしれないな。依頼を受けるというのも面白そうだし、対人リスクがある程度読めてきたら受けてみるのもいいだろう。

何事もなく夜が明け、俺たちは早朝に村を発《た》った。

街道を進んでいくと、昼頃になって遠くに大きな湖が見えてきた。その湖のほとりに小さな町があった。マネジは湖で取れる水産物を主な産業にしている町らしい。

さらに一時間ほど歩いて町に着く。マネジの町は一応柵《さく》のようなもので囲まれていた。門も扉がついているしっかりしたものなので、もしかしたらフィールドモンスターが時々出るのかもしれない。

門をくぐったところでガシたちとは別れた。彼らはこのあと荷物を積みかえて明日にはエウロンに戻るそうだ。俺はEとFクラスのダンジョンを両方踏破する予定なので、最低でも四日はいることになるだろう。

ガシに聞いた宿に部屋を取って、俺はひとまず冒険者ギルドに向かった。トルソンの町と同じ程度の規模だが、冒険者の数は少ない。ダンジョンが少ないのでこんなものなのだろう。

受付のカウンターには男性の職員がいた。挨拶《あいさつ》をしてガイドの閲覧許可を取る。

資料室にはめずらしく先客がいた。若い女性……というか少女だ。『覚醒《かくせい》』するのが十五～二十五歳がほとんどということなのでおかしくはないのだが、その横顔はどう見ても十五歳には届いていない感じを受ける。

まあ『覚醒者』は見た目と中身は別だしパーティを組んでいるなら問題ないのだろうが、どうしても大丈夫なのかとは思ってしまう。

「……ん？」

俺はその時、少女の横顔に見覚えがあることに気付いた。しかしどこで見たのだったか。

「失礼しますよ」

思い出せないままに、棚に並んだガイドを真剣に見ている少女に声をかけて、俺は棚から一冊の冊子を手に取った。

「あ、すみません……」

「いえ、大丈夫ですよ。熱心ですね」

と言うと、その少女は恐る恐るといった感じで俺の方を見上げた。

そこで気付いたのだが、彼女はとても可愛《かわい》らしい少女だった。金髪碧眼《へきがん》はこの世界ではそこそこ見かけるが、左右で結っている髪にまったく癖がないのは珍しい。顔立ちはよく整っていて人形のようで、気弱そうな目元はモンスターと戦う冒険者のそれとは思えなかった。

服は白を基調とした簡易ドレスみたいなものの上に厚手のベストを着ているだけで、無理に見れば魔導師系の格好に見えるか……という感じである。

そこまで見た時にピンと来た。彼女は以前トルソンの町ですれ違った馬車に乗っていた少女に間違いない。上等な馬車だったから彼女は普通の身分の人間ではないはずだ。なぜ冒険者ギルドなどにいるのだろう。

考えられるのは彼女も『覚醒』して冒険者になったということだが、もしそうだとすると、どこその良家の子女にしか見えないこの少女が『覚醒』したというのはかなり残酷な話ではないだろうか。

「……はい、これまで冒険者のことをなにも知らなかったので」

「つかぬことをうかがいますが、『覚醒』したばかりなのですか？」

「はい、三週間ほど前に。二日前に冒険者になったばかりです」

ああ、やっぱり。こんな娘さんでも無作為に選ばれてしまうのはやはり問題があるよな。

「それではパーティ……お仲間もまだいないのですか？」

「はい。ギルドの方が声をかけてくださっているそうなのですが……」

なるほど、さすがにギルド側でも放っておいたりはしないか。俺みたいなおっさんとは違うからな。

「実は私もまだ冒険者になってひと月ちょっとでしてね。急にやれと言われても困りますよね」

「そうなのですか？　やはりお一人で？」

「ええ、今のところはなんとかやっていけていますよ。ただお勧めはできませんね」

「そうですよね、私もモンスターと戦うなんて考えたこともなくて……。自分にできるとも思えなくて、どうしたらいいかわからないんです」

初対面の俺にそんなことを言うのはよほど不安を感じているからだろう。この娘さんが見た目通りいいところのお嬢さんなら、いきなりダンジョンに潜ってモンスターを倒して生活しろと言われてもできるはずがない。

もっとも十代後半くらいの少女冒険者ならよく見かけるし、彼女らも同じ道をたどってきているのかもしれないが。

「怖いとか不安に思う気持ちはわかりますよ。よければＦクラスダンジョンのお話を少ししましょうか？　いきなり行くよりは気が楽になるかもしれません」

「えっ、それは……とてもありがたいことですけれど、ご迷惑ではありませんか？」

「自分も冒険者になったばかりですから不安なのは理解できますし、ガイドに書いてないこともありますので」

他人事《ひとごと》にも思えなかったので、少女にＦクラスダンジョンについて知っていることを話すことにした。

情報を知っていれば多少は不安が紛れるかとも思ったからなのだが……話し終えた時の彼女の様子からすると、どうも余計に不安にさせてしまったようだ。

「お話を聞くほどに、自分にはできそうもないとしか思えません……。すみません、せっかくお話ししていただいたのに……」

「いえ、むしろ怖いと思う方が当然だと思います。でも人間いつかは慣れるものですよ」

「慣れなければ生きてはいけませんしね」とはさすがに言えなかった。しかし結局はそういうことである。生きていけない者はどこかで野垂《のた》れ死にするだけだ。その程度にこの世界は厳しいというのはすでに感じている。

その後、少女は棚のガイドを一冊手に取り没頭し始めた。

それ以上かける言葉もなく、俺はガイドに一通り目を通してからギルドを後にした。

翌朝町の外でいつものトレーニングを終えた俺は、朝一番でまずはFクラスダンジョンに向かった。

マネジのFクラスダンジョンは草原の中にある大岩ダンジョンで、トルソンのものとほぼ同じであった。徘徊《はいかい》するモンスターもゴブリンとロックリザード、ボアウルフと同じで、ボスのベアウルフもまったく同じであった。もちろんなんの問題もなく二時間ほどで踏破したが、トルソンのダンジョンよりこちらの方が心持ち難易度が低い気がする。

それはともかく新たに得たスキルは『幻覚耐性』というものだった。ガイドによると耐性系のスキルは種類が多くあるようで、逆に言えばそれだけバッドステータスを与えてくるモンスターが多いということであろう。やはりレア度の低いスキルであっても地道に取得していくのが望ましいようだ。

と、それはいいのだが、ダンジョンを出たところで、少年少女のパーティがなにやら騒いでいるのが目に付いた。見ると、昨日ギルドで見たあの少女が他のパーティメンバーになにかを言われているようだ。

ああ、パーティを組めたんだな……とホッとしたのも束《つか》の間《ま》、リーダーと見える少年が半分キレたような声を上げた。

「だからさあ、怖いとかできないとか言っててもなんも解決しないだろ！　俺たちだってお前と同じようにいきなり冒険者やれって言われてやってんだよ！　泣き言言う暇があったらまずはゴブリンを殴ってみろっての！」

「ごめんなさい、すみません……」

「ったく、悪いけどこっちも生活かかってんだ。なにもする気がないならさっさと帰れよ。じゃあな！」

少年はそう吐き捨てるように言うと、俯《うつむ》いたままの少女を置いて他の二人と共にダンジョンに入っていってしまった。

後に残された少女はしばらくそのままだった。

声をかけようか悩んだが、彼女がかすかに嗚咽《おえつ》を漏らし始めたのを見てはさすがに放っておくわけにもいかなかった。

「とりあえず町に戻りましょう。送りますよ」

「……えっ、あ、昨日の……」

声をかけると、少女は赤くなった目を俺に向けた。慌てて涙を拭《ふ》いてコクンとうなずく。

「すみません、よろしくお願いします」

「じゃあ一緒に行きましょう。できないことは急にできるようにはなりませんから、悩まない方がいいですよ」

そう言ったものの、この娘《こ》が冒険者としてやっていくにはかなりの壁がありそうだ。声をかけた以上、面倒を見るのが人情というものだよな……などと思ったりもしたが、よく考えたらおっさんの世話になりたい少女なんていないだろう。

そもそも俺が彼女の面倒を見るとか言い出したら、ギルドの職員に事案扱いされそうだが。

ギルドに戻って買取りを済ませつつ、男性職員に先ほどの少女たちのやりとりのことを話してみた。

その若い男性職員は困った顔をして、

「う～ん、ちょうどよくパーティを組めると思ったんですがねえ」

と少女の方を見た。

少女は「すみません……」と小さくなるばかりである。

まあギルドとしてもそれなりに対応はしたということなのだろうし、このままでは解決はしそうにない。俺は仕方なく、男性職員に考えていたことを提案してみた。

「私がしばらく彼女とパーティを組むということは可能でしょうか？」

「はい？　ええと、ソウシさんでしたか、あなたが？」

急に訝《いぶか》しそうな顔をする職員。まあそれはそうだ、美少女の面倒を見ますなんておっさん、怪しいにもほどがあるだろう。

「一応Eランクですし、彼女がFクラスダンジョンに慣れるまでくらいなら指導できると思います。その時になってまた別のパーティに入れればそれでいいと思いますがどうでしょう？」

「ええ、確かにそれなら問題はありませんが……。いいえ、冒険者同士が合意の上でパーティを組むのであれば、ギルドとしてはなにも言えませんので」

「わかりました」

俺はなにか言いたそうな職員をそのままにして、少女の方に顔を向けた。

「どうだろうか、君がダンジョンで人並みに戦えるようになるまで俺が教えるという話なんだけど」

「はい、え……っ？」

少女は目を見開いて俺の顔を見ていたが、ペコリとお辞儀をして「よろしくお願いします」と言ってきた。

他に選択肢がないとはいえなかなかに決断が早い。さっきまで泣いていたのだが、実は立ち直りが早い性格なのかもしれないな。

「ということになりましたので、よろしくお願いします」

俺はそう告げて、変な顔をしている男性職員の前を辞し、少女と二人でギルドを出た。


少女の名前はフレイニルと言った。

実はこの国では名前の長さで生まれた家の家格がわかるらしい。そうすると『紅《くれない》のアナトリア』もそうだが、このフレイニルも見た目通りいい家の出で間違いはなさそうだ。

ただ彼女は、どうも出自については話したくないようだった。過去を聞かれて困るのは俺も同じであるし、無理に聞くことはしなかった。

最低限の装備はしていたが色々足りないものがあったので買い与え、その後宿に戻った。フレイニルの部屋を追加で取り、食堂で一緒に飯を食べていると、フレイニルが恐る恐る俺に聞いてきた。

「あの……ソウシさまは、どうして私を助けてくださるのでしょうか？」

「特に理由があるわけでもないさ。俺としては助けるのが普通だから助けるだけなんだ」

「普通だから……。それはアーシュラム教の教えでしょうか？」

「アーシュラム教？」

「ご存知《ぞんじ》ありませんか？」

「ああ、そういうことには疎《うと》いんだ」

そういえばトルソンにもエウロンにも、ここマネジにも教会っぽい建物が立っていた。当たり前の話だが、この世界にも宗教的なものはあるのだろう。さすがにこちらへ来て一カ月あまりではそこまで知識を広げる余裕はなかった。

「アーシュラム教は、主神アーシュラムの教えの下に正しく生きることを目的とした宗教です。ソウシさまは違う神様をお信じになっていらっしゃるのですか？」

「まあそんなところかな。確かにその教えに従ってフレイニルを助けようとしている面はあるかもしれないいな」

と答えると、フレイニルは小さくうなずいて納得いったという顔をした。この娘はそのアーシュラム教をある程度心の拠《よ》りどころにしているのだろう。だから相手の行動の核に宗教があるなら、すんなり腑《ふ》に落ちるということか。

「それなら理解できます。すみません、ソウシさまの善意を疑うようなことを言ってしまいました」

「いや、わからないことを確認するのは大切なことだ。ああそうだ、これからフレイニルに色々と戦い方などを教えることになるけど、訓練は厳しいからそのつもりでいてくれ。ダンジョンに入る前に十分な鍛錬が必要だからな。俺とパーティを組んでいる限り休みはないぞ」

「はい、わかりました。ソウシさまの善意に応えられるよう精進します」

うん、この娘はやはり相当にいい所の出のようだ。それだけに危ういところもあるから、そこもおいおい教えないといけないかもしれないな。

翌朝日が昇る前に宿を出て、町の外、街道のはずれにフレイニルと一緒に向かった。

もちろんトレーニングをするためであるが、自分を鍛えるのもおろそかにはできないため、フレイニルには俺と同じトレーニングを、負荷を軽くしてやってもらうことにした。

彼女も『覚醒者《かくせい》』ということで身体能力はすでに並の大人よりも高い。ただ身体《からだ》もまだ成長途中な感じであるので、鍛えるのはスキル中心になる。とにかく『筋力』『体力』『走力』『視力』『動体視力』などを意識させてトレーニングをさせる。やるのは基本的に反復練習だ。どうやらこの手の作業は苦にならないらしく、フレイニルは黙々と言われた動きをこなしている。

「どうだ、急に武器が扱いやすくなっただろう?」

「はい、不思議な感覚です。このようなことは今までしたことがなかったのですが……」

フレイニルに与えたのは長さ二メートル足らずの槍《やり》である。俺と同じメイスでも良かったのだが、やはり少女にモンスターに接近しての殴り合いをさせるのは気が引けた。

本当なら弓矢などがいいのだろうが、なんとなく勘で彼女はゆくゆくは魔導師系になるのではないかと感じている。フレイニルは華奢《きゃしゃ》な少女だし、キャラクター的に考えたらそれが自然だろう程度のアホな感覚でしかないのだが。

ともかくそうなれば杖《つえ》を持つことになるだろうし、槍スキルの方がまだ無駄にならないだろうと判断した。

ちなみに今のところ彼女には、それまで着ていた白い簡易ドレスの上にプロテクターのような軽量の鎧《よろい》を身につけてもらっている。防具をつけて気が付いたのだが、胸当てがかなり窮屈そうで、彼女の体型の一部に年齢に似つかわしくない部分があることが判明した。いやだからなにと言うこともないのだが。

その日は一日トレーニングをし続けたが、彼女は弱音一つ吐かなかった。ただ俺が隣でダークメタル棒を振り回しているのを見て目を丸くしたりはしていたが。

ともあれ俺が持っている普通のスキル群と同じものを一通り身につけられたと思う。夕方になって終わりにしようと声をかけると、フレイニルは嬉《うれ》しそうに俺を見上げてきた。

「たった一日訓練をしただけなのに、身体の動きがまるで別人のようになりました。ソウシさまのお知恵はすばらしいです」

「俺も人から学んだことをやっているだけさ。それとこういう訓練は常日頃の反復が大切だから、基本的に毎日やるからな」

「はい。せっかくソウシさまに教えていただいたのですから、少しでも強くなるよう励みます」

フレイニルの表情は、資料室で会った時よりもぐっと明るくなっている。今日は身体のトレーニングだけを行ったのだが、精神面にもいい影響があったようだ。自分に自信がつけばダンジョンに対する感覚も変わっていくだろう。彼女の場合はまずはそこからだ。


翌日も同じようにトレーニングを行った。

フレイニルのスキルも全体的に一段階上がり、どうやら明日にはダンジョンに向かえそうだ。問題はモンスター相手に槍を突けるかだが、それについては荒療治を行うことにした。

「よし、突け」

「でも……っ」

槍を構えるフレイニルの前で、俺は防具を外した無防備な状態で仁王立ちになる。なんのことはない、俺をモンスターだと思って槍を突きだすという訓練である。

もちろん刺し殺すつもりで突かないと意味がないので、それは強く言い聞かせてある。『鋼体』スキルがあるから効かないことも伝え済みだ。だからこれはむしろ精神的なトレーニングである。

フレイニルがなかなか思い切らないので、俺は段階を踏むことにした。

「じゃあまずは軽く突け。先が当たる程度だ。それならできるだろう？」

「は、はい、やってみます」

恐る恐る槍を突きだすフレイニル。震える槍先が俺の腹に当たり、『鋼体』スキルによって弾《はじ》き返される。

「すごい……硬いです」

「これがスキルの力だ。さあ、効かないとわかったらもう少し強く」

「はい、行きます……」

そんな感じで徐々に慣らしていくと、最後には全力で突けるようになった。さすがに全力の突きだと先が一センチほど刺さるが、もちろんすぐに『再生』する。

傷が急速にふさがる様子を見てフレイニルは目を輝かせた。

「傷がすぐに治ってしまうのですね。まるで魔法みたい……」

「そうだな、スキルはまさに魔法だ。もちろん魔法が使えるようになるスキルもあるぞ」

「えっ⁉　それはどうやって身につけるのですか？」

「ダンジョンのボスを倒すんだ。そうすれば特殊なスキルを一つ得ることができる。運がよければそれで魔法が使えるようになる」

「ソウシさまは？」

「残念ながら俺は魔法に関するスキルは持ってない。たぶん魔法の神様に嫌われているんだろうな」

と俺がふてくされてみせると、フレイニルはふふっと笑った。だいぶ心に余裕が出てきたようだ。

「俺の勘だとフレイニルは魔法が使えるようになると思う。どうだ、明日一緒にダンジョンに入ってみないか？　ボスを倒して特殊スキルを得るのを目標にしよう」

「本当ですか……？　ソウシさまがそうおっしゃるなら、ご一緒させていただきます」

「ああ、今のフレイニルなら大丈夫。慣れればボスだって倒せるようになる。俺も手伝うからな」

「はい、頑張ります」

そう意気込むフレイニルの表情に、今までにない活力のようなものを感じた。もしかしたら今回のトレーニングで、『勇敢』とかそんな精神系スキルが身についたのかもしれない。こういった精神的なものは解決が難しかったりするものだが、スキルのおかげでそこが楽になるならありがたいことだ。

翌朝、俺とフレイニルはFクラス大岩ダンジョンへと向かった。

入り口で「いけるか？」と声をかけると、フレイニルは「大丈夫です」と力強く答えた。

その勢いのまま、俺たちはダンジョンへと入っていった。

ギャギャ！

すぐに出てくるゴブリン一匹。さあここが運命の分かれ道だ。フレイニルが冒険者としてやって

いけるかどうかの重大な分岐点。

棒を振り上げて突っ込んでくるゴブリンを前にしてフレイニルは少し固まってしまったようだ。

俺はその肩に手を置いて「大丈夫」と声をかける。

するとフレイニルは「行きます」と力強く答え、一直線に向かってくるゴブリンめがけて鋭く槍

を突きだした。その槍先は見事にゴブリンの胸を貫いた。槍を引き抜くとゴブリンが地面に崩れ落

ち、素材を残して消えていく。

「ふぅ……これで倒したのですよ……ね？」

フレイニルが半分放心したような顔で俺を見上げた。俺がうなずいて「よくやったな」と褒めてやると、その顔は安堵《あんど》の表情に変わった。

「よかった……できました。ソウシさまのおかげです」

「フレイニルが頑張ったからさ。しかしこれで終わりじゃないぞ。今日は四階まで行く」

「はい！」

というわけで、その後フレイニルと共に四階まで下りていった。

フレイニルは途中で冒険者レベルが上がったようで、傍《はた》から見ていても見違えるように動きがよくなっていく。

ロックリザードの鱗《うろこ》も最初は貫くのに苦労したが、何匹かと戦ううちに槍先がしっかりと刺さるようになり、最後はフレイニルだけでとどめが刺せるようになった。

ボアウルフはさすがに正面から戦うのは無理なので、俺が突進を受け止めているところを横から滅多突きさせた。そこでレベルがさらに上がったらしく、フレイニルは自分の能力の変化に驚いていた。

「今日はここまでかな。この後またトレーニングをして町に戻る。戦いで得た経験を訓練に活《い》かすんだ」

「はい！」

いい区切りがついたので、今日のところは引き上げることにする。

しかし自分のルーティンにフレイニルを付き合わせていると、冒険者としては結構ハードなことをやっているのではないかと思わないではない。

まあ俺は楽しくてやっているだけだし、フレイニルも辛《つら》くなればなにかアクションを起こすだろう。それまでは必要なことだと思って付き合ってもらうとしよう。


翌日も二人でダンジョンに潜った。

四階までは昨日と同じようにフレイニルがメイン、俺が補助という形で進んでいく。さすがにモンスターが三匹以上同時に出現するとフレイニルにはまださばききれない。そんな時は俺が間引いたり、盾役になって引き付けたりする。生前やっていたゲームのパーティみたいな役割が自然とできてくるのが面白い。

五階も特に問題はなく、ほどなくボス部屋の扉の前にたどりついた。

「ここがダンジョンのボスの部屋……なんですね」

「そうだ。ボアウルフの上位種がボスとして出てくる。戦い方は同じだ。俺が頭を押さえるからフレイニルは横から攻撃、やれるな？」

「はい、いけます」

「よし、いくぞ」

フレイニルの目に不安の影は見られない。これなら問題ないだろう。

俺たちがボス部屋に入るといつもの通り黒い靄《もや》が発生してボスのベアウルフが現れる。

「これがボス……強そうです」

「そうだな、普通のモンスターよりは強い。だけどまあ俺は素手でも倒せるからな」

「えっ⁉　素手でですか⁉」

「そうじゃなければフレイニルの補助はできないさ。さ、来るぞ」

ベアウルフはいつもの通り突進をしてくる。俺は同時に前にダッシュをして、ベアウルフがトップスピードになる前に正面からぶち当たる。

『筋力』『剛力』『安定』スキルにものを言わせてその頭をガッチリと押さえ込む。ベアウルフが噛《か》みついてくるが、『鋼体』スキルが牙《きば》の貫通を許さない。

「やれ、フレイニル！」

「はい！」

フレイニルが横に回り込み、ベアウルフの脇腹に槍を突き刺す。無論一度では倒せない。

「やっ！　はぁっ！」

叫びながら、長い金髪を振り乱してフレイニルは何度も槍を打ち込んでいく。ベアウルフが苦悶《くもん》の声を上げ暴れるが、俺の腕が首から外れることはない。

十数回は刺しただろうか、最後の一突きがベアウルフの心臓に届いたのだろう。ベアウルフは「ゴフッ！」と声を上げると、その力を失って床に倒れ伏した。

その死骸《しがい》が消えていくと、いつもの魔石と肉が後に残される。

「はぁ、はぁ……。やりました……倒しました……」

「ああ、よくやったな。これでフレイニルはきちんとした冒険者だ」

「ありがとうございます。でも、ソウシさまの助けがなかったら倒せませんでした」

「それはそうさ。冒険者は仲間と共に戦うのが普通なんだ。俺がいなければ誰かが代わりをやっていた。フレイニルがパーティの一人として倒したのには変わりない」

「ソウシさま……はい、そう思うようにいたします」

「仲間と戦う」なんてソロでやっていた俺が言うのもどうかとは思ったが、フレイニルは納得してくれたようだ。

さて問題はどんなスキルを得られるかだが……フレイニルがビクッとしたので、なにか身についたのだろう。

「これが特殊スキルを手に入れる感覚なのですね。本当に頭の中に使い方が浮かんできます……これは……『聖属性魔法』……？」

どうやら俺の勘通り魔法スキルが身についたようだ。『聖属性』というのはガイドには載っていただろうか。戻って調べてみる必要がありそうだな。

「おめでとう、やっぱり魔法スキルが身についたみたいだな」

「はい、ソウシさまのおっしゃる通りでした。どうしておわかりになったのですか？」

「それは完全に勘だよ。理由は本当にないんだ」

さすがにキャラ的に魔法系だと思ったからとは言えない。しかし金髪碧眼《へきがん》の儚《はかな》げな少女であるフレイニルに『聖属性魔法』というのは、あまりにもイメージ通りで笑ってしまいそうになるな。

ダンジョンを出た後はいつもの通り、町に帰る前に訓練を行った。

フレイニルが身につけた『聖属性魔法』を試しに使ってもらったのだが、今のところ使えるのは『一条の聖光』という魔法だけらしい。

その魔法は名前の通り一本の光線が手の先から放たれるというものであった。岩に向けて放つと焼けたような感じで少し穴が開いており、はっきり言うと前世のレーザー光線みたいな感じの魔法のようだ。ただ『聖属性』というからには、いわゆる『アンデッド系』のモンスターには特別な力を発揮するのかもしれない。

なんにせよフレイニルが物理攻撃担当にならないでよかった。ただこの先も魔法系スキルを引き続けられるとは限らないのが、この世界のスキルシステムの嫌らしいところなのだが……。

ギルドに戻ってガイドを確認すると『聖属性』については少しだけ記述があった。どうやら珍しい属性のようで、長ずれば対アンデッド専門の冒険者として貴重な存在になるらしい。

宿の食堂で夕飯を食べながらそのことを伝えると、フレイニルは少し複雑そうな顔をした。

「アーシュラム教の教会にいた冒険者さんの中に、アンデッドモンスターを倒すのが得意という方がいらっしゃいました。それと同じということでしょうか？」

「さあ、そのあたりは俺にはわからない。ただ、騎士として貴族様に仕える冒険者は見たことがあるから、『聖属性魔法』を使える冒険者がアンデッド対策の専門家として教会に所属するということはあるかもしれないな」

「そんなことが……」

「冒険者として根無し草でいるよりも、教会のような組織に所属するというのも生き方としてはいいんじゃないか。ゆくゆくはそういったことも考えないとな」

「そうだとしても、私は教会には所属はしたくありません。貴族様に仕えるのも……。ソウシさまはどうお考えなのですか？」

「まだEランクでしかないし、まだ考えることでもないとは思うが、今のところはどこに属する気もないな」

組織に属するメリットもデメリットもある程度は知っているし、メリットが勝るなら属するのもいい。ただ前世がサラリーマンだった身としては、フリーランスで生きられるならそれはそれで魅力的ではある。

「そうなのですね。私もそれにならおうと思います」

「今は冒険者として能力を上げるのが先だからな。難しいことは後で考えよう」

「はい、そうします」

フレイニルは少し安心したような表情になって、再び食事を始めた。

教会にも貴族にもつくことを拒絶するところからして、やはり彼女にも色々事情がありそうだ。まあその内彼女の口から話されることもあるだろう。それまで彼女が俺のようなおじさんとパーティを組むのを嫌がらなければの話だが。

翌朝になり、ちょっと困ったことが発生した。

今いるマネジの町にはFクラスとEクラスのダンジョンが一つずつあるのだが、当然俺としてはEクラスの方も踏破したい。

むろんEクラスダンジョンに冒険者歴一週間のフレイニルを連れていくわけにはいかない。いかないのだが……、

「そんな……ソウシさま、どうか私を置いていかないでください」

と、薄幸の美少女感満点のフレイニルが両手を胸の前に組んでお願いしてきたのだ。

「必ず戻ってくるから宿で待っててくれ。さすがにEクラスはフレイニルには危険だ」

「それでも、ソウシさまと離れるのは不安なのです」

捨てられた子犬みたいなフレイニルの表情を見ていると、どうもこの数日で彼女は俺に依存するようになってしまったのではないかという疑念がよぎる。

もしそうだとして、正直こういう時の対処法はまったくわからない。前世では結局子どもができなかった身の上である。

「……わかった、じゃあ少し一緒に入ってみて様子を見ようか。しかしダメなようならまた考えるぞ」

結局様子見という最も愚かな選択をしてしまったが、Eクラスダンジョンのザコは正直相手にならないのでそこまで問題にはならないだろう。もしかしたら物理攻撃と相性の悪いモンスターが出てくるかもしれないしな。

「はい！　ソウシさまについていきます、どこまでも」

しかしパアッと嬉《うれ》しそうな顔になるのはともかく、フレイニルの言葉にちょっと重いものを感じるな。一応冒険者としてやっていけるまでは育てて、後は若者パーティにでも移ってもらおうと考えていたのだが……大丈夫だろうか？

マネジのＥクラスダンジョンは湖のほとりにあった。

地面に穴が開いており、湖の下に下りていくような感じで階段状の通路が奥へと続いている。

他のパーティもちらほらと見かけたが、俺たち二人を見て少し眉《まゆ》をひそめている者もいた。おっさんと少女の二人パーティでＥクラスダンジョンに入るというのは、おっさんがソロで入る以上に奇妙に見えるのだろう。

地下一階で最初に出現したのはフィッシュマン二匹だった。俺が戦えば瞬殺なのだが、フレイニルの魔法を実戦で試す必要もある。

「俺が前衛で押さえるから、フレイニルは魔法の用意ができたら合図してくれ。そしたら俺がモンスターを突き飛ばす。そこを魔法で攻撃、できるな？」

「はい、やります！」

フレイニルが精神集中を始めるとフィッシュマンが向かってきた。俺はその前に立ちはだかり、突いてきた槍《やり》を二本とも掴《つか》む。フィッシュマンは慌てて槍を引こうとするが、『剛力』スキルを得て筋力だけはＣランク相当の俺が相手ではビクともしない。

二対一の綱引きを十秒ほど続けていると、背後から「魔法いけます！」の声。

俺はフィッシュマンの槍を引っ張り、つんのめったフィッシュマン二匹を突き飛ばす。

同時に俺の横に来たフレイニルが『一条の聖光』を発動する。手の先から放たれたレーザー光が横に一閃《いっせん》すると、フィッシュマンは二匹とも上下に両断されて息絶えた。

「ソウシさま、やりました。魔法でモンスターを倒しました」

「あ、ああ、強力な魔法だな。Ｅランクモンスターを一撃で倒せるとは大した威力だ」

モンスターを爆散させている俺が言うのもなんだが、なかなかにエグい魔法だ。しかしモンスターを真っ二つにしても平然としているどころか、どこか嬉しそうなフレイニルの姿に俺は少し驚いてしまった。

「これでソウシさまについていけますね？」

「そう……だな。大丈夫だろう」

フレイニルの瞳《ひとみ》に言い知れぬ圧力を感じつつ、俺はうなずいたのであった。

一、二階はフィッシュマンだけなので問題なく進めた。フレイニルには積極的に魔法を使わせていったので、三階を前にして魔法スキルのレベルが上がったようだ。
「フレイニル、魔法をかなり使ったと思うがまだ使えるか？」

「はい？　問題なく使えますが、なにか気になることがあるのでしょうか？」

俺が確認したかったのはゲームで言えばマジックポイント的なものが残っているかどうかということだったのだが、フレイニルは首をかしげて不思議そうな顔をした。

「ああ、そうではなくて、魔法を使うと体力を消耗したりするとかはないか？」

「あ、はい、そういう感覚はあります。でもすぐに回復しているので大丈夫です」

「魔法は体力が続けばずっと放てるのか？」

「はい、精神集中に時間を使いますが疲れさえなければ使えます」

ふむ、どうやらマジックポイントとか魔力とかそういう制限はないらしい。その代わり精神集中が必要ということなのかもしれないな。体力を使うようだから、強力な魔法は体力が切れて連続では使えないということもありそうだ。

「わかった。ただ魔法を使っている時に限界のようなものを感じたら言ってくれ」

「はい、心配してくださってありがとうございます」

「よし、じゃあ三階に行こう」

三階にはやはりストーントータスが出現した。

俺が引き付けている間にフレイニルの魔法で首を切断させたが、なるほどこれが本来の倒し方なのだろう。

試しにフレイニルの魔法を集中的に照射させたら甲羅に穴を開けることはできた。ただそれでは致命傷にはならず、かえってストーントータスが暴れ始めてしまった。

仕方なく俺が甲羅ごと叩《たた》き潰《つぶ》すと、それを見てフレイニルが目を見開いた。

「ソウシさまはすごいお力をお持ちなのですね」

「力だけならCランクくらいはあるみたいだからな」

「これほどのお力があれば、私の魔法など必要ないのでは……」

急にまた捨てられた子犬のような目をするフレイニル。

「いや、力だけで倒せないモンスターも必ず出てくるだろう。その時にフレイニルの力が必要なんだ」

「はい！　その時にお力になれるよう、頑張って魔法スキルのレベルを上げます！」

ついフォローをしてしまったが、嬉しそうな顔をするフレイニルを見るとどうも良くない方向に進んでいるような気がしないでもない。しかしこの年頃の娘さんにとって、自分が必要とされているかどうかというのは大切な問題だし仕方ないだろう。

そんな感じで地下四階まで進んだが、スライムの核を『一条の聖光』で貫くと楽に倒せることがわかり、魔法の有用性を再認識した。

これならボスのラージスライムも楽勝かもしれないと思いつつ、今日のところは撤収した。


翌日も朝一でダンジョンに入った。

今回はボス討伐をメイン目標に据え、フレイニルの実戦演習は最小限にとどめて一気に地下五階まで進んだ。

ボス部屋の前で装備を確認し、特に『毒耐性』スキルのないフレイニルには解毒ポーションを多めに渡す。

ボス部屋に入ると黒い靄《もや》が発生し、その中からボスのラージスライムが現れる。だがよく見ると、前に戦ったラージスライムとはなにかが違う。大きさも少し大きい気がするし、中央部にある核が三つあるように見える。

「どうやらレアボスのようだ。普通のボスより強い。気をつけてくれ」

「はい。やはりあの核を攻撃すればいいのでしょうか？」

「そうだな。三つあるからたぶん全部潰さないとダメだろう」

「魔法で攻撃してみます」

「頼む、核を一つずつ潰していこう。いつもの通り俺が前で守る」

「はい、魔法準備します」

精神集中を始めたフレイニルの前に立って、俺はレアボスと対峙《たいじ》する。核が三つだから『トリプルコア』とでも呼ぶか。

トリプルコアはにじり寄ってくると、やはり身体《からだ》を触手のように伸ばしてこちらを絡めとろうとする。核が三つあるからだろうか、一度に伸びてくる触手の数が多い。しかし『剛力』『翻身《ほんしん》』『安定』スキルのおかげで物理法則を無視して振ることができる俺のメイスは、それらすべてを弾《はじ》き返す。爆散させてもいいのだが、フレイニルが飛沫《ひまつ》をかぶると毒が怖いので手加減は忘れない。

「魔法いきます！」

フレイニルが俺の斜め後ろから『一条の聖光』を放つ。レベルが上がって少し太くなった光線が核の一つを貫通した。トリプルコアの全身がぶるぶると震えているのはダメージを負った証拠だろう。

「いいぞ、次も頼む」

「はい！」

フレイニルが再度精神集中に入る。トリプルコアはフレイニルを危険だと感知したのか、触手を俺の後ろに伸ばそうとする。

無論それを許すわけにはいかない。俺はメイスを振るって触手を本体に押し返してやる。

「次いきます！」

再び放たれた光線が二つ目の核を貫く。しかしよく考えたらすごい命中精度だ。これは褒めてやらないと……などと考えた時、

「きゃあっ！」

悲鳴に振り向くと、フレイニルの片足に触手が絡みついていた。どうやら俺の死角から触手を迂《う》回《かい》させて伸ばしていたらしい。

フレイニルの身体が触手に引っ張られて倒れ込む。「いやっ！　ソウシさまっ！」という声を聞いて、俺の目の前が赤くなる。

「テメエ、放しやがれっ！」

俺は本体に向かって突っ込んでいくと、メイスを滅茶苦茶《めちゃくちゃ》に振り回してトリプルコアのゼリー状の身体を片っ端から削《そ》ぎ落していった。

目の前に最後の核。俺は全力でメイスを叩き込み、残った身体ごと核を爆散させた。

「あっ、ありがとうございますソウシさま……」

その声で俺は我に返る。

どうやらまた『興奮』スキルが発動したみたいだな。なにか汚い言葉を発してしまった気がするが、フレイニルが驚いていなければいいのだが。

フレイニルのもとに駆け寄ると、やはりスライムの飛沫を浴びてしまっていた。毒を食らったかはわからないがとりあえず解毒ポーションを飲ませておく。

「すまない、油断した。毒は大丈夫だと思うが、他に怪我《けが》はないか？」

「はい、大丈夫です。私も油断しました。すみません……」

「謝ることはない。互いに次に活《い》かそう」

フレイニルが立ち上がるのを手伝ってやる。ぱっと見て防具や衣服にダメージはないので怪我はなさそうだ。

しかしまたレアボスとは、やはりちょっと遭遇率が異常だな。もしかしたら俺には『悪運Lv.10』とかのスキルがついているのかもしれない。

俺が難しい顔をしていたからだろう、フレイニルが恐る恐る俺に聞いてきた。

「あの……ソウシさまは怒っていらっしゃいませんか？」

「いや、そんなことはまったくないが。そう見えるか？」

「先ほど戦っていた時のソウシさまの様子が、とても怒っているように見えたので……」

「ああ、それはたぶんスキルの影響だ。自分を興奮状態にして能力を上げるスキルがあるようなんだが、それが発動するとどうも言葉遣いが乱暴になってしまうらしい」

「そうなのですね。てっきり私のふがいなさに怒っていらっしゃるのかと……」

「フレイニルはまだ冒険者活動を始めて一週間ちょっとしか経《た》ってないんだ。むしろよくやっている方だと思うし、あの程度で怒るはずがない。そもそも俺がフォローするべき場面だったしな」

そう言ってやると、フレイニルは安心したのか「はい」と言って笑った。

その身体がビクッとなったのはスキルが頭に入ってきたからだろう。俺の方にも今来たしな。

「『重爆』？　なんだこれは？」

流れ込んでくる知識によれば攻撃の瞬間、打撃に更なる「重さ」を加えるというスキルのようだが、ますます脳筋度が上がって物理攻撃特化になっただけのような……。まあレアスキルなのだろうし、かなり強力そうなスキルだから文句はない。

「フレイニルはどうだ？」

「はい、『神属性魔法』というものを得たようです」

「『神属性』？」

いかにもレアな魔法という感じのスキルだな。『聖属性』を調べた時に魔法系のスキルは一通りチェックしたが、『神属性』というのはなかった気がする。

「神聖な空間を作り出して味方を強化したり、モンスターを弱めたりする魔法だそうです。お役に立てそうですか？」

なるほど、複数の補助効果を混ぜたような属性なのか。名前的に『聖属性』の上位スキルかと思ったが守備範囲が違う魔法のようだ。

「それはとても役に立ちそうだ。しっかり練習して使いこなせるようにならないとな」

「はい、必ずソウシさまのお役に立つように身につけます！」

「あ、ああ……」

フレイニルの言葉が一段と重さを増したような気がして、俺は少し気圧《けお》されてしまった。

フレイニルにとって俺は今のところ恩人のようなものだから、俺の役に立とうという考えはわからなくはない。それが冒険者としてのモチベーションになるのなら、それはそれで悪くはないだろう。


ともかくも目的を達成し、宿に戻った俺たちは食堂で夕食をとっていた。

フレイニルはEクラスダンジョンでもついていけることがわかって多少表情が明るくなったようだ。稼ぎも入ってくるようになったのも大きいのかもしれない。今持っている装備は俺が金を出したのだが、そのこともかなり負い目に思っているようだし。

「フレイニル、明日エウロンに向かおうと思っているんだが問題ないか？」

「エウロンというとバリウス子爵様の……いえ、大丈夫です。どこまでもソウシさまについて参ります」

一瞬だけ考える素振りを見せたフレイニルだが、すぐに重めのセリフを返してきた。

「エウロンに戻ったらまずはフレイニルの装備を見直そう。少なくとも武器は魔導師用の杖《つえ》にしないといけないだろう」

「そうですね。槍《やり》も慣れてきたところなのですが、接近戦だとソウシさまの足手まといにしかなりませんし……」

「それは仕方ないさ。それぞれの得意分野を活かすのがパーティというものだ」

「はい、私は魔法を鍛えたいと思います。魔法スキルを二つ得たということは、そちらに進めというアーシュラム神のお導きだと思いますから」

「そうだな、『神属性』はどうも非常に珍しいスキルのようだ。それを活かすのが正しい道だろう」

帰りにギルドに寄ってガイドを見返したが、『神属性』に関する記述はまったくなかった。ということはギルドに報告するべき案件なのだが、今のところ保留にしてある。

なんとなくだが、訳あり少女のフレイニルがそんなレアスキルを身につけたとなれば、妙な厄介ごとが起こるような気がするのだ。

「ところで、エウロンに連れていってくださるということは、ソウシさまとずっと一緒と考えてよろしいのでしょうか？」

「ん？　どういう意味だ？」

「あの、私をパーティに入れてくださった時に、『人並みに戦えるようになるまで教える』とおっしゃっていたので……」

そう言いつつすがるような目を向けてくるフレイニル。なるほど、戦えるようになったら放り出されると思っていたらしい。

「あれはフレイニルが別のパーティに移りたいと思ったら俺はそれを邪魔しないという意味だ。フレイニルが今のままでいいならずっと一緒でいい」

「はい！　ずっとご一緒させていただきます！」

急にテンションが上がる少女を前にして、俺はなにか決定的なミスを犯したような錯覚をおぼえた。まさか会って数日で女の子が見知らぬおっさんにそこまで依存するなんてことはないと思うのだが……。子どものいなかった俺には、この年頃の娘さんの考え方が理解できないのも確かであった。


エウロンまでは徒歩二日なので、来た時と同じ村で一泊をするつもりでマネジの町を出た。

日が傾いてそろそろ村が見えるか、というところまで来た時、フレイニルが急に辺りをキョロキョロと見回し始めた。

「どうした？」

「少しおかしな気配を感じたような気がして……あちらの方です」

フレイニルが指さす方向に、なにやら黒い霧がぼんやりと立ちこめているのが見えた。街道からかなり外れた場所だが、平原なので行くのは問題なさそうだ。

「確かになにか妙な雰囲気の場所があるな。見に行ってみるか」

「はい、その方がいい気がします」

フレイニルの言葉にはなにか確信めいたものが感じられる。彼女の勘に引っかかるものがあるのだろう。

近くまで歩いていくと、朽ちた柵《さく》に囲まれた野球場くらいの広さの場所があり、そこには石や木でできた置物……墓標が乱雑に並んでいるのが見えた。

忘れ去られた墓地、という感じの場所である。

しかし墓場でおかしな気配となれば、この世界ではアンデッドモンスターが出るということだろうか。本来ならこのまま立ち去りたいが、冒険者としては無視もできない。

「行ってみるか。モンスターが出るかもしれない。『聖光』を使うつもりでいてくれ」

「はい。アンデッドモンスターかもしれないということですね？」

「違うならいいんだけどな」

ゲーム的にはアンデッドというと面倒なイメージしかない。

ともあれ『気配感知』を使いながらゆっくりと墓地に近づき敷地内に入るが、特に動きはない。

朽ちた墓標に刻まれた文字を見る限り、どうやら昔の戦死者を弔った墓地のようだ。

「むっ？」

『気配感知』に反応がある。見ると離れたところの地面がボコボコと盛り上がりなにかが出てくる。

すぐにボロボロの剣と盾を装備した骸骨《がいこつ》のモンスター、『スケルトン』が三体地上に現れた。

「フレイニル、魔法の用意を」

「はい、ソウシさま」

俺が突っ込んでいってもいいが、昨日の件もありフレイニルと距離を取るのはためらわれた。俺が待ち構えているとスケルトンはカタカタいいながら迫ってくる。

「魔法いけます！」

「やってくれ」

フレイニルが俺の横に来て『一条の聖光』を放つ。横薙《よこな》ぎにされた光線は、三体のスケルトンをすべて両断し一瞬で蒸発させた。スケルトンの強さはわからないが、確かに『聖光』はアンデッドに強い効果があるようだ。

スケルトン本体は消えたが、魔石と武器などはその場に残った。魔石だけを拾っていると、周囲の地面がまたボコボコと盛り上がる。現れたのは八体のスケルトン。

「囲まれるとまずい。後についてきてくれ」

「はい！」

俺は一番近くの二体に向かって突っ込んでいき、メイスで盾ごと叩《たた》き潰《つぶ》す。

そのまま包囲の外に抜けると、フレイニルを後ろにかばいつつ振り返る。

残り六体のスケルトンがカタカタと迫ってくるが、叩きつけられるメイスに耐えられるものはいない。

スケルトンの振るう剣先がかすることはあったが、防具と『鋼体』スキルが軽い切り傷以上のダメージを許さなかった。

「これで終わりか……？」

周囲を警戒するが、地面にはそれ以上の変化はないようだった。しかしまだ黒い霧がうっすらと立ちこめている。嫌な感じだ、まだなにか出てくる気がする。

「フレイニル、『聖光』の用意を」

「は、はい！」

俺が指示を出すと同時に、黒い霧が空中の一カ所に集まり始めた。その霧が次第にはっきりとした形をなし始める。

現れたのは黒いフード付きマントを着たスケルトンだ。両手に長い杖を持ち、明らかに魔法を使ってくるモンスターの雰囲気がある。宙に浮いているところからするとかなり高位のアンデッドモンスターなのかもしれない。

フレイニルはまだ精神集中をしている。宙に浮いている以上俺の攻撃は届かない。

俺が構えて睨《にら》んでいると、そいつは長い杖を天に掲げた。杖の先端の周囲に石の槍が三本生成される。

その三本の槍が順番に射出された。後ろにはフレイニルがいる。避《よ》ける選択肢はない。ならばできる対応は一つだけだ。

俺はメイスを振るって石の槍を迎撃する。『動体視力』『反射神経』『瞬発力』、そして『冷静』『思考加速』のスキルを総動員して、飛来する槍を叩き落とす。

魔法であっても石の槍という物質になってしまえば、圧倒的な物理力で相殺できるらしい。

「魔法いきます！」

フレイニルが『聖光』を放つ。光線に斜めに斬られた高位スケルトンは、切断こそされなかったものの多少はダメージを受けたのか地上に落下した。

「フレイニル、神属性魔法を！」

「は、はいっ！」

今の反応を見た感じ、『聖光』ではとどめは刺せないように思われた。『聖属性』で不十分なら別の魔法、『神属性』を使ってみるしかない。

指示を出した俺は、地上に落ちた高位スケルトンのもとに走った。攻撃が届くうちに打撃を与えなくてはいけない。

俺がスケルトンを射程にとらえるのと、スケルトンが体勢を立て直すのは同時だった。

俺はメイスを横薙ぎに振り切る。棘《とげ》つき鉄球がろっ骨のあたりをとらえ、スケルトンはバラバラになりながら吹き飛ぶ。

「くそ、ダメか！」

当たった時の手応えが弱い。どうやら自らバラバラになることで衝撃を逃がすことができるようだ。それでも当たったところの骨は砕け散ったが……吹き飛んだ骨は離れたところで再びスケルトンの形をとる。

俺はそちらへ再度走る。スケルトンが杖を天に。射出されたのは直径一メートルほどの火球。

さすがに火球をメイスでは相殺できないだろう。避けてもフレイニルには当たらないことを確認し、命中する直前に『翻身《ほんしん》』を使ってかわす。

俺の動きを見てスケルトンが少し動揺したような動きを見せた。こいつには知性があるらしい。いや、そうでなくては魔法は使えないか。

「魔法いきます！」

フレイニルが叫ぶ。すると俺とスケルトンの周辺がまばゆい光に包まれた。

神属性魔法『神の後光』。範囲内のモンスターを弱体化させる魔法だ。雰囲気的にアンデッドに特別な効果がありそうだとは思ったが、目の前のスケルトンは確かに全身の力が抜けたように地面に崩れ落ちていた。

「しぃっ！」

俺は気合を入れ直してダッシュ、スケルトンの頭骸骨《ずがいこつ》にメイスを大上段から振り下ろす。

グシャッ！　という感触と共に頭骸骨が砕け散り、ついでに背骨その他も粉々になった。弱体化のせいでバラバラになって力を逃がすこともできなかったようだ。

高位スケルトンが粉々になると、周囲の黒い霧がすうっと晴れた。どうやらアンデッドモンスターの出現はこれで終わりのようだ。

地面には砕かれた骨と、いびつな形をした手のひら大の魔石、そして高位スケルトンが使っていた杖が残された。

魔石と杖を回収し、フレイニルのもとに向かう。

「フレイニルの魔法がなかったら危なかったな。お手柄だ」

「はぁ、ふぅ……はい、ソウシさまのお役に立てて嬉《うれ》しく思います」

そう答えるフレイニルは肩で息をしていた。『神属性魔法』はかなり体力を消耗するらしいのだが、その分アンデッドへの効果も大きいようだ。

「しかし急にアンデッドが現れることがあるんだな。フレイニルはもともとそういうのを感知する力が強いのか?」

「いえ、そういうことはなかったと思いますが……。でも先ほどははっきりと異変を感じました」

「だとすると、『覚醒《かくせい》』した時にフレイニルには特別な感知の力が備わったのかもしれないな」

「そうなのでしょうか? それならいいのですが」

もしかしたらアンデッドを特別に感知しやすい体質になりつつあるのかもしれないな。俺が脳筋一直線になっているように。

「ところでこの杖《つえ》は結構いいものみたいだが、フレイニルが使ってみるか?」

「ええと、アンデッドが使っていたものを、ですか?」

俺が先ほど拾った杖を見せると、フレイニルが形のいい眉《まゆ》をひそめた。それはそうか、普通は触るのも嫌だよな。しかもこの杖見た目が少し禍々《まがまが》しい。

「ああすまん、ただ思いついて言っただけだ。よく考えたらこいつには変な呪いとかかかってるかもしれないな。ギルドに売ってしまった方がいいか」

「そうですね……。でももし本当にいいものなら使ってみたい気もします」

「そうか。どちらにしろギルドでどういうものか聞いてからにしよう」

「はい」

いきなりアンデッドが出現したことについても報告は必要だろう。これが普通に起きることとは思えない。

しかし再びこのようなレアケースらしきものに遭遇するとは。どうやら『悪運』スキルの存在はほぼ確定のようだ。

もしこれが非常にレアなスキルなのだとしたら……俺がこの世界に来たこととなにか関係があるのかもしれない、と考えるのは少し穿《うが》ちすぎだろうか。

名前　ソウシ　オクノ　　Eランク　　冒険者レベル10

〈新たに獲得したスキル〉

特殊

毒耐性　Lv.2　幻覚耐性　Lv.1　剛力　Lv.2　翻身　Lv.2　重爆　Lv.1

特異

悪運　Lv.10

STATUS

NAME
フレイニル

RANK
Fランク

冒険者レベル
5

武器系
槍 Lv.3　格闘 Lv.1

防具系
バックラー Lv.1

身体能力系
体力 Lv.3　筋力 Lv.2　走力 Lv.3
瞬発力 Lv.2　反射神経 Lv.2

感覚系
視覚 Lv.2　聴覚 Lv.2　嗅覚 Lv.2
触覚 Lv.2　動体視力 Lv.2
気配感知 Lv.2

精神系
勇敢 Lv.2　精神集中 Lv.1

特殊
聖属性魔法 Lv.2　神属性魔法 Lv.2

特異
聖者の目 Lv.1

ソウシのコメント
見た目や所作、言葉遣いが上品なので、もとは良家のお嬢様と思われる。魔法を使う後衛職になれそうなので、このまま成長していけばいずれ独り立ちすることもできるだろう。もっとも彼女自身はそれを望んでいないようだ。俺に依存し始めている様子も見えるので、今後注意深く見守っていきたい。

フレイニルの述懐　～ソウシさまとの出会い～

「フレイニルよ。お前は『覚醒』した者の義務として冒険者とならねばならぬ。これは国の定めである。逆らうことはできぬ」

「お前の父上にはすでに承諾を得ている。せめてもの慈悲として、我々が責任をもってお前が冒険者となるにふさわしい地へ送ってやろう」

　私の生活は、たった一週間ですべてが変わりました。

　訳もわからないうちに身分を否定され、そして見知らぬ街に放逐されたのです。

　混乱する中で辛《かろ》うじて理解できたのは、これから自分は『冒険者』として生きていかなければならないということ。しかし『冒険者』という存在は、私にとってあまりに縁の遠いものでした。

　馬車で送ってくれた方の助言に従って、私はマネジという町の冒険者ギルドでまずは冒険者について勉強をすることにしました。幸い私のような人間のために、冒険者がどのようなものなのか、書物に詳細にまとめられていました。しかしその説明を読むにつれ、自分には到底できるものではないという強い確信しか生まれてきませんでした。

　そしてその確信は、たまたまその場で出会った優しそうな男性の経験談を聞いても、変わることはありませんでした。

翌日、親切な冒険者ギルドの職員さんが紹介してくださった冒険者のパーティと、私はダンジョンに入ることになりました。装備については最低限のものを渡されていましたので、ともかくもなにかできるのではと思っていたのですが……。

その考えは、やはり甘かったと思い知らされました。

ダンジョンに入った時にはすでに足が震えていた私は、緑色の鬼のようなモンスターを目の前にして、恐怖で地面に座り込んでしまいました。パーティの方から叱咤《しった》を受けても、ただ「できません」と答えるしかなく……今思うと恥ずかしさしかありません。

その後パーティを追いだされた私は、自分に降りかかった理不尽と、その理不尽を前になにもできない自分の情けなさに、その場で泣くことしかできませんでした。

いっそのこと消えてしまいたい……そんなことまで考え始めた時、

「できないことは急にできるようにはなりませんから、悩まない方がいいですよ」

優しい声で慰めてくださったのが、ギルドでお会いした男性――ソウシさまでした。

ソウシさまは冒険者として必要なことを、本当に一から親身になって教えてくださいました。身体《からだ》の鍛えかた、スキルの鍛えかた、そしてモンスターに対する心の持ち方。事前の準備が大切なこと、練習をしなければ身体は動かないこと、お金を得るためにしなければならないこと。冒険者としての技能もそうですが、それ以前に生活するのに必要な知識も、ソウシさまは授けてくださ いました。

恐ろしく見えたあの緑色の鬼も、ソウシさまと一緒なら倒すことができました。

相手はモンスターとはいえ、初めて命を奪うという行為をしたにもかかわらず、私の心にはソウシさまへの感謝しかありませんでした。

その後も私はソウシさまに従って、いくつかのダンジョンを踏破しました。

『聖属性魔法』『神属性魔法』といった魔法スキルも得られた私は、その時になってようやく、冒険者としてやっていけるかもしれないと、自信を持てるようになりました。


危機に陥った私を見捨てず助けてくださったソウシさま、私を必要だとおっしゃってくださったソウシさま、ずっと一緒にいると約束してくださったソウシさま。

ソウシさまと共にいるだけで、私の身体の中に、不思議と強い力が湧いてくるのがわかります。

間違いなく、ソウシさまは私にとって特別な人、特別な存在です。ソウシさまが神の使いであったとしても、きっと私は驚かないでしょう。


思えば私はこれまで外の世界を知らず、閉じた世界の中で生きてきました。母が亡くなり家を出され、出された先からも追放され、そうしてたどりついた小さな町で、私はやっと自分の居場所を見つけ、広い世界に出ることができたのです。これが神の導きでないのなら、いったいなんであるというのでしょうか。

私はこれから、ソウシさまと共にこの広い世界で生きていきます。冒険者という、恐ろしいモンスターと戦わなければならない身とはなりましたが、そこに不安はありません。

ソウシさまと共に生き、ソウシさまと共に戦い、ソウシさまと共に世界を回る。それを考えただけで、私にはすべてが輝いて見えるような気がします。

ただ一つ、私が恐れるのは、私自身がソウシさまにとって必要のない人間になってしまうこと。ゆえに私は、常に自らを鍛えていかなければなりません。その態度こそが、今までの自分に最も足りないものであったと、今ならわかるのですから。

5章　出会いの連鎖

一週間ぶりに戻ってきたエウロンの町だが、そもそも長期間滞在していたわけでもないので懐かしいという感じはない。

フレイニルはと見ると、彼女にも特に新しいところに来たという反応はなかった。

「もしかしてエウロンには来たことがあるのか？」

「はい、何度かあります。と言ってもこうして自分の足で街中を歩くことはあまりありませんでしたが」

フレイニルはそれ以上のことは口にせず、訳あり感が増しただけだった。

エウロンに着いた時はすでに夕方だったが、俺たちはそのまま冒険者ギルドに向かった。

ロビーには冒険者のパーティが二十組以上はいる感じでカウンターにも数名が並んでいるが、例の無愛想受付嬢の前には誰もいない。普通に美人だとは思うのだが、やはりあのそっけない態度が敬遠されているのだろう。

「すみません、報告したいことがあるのですが」

「おや、ソウシさん、お帰りになったのですね。報告とは？」

「マネジの町からの帰りにアンデッドモンスターに出くわしまして、その報告です」

「アンデッドですか？　証拠はありますか？」

「ええ、これですね」

高位スケルトンが落としたいびつな魔石と杖《つえ》を見せると、受付嬢の目がすっと細まった。

おっと、これはまた面倒ごとの予感だ。

「お話をうかがいます。こちらへ」

受付嬢の後について奥の部屋に入る。大きめのテーブルに椅子が並んだ部屋だ。

俺たちが椅子に座ると、受付嬢はそこで初めてフレイニルに気付いたようだ。

「こちらの方はパーティメンバーですか？」

「ええそうです。マネジの町で知り合いまして。ようやくパーティが組めました」

「そうですか。すみません、お名前は？」

「はい、フレイニルと申します。ソウシさまのパーティに入れていただきました。よろしくお願いいたします」

フレイニルが頭を下げると、受付嬢が含みのある目で俺を見る。咎《とが》めるような感じではないので、おっさんがいたいけな少女を連れて……という意味でもないようだ。もしかしたらフレイニルのことをなにか知っているのだろうか。

「よろしくお願いいたします。私はマリアネと申します」

受付嬢はすぐに俺から視線を外し、フレイニルに挨拶《あいさつ》を返した。この受付嬢の名前をようやく聞いた気がするな。

受付嬢……マリアネは筆記具の準備をすると、俺に向き直った。

「では、報告をお聞かせ願います」

「ええ、昨日朝にマネジの町を出立し……」

俺は昨日のアンデッドモンスター討伐について、一通りの説明をした。

マリアネはいつもの無表情を崩さなかったが、細部までつっ込んで聞いてくることもあったので
やはりこの件がレアケースだったのだとわかる。

「こちらがその高位スケルトンが落とした魔石と杖です。魔石は買取りをお願いします、杖につい
ては問題がなければこちらで使いたいと思っています」

「お話とこの魔石の形状から、そのアンデッドモンスターが『リッチ』であったことはほぼ確定と
なります。とするとこの杖は『亡者《もうじゃ》の杖』、使用なさるなら鑑定することをお勧めします」

「やはり呪いのようなものがかかっていたりするのでしょうか？」

「ごく稀《まれ》にそのようなことがあるようです。鑑定なさるならこちらで受付いたします。費用は十万
ロムになりますが」

「この杖はかなり強力なものと考えてよろしいのでしょうか？」

「本来ならCランク以上の魔導師が使うランクのものと聞いております」

ふむ、かなり強力な武器のようだが、問題はそんな武器をFランクのフレイニルが持っているこ
とをやっかむ奴《やつ》がいるかどうかだな。

とはいえこの世界の冒険者はそこまで荒っぽくはないようだし、そもそもあまり絡んでくる者も

いない。とりあえず使わせてみてなにかあったら考えればいいか。

「わかりました、では鑑定をお願いいたします。私からの報告は以上ですが、他になにかあるでしようか？」

「言い忘れておりましたが、リッチはDランク上位、もしくはCランクに位置するモンスターです。くれぐれも無理はなさらないようにお願いいたします」

そう忠告してくれるマリアネはやはり無表情なままだった。もしかしたらこの態度で損をしている人なのかもしれないな。


翌朝フレイニルと一緒にトレーニング場に行くと、珍しく先客がいた。Cランクパーティ『フォーチュナー』のリーダー、ジールが黙々と長剣……ではなくダークメタル棒を振り回している。

俺たちがいつもの通り体力トレーニングを始めると、ジールはちらちらとこちらの様子をうかがう素振りを見せた。トレーニング内容というより俺がフレイニルを連れているのが気になるのだろう。

小休止するタイミングでジールは声をかけてきた。

「よう、しばらく見なかったな。パーティメンバーをスカウトしに行ってたのか？」

「マネジの町にダンジョンを巡りに行っていました。彼女はたまたまそこで知り合いまして」

「ふうん……っていうかその娘《こ》ずいぶん若いな。まだ『覚醒《かくせい》』するような歳《とし》じゃない気もするが」

「ええ。私もそう思うのですが、自分自身がその例外なのでなんとも」

「ははっ、確かにそうだ。まあ珍しいってだけでいないわけでもねえからな。俺はジール、お嬢ちゃんは？」

ジールが急に挨拶をしたので、フレイニルは一瞬言葉に詰まってから挨拶を返した。

「あ、フレイニルと申します。よろしくお見知りおきください」

「こりゃまた礼儀正しいお嬢さんだな。フレイニル……ね。まあよろしく頼むわ」

そう言ってジールは鍛錬に戻ろうとして、なにかに気付いて立ち止まった。

彼が見ているのはフレイニルが持つ『亡者の杖』だった。昨日「問題なし」との鑑定結果が出たのでフレイニルは早速装備している。

「ん？　フレイニルのお嬢ちゃん、その杖はどこで手に入れた？」

その質問に、フレイニルは俺の顔を見た。代わりに俺が答える。

「実はマネジから帰る途中でリッチに遭遇しまして、その戦利品なんです」

「リッチ？　ソウシたちだけで倒したのか？」

「ええそうです。ちょっと危なかったですね」

「いやちょっとって話でもねえと思うが。まあキングを倒せるんだからおかしくはねえのか。悪いな、ウチの魔導師も欲しがってる杖なんで、買えるところがあったら教えて欲しくてよ」

「やはり珍しいものなんですね」

「そうだな、リッチ自体がそうそう現れるものでもねえし、大抵討伐する時に壊れちまうからな。レアっちゃあレアだ」

「なるほど」

「しかしリッチがこの辺りに現れるってのもまた妙な感じがするな」

「墓地があれば現れるものなのではないのですか？」

俺がそう言うとジールはプッと噴き出した。

「そんなワケねえだろ。もしそうなら怖くて墓参りもできねえわ。アンデッドってのはダンジョン以外じゃよほど瘴気《しょうき》のよどんでるところじゃなきゃ発生しねえ。特にリッチは特別なモンスターで、普通には現れねえんだ」

「ええ……」

ではなぜ俺たちは遭遇したのだろうか。俺の『悪運』スキルのせいだとしたらかなり困るのだが……。

そんなことを考えていると、ジールが少し眉間《みけん》に力を入れて話を始めた。

「実はちょっと噂《うわさ》になってんだが、最近あちこちでアンデッドが出現してるって話があるんだ。その近くで怪しい人影を見たって話も聞こえてくる」

「なんですそれ？　もしかして誰かが意図的にアンデッドを召喚しているとかですか？」

「な、そう思うだろ。胡散臭《うさんくせ》え話だが、実際そういうことをする奴らは昔からいるみたいだぜ。墓場のそばを通る時は気をつけた方がいいかもな」

「わかりました、気をつけるようにします」

なんかエウロンに戻って早々、とんでもない話を聞いたな。

『悪運』スキルのせいでリッチに遭遇したわけじゃないようなのは良かったが、それ以上の厄介ごとが迫ってきているようだ。

俺としては関わることなくやり過ごしたいところだが、どうも『悪運』スキルが反応してしまう予感しかない。だったら解決策は一つしかない。とにかく強くなる、それだけだ。


その日はフレイニルにスキルを取らせる目的でFクラスダンジョンを踏破した。

ボスは通常のベアウルフで、『聖光』一発でケリがついた。実は『亡者の杖』がかなり高性能で、フレイニルが言うには精神集中にかかる時間が二割ほど減ったらしい。確かに発動までが少し早かった気がするし、威力も一気に上がっていたようだ。このあたりは『悪運』さまさまかもしれない。

フレイニルが新しく身につけたのは『消費軽減』というスキルで、魔法を発動した時の体力の消耗を抑えるものとのことだった。彼女は彼女で順調に魔導師の道を歩んでいるようだ。

翌日、翌々日は俺がすでに踏破している河原のEクラスダンジョンに潜った。

すでにフィッシュマンは敵ではない。ストーントータスは俺の『重爆』スキルを上乗せすると甲羅ごと爆散するようになってしまった。

スライムはフレイニルの魔法のいい訓練相手になってもらった。ボスのラージスライムも『聖光』の狙撃で一発である。

どうも俺たちはEランクのパーティとしては相当に強い気がする。レアスキル持ちだからということだろうか。

フレイニルの新たなスキルは『充填《じゅうてん》』。精神集中の時間を長く取ることで魔法の威力を上げるスキルだそうだ。もしかしたらパーティの切り札になる能力かもしれない。

その日は二人とも冒険者レベルも上がり、気分よく町に戻りギルドに向かっていた。

「ソウシさま、私かなりお役に立てるようになってきた気がします」

「そうだな。魔法も実戦で活躍できるレベルだし、立ち回りも慣れてきた感じがする。俺も一人で潜っていた時より断然戦いやすくなったよ」

「本当ですか？　それならすごく嬉《うれ》しく思います。もっともっとソウシさまのお役に立てるよう頑張りますね」

杖を胸にあてながらニッコリと笑って俺を見上げる金髪碧眼《へきがん》の美少女。その目には相変わらず少し重めの光が宿っている。

そんな話をしながらギルドに入ろうとすると、ふと妙な視線を感じた。

見るとギルドの入り口に一人の少女が立っている。紫がかったロングヘアの、フレイニルより少し年上に感じられる少女だ。頭に犬のような耳が付いているので獣人族なのだろう。美少女と言っていい顔立ちだが、その気の強そうな目がじっと俺たちに向けられている。

「ソウシさま、あの方が気になるのですか？」

「あ、いや、なんかこっちを見てるなと思ってね」

「なにかご用がおありなのでしょうか？」

「さあな。用があれば向こうから声をかけてくるだろう」

おっさんが女の子を連れてれば良くも悪くも興味を持つ者はいるだろうが、それが少女となるとどんな興味を持たれているのか知りようもない。とりあえず放っておいてカウンターのマリアネのところへ行く。

「お疲れ様ですソウシさん。買取りですね」

「ええ、お願いします」

俺が魔石や素材を出すと、マリアネはそれに目を通してからフレイニルを見て言った。

「おめでとうございます、フレイニルさんはこれでEランク昇格の条件を満たしました」

「えっ？　あっ、ありがとうございます」

いきなりの通告にフレイニルは目を丸くする。

「ずいぶんと早くないですか？」

「Fランクでありながら複数のEクラスダンジョン踏破、レアボス討伐、リッチ討伐、十分すぎる実績です。むしろFランクにはしておけません」

俺の質問にマリアネは涼しい顔で答えるが、つまり力のある者は大討伐任務を強制できるようにしたいということだろう。

フレイニルの冒険者カードを更新しつつ、マリアネはさらに一冊の冊子をカウンターまで持ってきた。開いた中身を見るとどうやら討伐任務の台帳のようだった。

「ところでソウシさんにお勧めの討伐任務があります。お聞きになりますか？」

「ああ、この間の話ですね。教えていただけますか」

「はい、こちらの『テラーナイト』の討伐になります」

「テラーナイトというのは確かアンデッドの一種ではありませんでしたか？」

確か中身のない歩く鎧《よろい》みたいなモンスターだったはずだ。

「そうなりますね。ただ基本的に完全な物理属性なので問題ないと思います。北の農村付近を徘徊《はいかい》しているようで、怪我《けが》人も出ています」

「数は？」

「依頼では二体となっていますが、現地にて確認してください」

「わかりました。受けようと思うが、フレイニルはなにか意見はあるか？」

確認を取ると、フレイニルは首を横に振り「ソウシさまのお考えのままに」と手を胸にあてて答えた。その姿を見て、マリアネが眉《まゆ》をひそめながらチラッと俺の顔をうかがってくる。変な風に勘違いされていなければいいのだが。

「では受諾します。手続きは冒険者カードで？」

「はい、お渡しください」

言われるままに冒険者カードを出そうとすると、後ろから近づいてくる気配があった。

「ねえ、あなたたちもし討伐任務を受けるなら、わたしをパーティに加えない？」

そう声をかけてきたのは、先ほど入り口で俺たちに視線を送っていた獣人族の少女だった。

その場で答えられるような話でもなかったので討伐依頼を保留にして、一度きちんと話を聞くことにした。声をかけてきた獣人少女・ラーニの案内で、近くの飯屋に入る。

テーブルに三人で座り注文をしたあと、俺はラーニに尋ねた。

「さて、どういういきさつで俺たちに声をかけたのか教えてくれないか？」

「いきさつって言われても……簡単に言えば、前のパーティから外れたところにあなたたちが現れたって感じ？　わたしもEランクだし、話を聞いてたらあなたたちもEランクみたいだったから、ちょうどいいかなと思って」

ラーニの言動には気負ったところがないので言っていることはその通りなのだろう。しかしこちらとしては知りたい情報が一切入っていない。

「質問が二点ある。一つは前のパーティを外れた理由、もう一つは俺たちのパーティに入っていいと判断した理由だ」

「むぅ、言いづらいことを聞くわね。前のパーティは追いだされたの、わたしが疫病神だからって」

「疫病神？」

「そ。わたしがいると、なぜかモンスターがいっぱい出てくるんだって。言いがかりだと思ったけど、実はその前も同じ理由でパーティを追いだされてるのよね」

確かに言いづらいことだが、そのあたりを隠さず話すのは悪くないな。もちろん処世術としてはバクチに近いが。

「それとあなたたちを選んだのは、さっきも言ったようにランクが同じだから。それとおじさんと女の子って組み合わせが変だったたから」

「変な組み合わせだとパーティに入りたくなるのか？」

「どういう関係なのかちょっと興味がわいちゃって。あ、おじさんが悪い人じゃないっていうのはニオイでわかってるから」

「匂いでわかるものなのか？」

「ええ、わたし狼《おおかみ》獣人だから鼻は利くのよね。フレイニルからおじさんのニオイがしないから大丈夫だと思ったの」

「私からソウシさまの匂いがしないのと、ソウシさまの人間性にどんな関係があるのですか？」

フレイニルが首をかしげて、ラーニと俺を交互に見る。

この狼獣人少女、なんてことを公衆の面前で言うのだろうか。俺は手でこめかみを押さえつつフレイニルに優しく諭した。

「フレイニル、その話は後でわかる時がくるから、それまでは忘れていてくれ」

「はい？　わかりました、ソウシさまがそうおっしゃるなら」

フレイニルが聞き分けのいい娘《こ》で助かった。いや、聞き分けがよすぎるのもそれはそれで怖い気もするが。

「なんかそういうところも面白いね。別に強制してるってわけでもなさそうだし。フレイニルにとってこのおじさんはどういう人なの？」

「おじさんではなくソウシさまです。私を助けてくださった方です」

「ふ〜ん、そんな関係なのね。まあいいや、それでわたしを入れてくれる？　討伐任務だとわたしの鼻は役に立つと思うわ」

「ラーニが得意なのはモンスターを探すことだけなのか？」

「あ、戦闘スタイルは見てわかるでしょ？」

ラーニは腰に長剣を下げていて、防具は鎧とも言えないプロテクターみたいなものだけだ。髪色と同じ紫系の服を着ているが、どちらかというと露出は多めだ。スカートが短すぎる気がするが……下に下着以外のなにかをつけているのだと信じよう。

「長剣で戦うというのしかわからないな。スピードで相手を翻弄《ほんろう》するタイプか？」

「それもあるけど、わたしが得意なのは魔法剣なの。だから物理攻撃が効きにくいモンスター相手なら強いわ。もちろん普通に戦っても強いけど」

魔法剣、そういうのもあるのか。ゲーム的に考えれば属性を付与した剣で戦うということだろうが、確かにこの先属性攻撃しか効かない敵に遭遇した時などは助かりそうだ。

「ふうむ……」

さてどうするか。『疫病神』というのは気になるが、モンスターが増える程度なら俺の『悪運(仮)』スキルと同じようなものだし、気にしなくていいような気もする。

そもそも俺とパーティを組むという人間自体がレアだからな。戦力アップを考えたら入れるべき人材だろう。フレイニルも女一人だと色々と心細いだろうしな。

それにラーニには獣人らしく尻尾《しっぽ》があるのだが、ずっと垂れさがったままなのだ。獣人の尻尾の意味が動物のそれと同じかどうかはわからないが、もし同じなら彼女は言動に反して落ち込んでいるはずだ。そう思うと無下にするのがためらわれるのも事実ではある。

「入れてもいいが、リーダーは俺でいいんだな？」

「それはもちろん」

「ウチのパーティは基本毎日ダンジョンに入るぞ。空き時間はすべて鍛錬だ。それでいいなら入ってくれ」

ラーニはそれを聞いて耳をピクピクさせた。これで退《ひ》くなら縁がなかったと思ってもらうしかないが……。

「それ本当？　実は今までのパーティは文句ばっかりで全然ダンジョン行かなくて、正直うんざりしてたのよね。わたし強くなりたいって思ってるから、むしろ断然入りたくなったわ。というわけでよろしくね！」

ラーニの尻尾が激しく揺れているところを見るとどうやら本気のようだ。

まあなんにせよ、目的が同じ仲間ならこれ以上のことはない。ブラックなパーティ一直線な気もするが、強さを求めるのは正しいと信じよう。


翌朝も日が昇る少し前からフレイニルとラーニを連れてトレーニング場に行った。

いつもの身体能力アップトレーニングを行ったが、効率的に身体スキルを上げることにラーニはかなり感動していたようだった。

話を聞くと少なくとも低ランクの冒険者には身体能力系のスキルを個別に意識して上げるという

習慣がないらしい。もちろんそれに特化したトレーニングをするという技術体系もない。

そうなるとトレーニング方法をギルドを通して広めるのもありかと思ったが、ラーニに「そんなの広めても誰もやらないわよ。皆、目の前の生活のことしか考えてないし」と言われてしまった。

なおラーニは正確に急所を狙う攻撃を得意とするとのことで、どうやら身体《からだ》を精密に操作する能力に優れているらしい。それもスキルだろうと思って意識したトレーニングをした結果、新たに『身体操作』スキルを得ることができた。

「こんなトレーニングするの初めてだけど、確かに昨日までに比べて身体の動きが一段階良くなった気がする。ソウシすごいわね」

トレーニングを終え、ラーニが長剣を振って身体の感覚を確かめている。スキルが上がると感覚にズレが生じることがあるので馴染《なじ》ませるのは大切である。

「ソウシさまのおかげで私も冒険者として戦えるようになりました。でもこれはやはり特別な訓練なのですね」

フレイニルが杖《つえ》を掲げる精神集中のポーズを取りながらそんなことを言う。

「そうね、こんな風に能力を上げるのはEランクじゃ珍しいんじゃない？　だって今このトレーニング場に誰もいないし」

「そうですね。ソウシさまには感謝しなくては」

「それにしてもソウシの振り回してるその棒、よくそんなもの持てるわね。どれだけ鍛えたらそんなことができるようになるの？」

「俺は筋力を高めるスキルが上がりやすいみたいなんだ。『剛力』も持ってるしな」

「ふぅん。でもそういう風に単純に力が強いっていうのはリーダーとしていいわ。今までのパーティのメンバーは皆私より力が弱かったし」

「そうなのか？　それはちょっと男としては情けないかもな」

獣人族は身体能力に優れるとは言うが、それでもラーニの見た目は華奢《きゃしゃ》な少女だ。男が力で負けたら立つ瀬がないだろう。パーティを追いだされたのはそのあたりにも理由があったりしそうだ。

そろそろ受付嬢が来る時間なので上がろうとすると、ちょうどそこにジールがやってきた。

「お、やってんな。っと、新しいメンバーか？　俺はジールだ、よろしくな」

「わたしはラーニ。ジールというと『フォーチュナー』のリーダー？」

「ああそうだ。なんだ、俺も有名になったもんだな」

「さすがにこの町の冒険者で、『フォーチュナー』を知らない人間はいないと思うわ」

「へ、嬉《うれ》しいね」

そんなことを言いながらジールは俺に顔を向けた。その目がちょっと笑っているのは、大方「若い女の子が好きなのか？」とでも言いたいのだろう。

状況的には否定のしようがないが、俺は一応首を横に振っておいた。こんなものはムキになって否定すればするほど墓穴を掘るからな。適当に流すに限る。

朝一で受付嬢のマリアネに討伐依頼受諾の手続きを頼み、俺たちはそのまま討伐依頼に出発した。

エウロンの町の北門から街道に出て、北へ徒歩で一日の農村まで歩く。いや、歩くつもりだったのだが、ラーニの「せっかくだから走らない？」という提案によってマラソンすることになってしまった。フレイニルが途中でバテ気味になったので俺が背負ったりしたが、おかげでいいトレーニングにはなった。

そんなわけで昼頃には目的地の農村に着いてしまったので、さっそく村長のところを訪れて討伐目標である『テラーナイト』についての情報を聞いた。

どうやら昼夜関係なく現れ、確認されている数は二体、ただし単に二体一組で行動しているだけで、もしかしたら数自体はもっと多いかもしれないとのことだった。

「なぜそう考えられるのですか？」

重要な話なので老年男性の村長にそう聞くと、

「見るたびに持っている武器が違うようなのです。剣と槍《やり》と斧《おの》、少なくとも三種類はいると最近わかりましてな」

という話であった。

武器が変わると言えば以前討伐したゴブリンの集団を思い出す。アンデッドも数が増えると武器が変化するとかあるのだろうか。まあ探ってみて、数が多いようならいったん退いてギルドに応援を要請することも考えよう。どちらにしろ今はモンスターを探すことが先決だ。

俺たちは宿泊小屋の使用許可を得てから、とりあえずテラーナイトが目撃された付近に行ってみることにした。

そこは森が遠くに見える、畑からは離れた草原だった。走る風が気持ちいいが、どうも嫌な雰囲気がピリピリとする。フレイニルは目を細めて周囲を見回し、ラーニは耳と鼻をひくひくさせてなにかをとらえようとしている。

「あちらの方に嫌な気配を感じます」

「そうね、あっちの方にイヤなニオイがする」

二人が同じ方を指さす。奥の森の方だ。俺の『気配感知』にはなにも引っかからないが、二人が言うのだからなにかあるのだろう。

「よし、行ってみるか。俺が先頭、ラーニがしんがりだ」

「はい、ソウシさま」

「わかったわ」

周囲を警戒しながら森へ向かって進んでいく。確かに首筋のあたりのピリピリが強くなる。初めての感覚だ、よほど存在の大きい『なにか』があるに違いない。

じりじりと前に進んでいくと、前方で急に『気配感知』に反応があった。後ろでラーニが剣を構えるのがわかる。

「来たな。フレイニル、『聖光』だ」

「はい」

俺が気配を感じるあたりを睨《にら》んでいると、黒い鎧《よろい》の戦士が二体現れた。戦士と言っても鎧の中身は空のはずだ。テラーナイトはいわゆる『生ける鎧《リビングアーマー》』の一種である。

問題は、そいつらがなにもない空間からいきなり姿を現したように見えたことだ。いくらゲームのような世界だといっても、なんの前触れもなくモンスターが現れるのはおかしいだろう。この先になにかからくりがあるに違いない。

俺たちが待ち構えていると、ガッチャガッチャと音を立てながら二体のテラーナイトが迫ってくる。その手には剣と盾を持っている。

「ソウシ、一体はわたしにやらせてよ」

ラーニが俺の横に来る。力を見せておきたいといったところか。ただの戦闘好きの可能性もあるが。

「わかった。もう一体は俺とフレイニルでやる。自分の相手は釣り出せるか?」

「任せて」

そう言うと同時にラーニの姿が一瞬で俺の横から消えた。気付くと一体のテラーナイトに一撃を加え、自分に引き付けて横に離れていく。『疾駆』スキルの動きだろうが、近くで見ると『動体視力』スキルがあっても目が追いつかない。

「魔法いけます」

「やってくれ」

フレイニルが横に来て『聖光』を射出。

レーザー光が盾ごと鎧を貫くと、その穴を中心にしてテラーナイトは溶けるように消えていった。

やはり聖属性魔法はアンデッドに強いようだ。

見るとラーニがテラーナイトを翻弄《ほんろう》するようにヒットアンドアウェイで戦っている。

ラーニは俺の方をちらっと見てから長剣を前にかざした。長剣の刃が赤く輝くと、その刃でテラーナイトの盾を斬り裂いた。

盾が溶けたようになっているので、あれが炎属性の魔法剣ということだろうか。ラーニの剣が二閃三閃すると、テラーナイトはバラバラになって崩れ落ちた。

ラーニは魔石を拾ってから俺のもとに走ってきた。

「どう、今のが魔法剣。使えそうでしょ？」

「ああ、盾や鎧を斬れるというのはかなり強力そうだ。ラーニ自身の動きも速くて目が追いつかないな」

「スピードにも自信あるからね。これがわたしの基本スタイルだから覚えておいて」

「わかった」

とうなずいていると『気配感知』に新たな反応。二体の槍持ちテラーナイトが現れる。

どうやら村長が言っていたことは本当のようだ。とすればまだこの後に二体残っていることになる。

「あの二体は俺がやろう。ラーニはフレイニルについててくれ。あれを倒した後また現れるだろうから、フレイニルは『聖光』の準備」

一応リーダーとして力を見せておいた方がいいだろう。ラーニはそういうのを重視するタイプに見えるしな。

俺は正面から歩いていって、テラーナイトの槍の間合いに入る。当然テラーナイトは槍を繰り出してくるが、俺のメイスが両方の槍を一振りで砕く。そのまま距離を詰めてメイスで叩《たた》き潰《つぶ》せば終わりだ。板金鎧も質量と速度の暴力の前では液体のように圧壊するしかない。

「え～っ、なにあれ、力だけで叩き潰してるの？　とんでもない威力がありそう。いいわね、男って感じ」

「ソウシさまのお力はあんなものではありません」

と後ろで二人が言っているのが聞こえた。

その後やはり残り二体のテラーナイトが現れたが、ラーニとフレイニルが片付けてひとまず戦闘は終わった。

魔石とテラーナイトの武器や鎧などを回収して、俺たち三人はさらに先に進んだ。嫌な感じは残ったままであったし、フレイニルもラーニもまだなにかあると口を揃《そろ》えて言うからだ。

テラーナイトが突然現れたあたりに差し掛かると、急に視界がぼやける感じを覚えた。フレイニルとラーニは特になんの反応もしていない。俺は二、三度目をしばたいて森の方を見る。はじめはピントが合わなかったが、だんだんと景色がしっかりと見えてくるようになる。

といっても見えるのはやはり森だ。それは変わらないのだが――

「なんだあれは……城、なのか？」

森の奥に尖塔《せんとう》をいくつか備えた大きな建築物が見えた。上部分しか見えないが、西洋の城のように見える。

「ソウシさま、どういたしました？」

「いや、森の奥に城のようなものがあるだろう？」

「いえ、そのようなものは見えませんが」

「お城なんて見えないわよ」

「なに……？」

俺には確かに見えるのだが、幻覚だとでもいうのだろうか。

……いや、そうか幻覚か。俺は『幻覚耐性』を持っているが二人にはない。

つまり俺に見えて二人に見えないということは、あの城が見えないよう幻覚の術がこの辺一帯にかかっているということになる。

「よし、いったん戻ろう。ここは危険なようだ」

「え、まだ奥になにかありそうなのに？」

「話は後だ。まずは村まで戻る」

森の奥に不気味な城があり、それを隠す幻覚の術が広範囲に施されている。どう考えてもEランクパーティが単独で当たれるような案件ではない。

俺はしきりに振り返るラーニを急《せ》かしながら、また大討伐任務が入りそうな予感を覚えていた。

村に戻り、村長に一応テラーナイトを討伐したこと、森のそばには絶対に近づかないように伝えた後、俺たちはエウロンの町に戻った。

受付嬢のマリアネに詳細を伝えると、予想通りギルドマスターに直接報告するよう頼まれた。

案内された執務室で、俺たち三人は応接セットに座るよう促された。ギルドマスターが正面に、横の席にマリアネが座る。

「ふぅむ、森の中に城が見えた、か。その時点で撤収したのは判断としては正しいだろうな」

エウロンのギルドマスターは、金髪を七・三に分けたエリートビジネスパーソンみたいな雰囲気の男だった。スーツを着こなしているが、その下の身体《からだ》はかなり鍛えられていそうだ。雰囲気からいって元冒険者とかそんな感じなのかもしれない。

「報告はわかった。今回の討伐任務については完遂とした上で報酬を上乗せしよう。その代わりなにかあれば後ほど話を聞くことがあるかもしれない。しばらくはエウロンで活動する予定かな？」

「そのつもりですが、可能なら近隣のＥ・Ｆクラスダンジョンがある町などを回りたいと思っています」

「なかなか熱心なようだな。出る前に行き先をマリアネに伝えておいてくれれば構わん」

「わかりました、そのようにします」

ということで報告はつつがなく終わったが、やはりギルド長もフレイニルを見て少し意味ありげな顔を見せていた。フレイニルが訳ありなのはほぼ確定ということで、俺としてはフレイニルから話してくれる時が来てもせいぜい驚かないように心積もりだけはしておこう。

あとはギルド長の言う『なにか』がある前にできるだけ強くなっておかないとな。どうせゴブリンキングの時のように『悪運』スキルがろくでもないことをしでかすに決まっているし。

「ソウシさま、やはりあの件で今後よくないことが起きるのでしょうか？」

宿の食堂で夕食をとっていると、フレイニルが少し心配そうな顔をして聞いてきた。

「そうだな。トルソンの町にいた時ゴブリンの大討伐任務があったが、それと同じようなことになるかもしれないな」

「じゃあ大討伐任務が出るってこと？」

期待顔のラーニに、俺は「だろうな」と答える。

確かに領内に無断で城ができていたなんて、領主のバリウス子爵としては放っておける話ではない。しかもそれがアンデッドの城となればなおさらだ。

それ以前に誰にも知られず城を作っていたというのも恐ろしい話ではある。もしかしたらなんらかのファンタジー要素で一夜城が可能なのかもしれない。

「もし任務が出たら、私たちも戦うことになるのですよね？」

「全員Eランクになっているし、当然そうなるだろう」

「ということはさらに強くなっておかないといけませんね」

フレイニルの言葉に、ラーニが耳をピクリとさせる。

「そうね、冒険者になったからには強くならないと。生き残るためにも大切なことだし。ソウシはそのために色々考えてるんでしょ？」

「大したことは考えてないさ。鍛錬してダンジョンに潜ってなるべく多くのスキルを身につける、それだけだ。後は討伐任務をこなして経験は積んでおきたいな」

「それが大切なのよ。あ、でも装備も整えないとね」

「ああそうだな。ラーニの剣はそろそろ替えた方がよかったりするのか？」

「う～ん、どうだろ。もう少し使ってみて物足りなくなってからでいいかな」

「フレイニルは……杖《つえ》は大丈夫だろうが防具の方は問題ないか？」

「はい、問題ありません。ただポーションは買い足しておいた方がいいかもしれません」

「確かにそうだ。ラーニは戦闘スタイルからいって怪我《けが》は多い方だろ？」

「そうね、どうしても無傷というわけにはいかないわ。パーティを追いだされたのもポーション使いすぎっていうのもあるのよね」

ラーニが少しシュンとした顔になる。上目づかいで俺を見ているのは、また追いだされるかと心配しているのだろうか。

「なら多めに用意しておくか、今回の報酬に色もついたしな。小さな怪我も大事故につながる可能性があるから、俺たちのパーティはそこのところはケチらないようにしよう」

一応フォローっぽいことを言ってやると、ラーニは安心したように「うん」と言った。

「明日はエウロンの近くのＥクラスダンジョンに向かおう。その後は近隣のＦ・Ｅクラスを全部回る。と言ってもそんなないけどな」

「スキルは取れるだけ取っておくのに賛成です」

「わたしも。それだけ戦いやすくなるしね」

ウチのパーティメンバー少女二人はやる気があってありがたい。せいぜい彼女らの盾役になれるように、おじさんも頑張らなくてはな。


翌日はギルドでマリアネに行く先を告げ、エウロンにあるEクラスダンジョンに向かった。

ラーニもたまたま河原のEクラスダンジョンは踏破済みで、もう一つの方は未踏破だった。こういう小さな運のよさはありがたい。

さて、そのもう一つのEクラスダンジョンは岩山のふもとにあった。見た目は崖《がけ》に開いた洞窟《どうくつ》である。

俺、フレイニル、ラーニの並びで突入する。今回からマップ係はフレイニルに任せることにした。低クラスダンジョンではモンスターに奇襲されることは少ないが、分業できるのはパーティの利点の一つだろう。

まさに岩の洞窟そのままといった通路を進んでいくと『気配感知』に反応がある。数は七匹、一階なのにいきなり多いな。

現れたのはロックリザードの上位種『ハードロックリザード』だ。単に表皮がさらに硬くなっただけのオオトカゲだが、攻撃力が低いパーティには脅威となる、らしい。

「魔法いきます」

用意していたフレイニルの『聖光』が一匹を貫いて倒す。

「ラーニ、二匹頼めるか？」

「任せて！」

前に出る俺をラーニが『疾駆』で追い越し、二匹に一撃ずつ与えて引き付ける。

俺は残り四匹に突っ込んでいき、一匹ずつメイスで頭を叩き潰す。『筋力』『安定』『剛力』『重爆』スキルによる暴力は、硬い岩の表皮ごと頭部を爆散させる。オーバーキルもいいところだ。

ラーニはと見ると、一匹が口を開けたところに炎属性の魔法剣を突き刺して倒すところだった。

もう一匹はその後ろに健在だ。

「魔法いけます！」

「ラーニ、下がれ！」

俺が叫ぶとラーニがバックステップで距離を取った。『聖光』が残った一匹を貫いて討伐完了だ。

なかなか悪くない連携だな。

ラーニが戻ってきて舌を出す。

「やっぱり硬い奴《やつ》は苦手。ソウシはまあアレとして、フレイニルの魔法も強力よね。あれの皮を貫通する魔法なんてあるんだ」

「『聖属性魔法』です。ソウシさまと初めての共同作業で身につけたスキルなんです」

フレイニルの言い回しが妙に引っかかるが……深い意味はないのだろう、たぶん。

「互いの不得手を補い合うのも大切だ。素早いモンスターはラーニに任せることになるだろうな」

「うん、そういうのは得意。リーダーがわかってくれてるとありがたいわ」

ラーニが尻尾《しっぽ》を振りながら俺の肩を叩《たた》く。フレイニルはそれを見て自分も俺の身体に触れようとしたようだが、はっと気付いたように頬を赤らめてやめてしまった。

もしかしてスキンシップに飢えているのだろうか。といっても、さすがに俺から触るわけにもいかないのだが。


その後ハードロックリザードには数回遭遇したが、いずれも数が多めだった。どうやらそれがラーニの『疫病神』たるゆえんのようだ。正直素材は増えるし連携のいい練習にもなるし悪いことはないのだが、それは俺たちがEランクとしては強いからだろう。普通のパーティならハードロックリザードが七匹も現れたら大変なことになるはずだ。

地下二階に下りるとさらに数が増え最大十匹が出てくるようになったが、そこは俺が少し頑張って叩き潰した。物理攻撃が効く相手なら敵なしに近い。フレイニルは「さすがソウシさま」を連発し、ラーニの俺を見る目も輝きを増してきている気がする。まあリーダーとしていいところを見せるのは大切なことだ。

「そういえばフレイニルの『神の後光』はモンスターを弱体化させるんだよな？　リッチには効いたけど普通のモンスターには効くんだろうか」

ハードロックリザードが残した魔石と金属塊を回収しながら、俺はふと思い付いたことを口にした。『神属性魔法』は現時点ではかなり体力を消耗するようなので、実はあまり使わせてこなかったのだ。

「次にモンスターが出てきたら試してみましょう」

「体力は大丈夫か？」

「はい、あの時より強くなっていると思いますし、『消費軽減』スキルもあります。それにこの杖もありますので」

ということで、三階への階段前で遭遇したハードロックリザード八匹相手に『神の後光』を使ってもらった。

ダンジョン内が一瞬光で満たされると、リザードたちの動きが目に見えて遅くなった。

試しに一匹を叩いてみると、不思議なことに岩に覆われた皮が柔らかくなっている気がする。どういう原理だろうか……というのは考えるだけ野暮か。

「たぶんラーニの攻撃も通じるぞ」

「本当に？」

ラーニがハードロックリザードを斬ると、赤熱した刃《やいば》はあっさりと皮を切り裂いて首を落としてしまった。

「えっ⁉　なにこれすごい！」

嬉《うれ》しそうに飛び跳ねたラーニは、そのまま『疾駆』で駆け回って全部の首を刈り取ってしまった。

「フレイニルの魔法はどちらも相当に強力だな。皆に知られたらスカウトが殺到するかもしれない」

褒めるつもりで言ったのだが、フレイニルはまたあの子犬のような目になって俺にしがみついてきた。

「私はソウシさまとずっと一緒にいます。他のパーティになんて行きません」

「え？　ああ、もちろん俺としてもその方がありがたいよ。大丈夫、フレイニルが嫌と言うまで一緒にいるから」

「嫌なんて一生言いません。だからずっと一緒です」

フレイニルはそう言ってから、しばらく俺の腕にしがみついたままだった。

ラーニがその姿を見て俺に含みのある視線を向けてきたのだが、俺はそれに対して首を横に振ることしかできなかった。


三階に降りると、新たに土でできた身長二メートルほどの人型モンスター『マッドゴーレム』が出現するようになった。

とはいえ完全に物理属性なので、俺にとってはなんの脅威にもならない。殴ってくる腕をメイスで爆散させて胴体に一撃食らわせれば粉々である。

防御力が比較的低く動きもそこまで速くないため、ラーニにとっても得意な敵のようだ。身軽な動きで翻弄《ほんろう》し、風魔法を付与した長剣で四肢《しし》を解体するように倒していく。

一方で『聖光』だとダメージが効果的に与えられないようで、フレイニルには数が多い場合のみ『神の後光』を使ってもらった。

ちなみにマッドゴーレムは魔石以外に稀《まれ》に宝石を落とすらしいのだが、ラーニの『疫病神』のおかげで出現数が多く、幸運なことに一つ拾うことができた。

「これはラーニのお手柄だな」と言うと、ラーニは尻尾をパタパタと振っていたのでかなり嬉しかったようだ。自分の欠点と思われていた部分が役に立つのは嬉しいことに違いない。

四階でもマッドゴーレムを倒しまくって先に進む。スキルレベルや冒険者レベルも上がっていい感じだが、さすがに一度に五体以上出てくるとちょっと面倒だ。もっともフレイニルの魔法があれば苦戦するということはないのだが。

五階では『アイアンイーター』という鼠《ねずみ》型のモンスターが現れた。数が多く、武器や防具を食べるという話だったが、その前に倒せばいいだけなので問題はなかった。相手の防御力が低ければラーニの手数の多さは非常に心強い。

そんなわけで、俺たちは苦もなくボス部屋の前までたどりついてしまった。

「こんなに簡単にボスまでたどりつくのなんて初めてよ。このパーティすごくない？」

ラーニが尻尾をピクピクさせてボス部屋の扉を見つめている。

「一回目でボスまで来てしまうのは俺も初めてかもしれないな。ラーニが入ったのも大きいし、フレイニルの魔法が強力なのも大きいな」

「ソウシさまの指示が的確だったというのもあると思います。それにソウシさま自身お強いですし」

「そうね。殴り合いだとちょっとモンスターが可哀想《かわいそう》なレベルかも。リーダーとしては頼もしいけど」

うん、リーダーをやる気にさせてくれるいいメンバーに恵まれたな。

「よし、ボスとご対面といこうか。準備は大丈夫か？」

「大丈夫」「大丈夫です」

扉を開いて中に入る。いつもの通り黒い靄《もや》が発生するが量が多い。

「もしかしたらボスが二体出るかもしれない。気をつけろ」

「えっ、そんなことあるの？」

「ああ、一度あった」

ラーニに答えているうちに、黒い霧がボスの形をなす。

全身が岩でできた身長二メートル半ほどの人型のモンスター『ロックゴーレム』だ。予想通り二体の出現である。

「フレイニル、『神の後光』。ラーニ、一体を引き付けておいてくれ。魔法が効くまでは逃げ重視で」

「はいソウシさま」

「了解っ、任せて！」

ラーニがいつもの通り一撃を与えて離脱し一体を釣り出してくれる。ゴーレムの動きは速くはないので攻撃を食らうことはないだろう。

一体が俺の方に向かってくるが、どうも狙いはフレイニルのようだ。だとすると正面で相手をしてやらなくてはいけない。

俺が目の前に立つと、ロックゴーレムはパンチを見舞ってきた。大振りのパンチなので避《よ》けるのはたやすい。カウンターで腹にメイスを食らわせるが、さすがに一撃で砕くことはできない。しかしそれでも破片を飛び散らせゴーレムは二、三歩下がる。

ラーニはヒットアンドアウェイでゴーレムを釘付《くぎづ》けにしている。ただし有効なダメージはほとんど与えられていない。土属性に有効なのは風属性らしいが、防御力が高すぎると風の刃も簡単には通じないようだ。

俺が相手をしているゴーレムが体勢を立て直して再度迫ってくる。両腕を振り上げ、そのままハンマーのように振り下ろしてくる。下がって避けるが、ゴーレムはその腕を振り上げつつさらに踏み込んできた。

これ以上は下がるとフレイニルに危険が及ぶ。俺はゴーレムが腕を振り上げきる前に踏み込んでメイスを思い切り突き出してゴーレムの胸を打った。腕を振り上げた状態のゴーレムはそのままバランスを崩し、尻《しり》もちをつく。

「魔法いきます！」

フレイニルの声と共にボス部屋が光に包まれる。ゴーレムの動きが鈍るのを見て、俺は立ち上がろうとしているゴーレムの肩口にメイスを叩き込む。

さっきまでと違いゴーレムの上半身が半分ほど砕け散った。そのまま倒れて動かなくなる。『神属性魔法』の弱体化は効果が強すぎる気がするな。

ラーニの方も風の魔法剣が効くようになったらしく、連撃を加えてゴーレムの表面をこそげとるようにしてダメージを与えていく。ゴーレムの両腕が落ち、頭部が消失したところでゴーレムは崩れ落ちた。

「ふぅ〜、終わった。わたしがこんな硬いゴーレムを倒せるなんて、フレイニルの魔法すごすぎね」

「この魔法が使えるのもソウシさまのおかげです」

「もう、フレイニルはそればっかりなんだから。ソウシが好きなのはわかるけど、そういうのはたまに言うから効くのよ」

「すっ、好きとかそういうのではなく、感謝をしているだけですっ」

珍しくフレイニルが赤くなって慌てている。年頃の女の子だからな、そういうイジられ方には弱いだろう。

などとおっさんっぽいことを考えているとスキルが来た。ボス二体なのでやはり二つだ。『麻痺《まひ》耐性』と『掌握』だ。『麻痺耐性』は名前の通りだが、『掌握』は物を掴《つか》む時に強力な補正がかかるスキルらしい。きちんと握らなくても掴んで放さないということが可能になるようだ。使いかたによっては面白いスキルだろう。武器を放さなくなるというのも大きいかもしれない。

「私は『命属性魔法』と『毒耐性』でした。ボスが二体だとスキルも二つ得られるのですね、ソウシさま」

「どうやらそうらしい。今回も幸運だったな」

フレイニルと話している横で、ラーニがぴょんぴょん飛び跳ねる。

「すごいすごい、一度に二つってラッキーすぎない？　こんなことってあるんだ。ちなみにわたしは『急所撃ち』と『剛力』だって。どっちも欲しかったスキルだし、攻撃力が上がりすぎちゃうかも」

俺の『悪運』とラーニの『疫病神』はいい相乗効果を生むかもしれないな。フレイニルがいれば多少格上のモンスター相手でも戦えそうだし、強くなるにはうってつけのパーティかもしれない。

名前　ソウシ　オクノ　　Eランク　　冒険者レベル12
〈新たに獲得したスキル〉
身体能力系
身体操作　Lv.3
特殊
重爆　Lv.3　　掌握　Lv.1　　麻痺耐性　Lv.1

名前　フレイニル　　Eランク　　冒険者レベル8
〈新たに獲得したスキル〉
身体能力系
身体操作　Lv.1
特殊
命属性魔法　Lv.1　　毒耐性　Lv.1

STATUS

NAME
ラーニ

RANK
Eランク

冒険者レベル
9

武器系

長剣 Lv.10　短剣 Lv.3　格闘 Lv.5

防具系

バックラー Lv.3

身体能力系

体力 Lv.7　筋力 Lv.8　走力 Lv.11
瞬発力 Lv.10　反射神経 Lv.10
身体操作 Lv.4

感覚系

視覚 Lv.5　聴覚 Lv.8　嗅覚 Lv.11
触覚 Lv.5　動体視力 Lv.5
気配感知 Lv.10

精神系

勇敢 Lv.4　思考加速 Lv.1

特殊

付与魔法 Lv.3　疾駆 Lv.3　鋼体 Lv.3
剛力 Lv.1　急所撃ち Lv.1　麻痺耐性 Lv.1
冷気耐性 Lv.1

特異

疫病神 Lv.3

ソウシのコメント

表裏がなく明るい性格で、すでにパーティのムードメーカーになりつつある少女だ。彼女の持つ『疫病神』というスキルは俺たちにとって有用で、彼女自身、剣技・体術ともに優れているので今後攻撃役として活躍してくれるだろう。できれば衣服の露出度はもう少し下げて欲しいのだが……。

ラーニの述懐　～理想のパーティ～

あ～また最悪。

なんでコイツらって文句ばっかりなのよ。

大して強くもないくせにダンジョンを回って強くなろうともしない、ダラダラ休んでは冒険者になったグチを垂れ流すだけ、その上ちょっと危ない場面になると人のせいにして。

あげくにリーダーはわたしを部屋に連れ込もうとするし。下心見え見えなのに行くわけないでしょ。だいたい獣人族の女は弱い男はお断りって有名なはずなのに、なんでわたしより弱いのにいけると思ってるのよ。

しかも力で勝てないとわかると、

「お前みたいな疫病神はパーティから出ていけ！」

とか言って。

アンタがわたしに無理に迫って殴られてるの、皆知ってるんだけど。ホントバカじゃないの。

あ～でもどうしよう。これで追いだされたのは二回目なのよね。いっそのことソロで活動するしかないかな。わたしより前に冒険者になった幼馴染《おさななじみ》を捜すのもいいかもね。

なんて考えながら、ギルドの前でちょうどいいパーティを探してたら、ちょっと変わった二人組を見つけた。四十くらいのおじさんと、わたしより年下の、十二、三歳くらいの女の子のパーティ。親子にしてはまったく似てないし、おじさんの方は明らかに平民だけど、女の子はたぶん元貴族とかよね。もしかして貴族のお嬢様と護衛みたいな感じかな。でもおじさんは護衛をやってそうな雰囲気はないのよね。

その二人組が目の前を通り過ぎた時にニオイを嗅《か》いでみた。わたしは狼《おおかみ》獣人だから、その人のニオイを嗅げば大体どういう人間かはわかる。それでもあんなパーティに入ってたのは、選択肢がなかったからなんだけど……今は目の前の二人ね。

おじさんの方はすごく強そうなニオイがした。なんていうか、単純に力が強いっていう感じ？　わたしのお父さんがこんなニオイだったかも。小さい頃だからほとんど覚えてないけど。

女の子の方はやっぱり貴族っぽい。っていうか今まで嗅いだことのないニオイだからそう思っただけだったりして。

でもよかったのは、女の子からおじさんのニオイがしなかったこと、かな。見た感じ女の子はおじさんのこと好きみたいだし、おじさんにヘンなことをされてるとかはなさそう。

後をついてギルドに入ったら、二人はマリアネさんっていう受付の女の人と話をしてた。あのマリアネさんも変わった人で有名なんだけど、その人と普通にやりとりしてるのも面白い。おじさんは言葉づかいも丁寧で、無駄に強そうに見せるところがないのもいい感じかも。

話を盗み聞きしていると、二人の冒険者ランクがわたしと同じEということがわかった。しかも討伐依頼を受けるところだったから、わたしは迷わず二人に声をかけることにした。

おじさんと女の子……ソウシとフレイニルのパーティは、わたしの理想のパーティだった。

ほとんど毎日ダンジョンに入るし、わたしのせいでモンスターが多く出てきても、全然苦戦することもなく普通に全部倒しちゃう。

それとソウシが考えたっていう特別なトレーニングもすごい。だって言われた通りに身体《からだ》を動かすだけで、スキルがどんどん上がっていく感覚があるんだもの。その分トレーニング自体は楽じゃないけど、強くなるんだから文句なんてないわよね。

でもソウシたちのパーティに入って一番驚いたのは、ダンジョンのボスが二匹出てきたことかな。倒したらスキルも二つもらえて、しかも両方ともわたしが欲しかったスキルだった。ソウシは偶然だって言ってたけど、これ絶対偶然じゃないっていうのは狼獣人の勘でわかったわ。

「ラーニがいるとモンスターが多く出てくるから、強くなれるし金も稼げるしいいことしかないな。ラーニがパーティに入ってくれてよかった」

ある時ソウシがそんなことを言ってきて、わたしは嬉《うれ》しくなっちゃった。わたしの『疫病神』がいいなんて、それまで言ってくれた人なんていなかったから。

「そうそう、そうだよね！　それなのに誰もわかってくれなくて、ホントに頭にきてたのよね」

「もしかしたらそっちの方が普通かもしれないけどな」

「じゃあわたしたちは普通じゃないってこと？」

「ブラックなのは間違いないな」

「ブラック」っていう言葉がどういう意味なのかはわからなかったけど、わたしにとってはいい言葉にしか聞こえなかった。だって「ブラック」にしてると強くなれるってことだし。

それにわたしの目標は、最強の冒険者、だからねっ。

6章　護衛依頼とアンデッド討伐

「ソウシさん、そろそろDランクになっておきませんか？」

夕方にギルドで買取り処理をしてもらっていると、受付嬢のマリアネがそんな提案をしてきた。

新たにスキルを二つずつ得た俺たちは、それらのスキルに慣れることと金を稼ぐことを目的に三日間Eクラスダンジョンに潜っていた。その中で俺の昇格ポイントが結構溜《た》まっていったらしい。ラーニがいるとモンスターの出現数が上がるのでそのおかげもあったようだ。

「ランクを上げるためにはあとなにが必要ですか？」

「討伐依頼を一つと護衛依頼を一つ受けることが必要です。討伐依頼は……ですので、護衛依頼を受けることをお勧めします」

「討伐依頼」のところをボカしたのは近々「大討伐依頼」が入るということなのだろう。そういう配慮をしてもらえるようになったのはそれだけ信用がついたということか。だからこその「護衛依頼」の提案なのかもしれないな。

「私たちが受けられる依頼があるのですか？」

「ええ、丁度薬師ギルドから素材採取人の護衛と採取補助の依頼が入っています。至急ということで明日早朝からの活動になりますが」

「採取補助というのは？」

「モンスターの素材もできれば必要ということで、もし目的のモンスターが見つかったならそれを討伐することも依頼に含むということです」

「なるほど。そのモンスターは？」

「『ユニコーンラビット』というEランクのモンスターです。ツノが薬の原料になるのですがダンジョンでは落とさないのです」

『ユニコーンラビット』はツノが生えた大型のウサギ型モンスターだ。そのツノでこちらを突き刺そうとするモンスターで、当たり所が悪いと一発で致命傷となるため、ウサギだがEランクとなっているらしい。

「なるほど……受けようと思うが、二人はどう思う？」

フレイニルとラーニに聞くと、「ソウシさまのお考えの通りに」「『ユニコーンラビット』ならわたしの鼻が利くからいいと思う」という答えが返ってくる。

「受諾します」

俺はマリアネに答えて、初の護衛依頼を受けることにした。


翌朝指定された建物の前に行くと、そこに依頼人と思われる、耳の長い女性が立っていた。

ゲームなどで有名なエルフ族だが、俺が見るのはあの『紅《くれない》のアナトリア』以来二人目となる。特に稀少《きしょう》な種族というわけでもないらしいが、基本はエルフ族の里に住んでおり、外に出てくることはあまりないという話だ。

見た目は二十代前半といったところだろうか。長命の種族なので実年齢は判断がつかない。プラチナブロンドを後ろで三つ編みにしている、いかにもエルフといった美形な顔立ちの女性である。

「初めまして、冒険者ギルドから参りましたソウシと申します。こちらはフレイニルとラーニです。薬師のホーフェナ様でよろしいでしょうか？」

俺が前世の営業トークを思い出しながら挨拶《あいさつ》をすると、エルフの女性はニッコリと微笑《ほほえ》んだ。

「初めまして、薬師のホーフェナと申します。急な依頼を受けてくださりありがとうございます」

「当方も条件が合いましたのでお受けしただけです。お気になさらず」

こういうへりくだった物言いはこの世界ではマズいか……と言ってから気付いたが、ホーフェナ女史が目を細めて「ありがとうございます」と言ってくれたのでよしとする。

「時間が惜しいので歩きながら依頼については説明をしたいと思いますが、よろしいでしょうか？」

「問題ありません。早速参りましょう」

俺たちはホーフェナ女史に従ってエウロンの町を後にし、とりあえずの目的地である『角兎《つのうさぎ》の森』へと向かった。

『角兎の森』はその名の通り『ユニコーンラビット』が生息する森である。

といってもその出現率は低く、狙って狩ることで生計を立てるというのは難しいようだ。薬草の群生地があることでも有名で、冒険者を護衛に雇って採取人が足を踏み入れることは珍しくないらしい。

ホーフェナ女史は慣れた足取りで森の中を歩いていく。俺たちは護衛なので一人は前を歩かなくてはいけないと思うのだが、彼女いわく「モンスターの気配はわかりますので、その時になったらお任せします」とのことだった。

特に何事もなく森の中を二時間ほど歩くと急に開けた場所に出た。そこは一面に淡い緑の草が広がり日の光を浴びている広場であった。

「まずはここで薬草を採取します。周囲の警戒をお願いします」

ということなので三人でホーフェナ女史を囲むようにして警戒にあたる。といっても森に入ってからモンスターの気配はまったくない。モンスターが人間を恐れて逃げるということはあり得ないので、実際に周囲にはいないのだろう。

ちらりと見るとホーフェナ女史は慣れた手つきで薬草を採取していた。この手の作業は素人《しろうと》にはわからないコツがあったりするので手伝うのは難しそうだ。

「ホルト草を見るのは初めてですか？　冒険者さんが使っているポーションの原料にもなる草ですよ」

俺の視線を感じたのか、ホーフェナ女史がニッコリと笑いかけてきた。

「薬草を採取するところを見るのも初めてですね。薬草は栽培することはないのですか？」

「王都や一部の領地ではやっていると聞きますね。ただあまり上手《うま》くはいっていないようです」

「栽培が難しい植物なのですか？」

「一説には魔力を含む土でないといけないとか。そういう土がある場所はモンスターも出ますので」

「なるほど……」

とうなずいていると、ラーニが意味ありげな目で俺を見ているのに気付いた。ラーニがクイッと顎《あご》でフレイニルの方を見るように促すので目を向けると、悲しそうな顔をしたフレイニルがそこにいた。

いやなぜ……と思ったが、もしかしたら俺がホーフェナ女史と話しているのが気になるのだろうか？　彼女は俺のことを父親代わりに見ているのかもしれないな。

俺が声をかけるかどうか迷っていると、ラーニが鼻をヒクヒクさせ始めた。

「ユニコーンラビットのニオイがするわ。風上の方にいるみたい」

「本当か？　ホーフェナさん、どうしますか？」

俺が聞くと、ホーフェナ女史は立ち上がって荷物を背負った。

「ユニコーンラビットのツノが最優先ですので、そちらへお願いします」

俺たちはラーニを先頭にして、再び森の中へと足を踏み入れた。


十五分ほど歩くと『気配感知』に反応があった。森の先に七匹のユニコーンラビットらしきモンスターがいて、すでにこちらに向かってきているようだ。出現数としてはかなり多いが、これもラーニのスキルの効果だろうか。

「数が多い、フレイニル『後光』の用意」

「はい」

フレイニルが精神集中に入る。ホーフェナ女史にはその隣にいてもらい、俺は二人を守る位置につく。ラーニは遊撃だ。

ガサガサという音が木々の間を抜けてくる。次第に大きくなっているのはもちろん接近しているからだ。

「魔法いけます」

「まだだ……まだ……やれ！」

森が光に包まれ、ギュウウ……という呻《うめ》き声があちこちから上がった。ユニコーンラビットが己の弱体化に気付いたのだろう。しかしそれでも彼らが突進をやめることはない。中型犬くらいの大きさの、額に長いツノのついたウサギが次々と草むらから飛び出してくる。

「これ入れ食いってやつじゃない！」

ラーニが『疾駆』を使いながら的確にラビットたちの首を落としていく。『急所撃ち』スキルの効果もあるのだろう、すべて一撃で方をつけている。

俺のもとにも二匹が突っ込んできた。メイスで殴るとツノごと粉砕してしまうので、跳んできたところを両手でそれぞれ捕まえる。掴《つか》んでいるのはツノだが、『掌握』スキルのおかげでどんなに暴れてもツノが手から抜けることはない。そのまま木の幹に胴体を叩《たた》きつけて息の根を止める。

「すごいです、一度に七本もツノが取れるなんて！」

と、ホーフェナ女史は小躍りしている。結構危ないシチュエーションだったのだがそこは気にしないらしい。

「んんっ？　ソウシ、まだいるみたいよ」

ラーニがまた鼻をヒクヒクさせている。ホーフェナ女史の話だとそんなに出現しないはずなのだが……と思っていると『気配感知』に反応。

今度は六匹だが、うち一匹の反応が強い。ボスかそれともレア個体か。

「フレイニル、もう一発『後光』いけるか？」

「いけます、お任せください」

ガサガサ音が近づいてくる。五匹が前、特別な一匹は最後尾だ。

「ラーニ、後ろに一匹違うのがいる。強い個体かもしれない。注意してくれ」

「わかったわ。ソウシに任せていい？」

「ああ、俺がやろう」

「魔法いけます」

フレイニルが言うのと、一匹目が飛び出してくるのは同時だった。

「いけ！」

周囲が光に包まれる。飛び出してきた一匹はすでにラーニが首を飛ばしている。

残り四匹が飛び出してくるが弱体化で動きが遅い。すべて片付けると、ラーニは俺の後ろに回ってホーフェナ女史の守りにつく。このあたりの動きは大したものだ。

特別な一匹が木の間から姿を現した。デカいウサギだ。大型犬くらいはあるだろうか。額には二本のツノ。

「バイコーンラビット！　稀少種です、ツノを確保してください！」

ホーフェナ女史が嬉《うれ》しそうに叫ぶ。この薬師さんは肝が据わっているのか、それとも薬の材料に目がないのか。

『バイコーンラビット』は赤い目を俺に向けると、すごい勢いで突進してきた。弱体化してこれなら元はかなりの強敵だろう。

俺は正面から二本のツノを両手でガッチリと掴んだ。勢いに押されてツノが刺さりかけたが『鋼体』スキルがそれを防ぐ。

「ふんっ！」

俺はそのツノを回転させるようにひねる。バイコーンラビットもそれなりに力はありそうだったが、俺の怪力には抗《あらが》うすべはなく身体《からだ》ごと横転する。

その瞬間ツノを反対側にひねってやると、ゴキッと音がしてバイコーンラビットの首の骨が折れた。ビクッと一瞬だけその身体が跳ね、二度と動かなくなる。

「やったやった、ソウシさんすごいですね！　これでお薬がいっぱい作れます。しかもバイコーンのものまで！　こんなことってあるんですね！」

ホーフェナ女史はフレイニルの手を取って完全に踊り始めてしまった。フレイニルが「えっ!?えっ!?」と言って目をぱちくりさせている。その踊りはラーニが苦笑いをしながら止めるまで続いたのであった。

「今日は本当にありがとうございました。こんなに幸運な日は初めてです。是非また依頼をさせてください！」

ギルドで依頼終了の手続きを済ませると、ホーフェナ女史は俺の両手を取ってハイテンションでそんなことを言ってきた。

「はあ。今日は単に偶然が重なっただけだとは思いますが……」

とは言ったが、今回の件はたぶん俺の『悪運』とラーニの『疫病神』の合わせ技なんだよな。もし次に依頼があったらその時にははっきりするだろうか。

「フレイニルちゃんもラーニちゃんもありがとう。二人ともすごかった。このパーティは有名になると思う。頑張ってね！」

そんなことを言って、ホーフェナ女史は戦利品（ツノ十二本＋レアツノ二本）を持って去っていった。あのテンションで薬師ギルドまで帰れるのだろうか、ちょっと心配になる。

「ソウシさん、こちらの手続きも済みました。護衛依頼はこれで終了となります」

背後からマリアネが声をかけてきた。

「ああ、ありがとうございます。いい経験になりました」

「それからスキルオーブの鑑定も終わりました。やはり『跳躍』で間違いありません」

実はバイコーンラビットからはスキルオーブも手に入った。今回の依頼ではツノについてはすべてホーフェナ女史が買い取るという契約だったのだが、それ以外のものは俺たちが自由にできることになっている。

「わかりました。こちらで使用します」

「ソウシさんは運が本当にいいようですね。これほど短期間にスキルオーブを二個も手に入れたパーティを私は知りません」

「そうですね。珍しいモンスターに遭遇しやすい気はしてます」

俺はスキルオーブを受け取ると、フレイニルとラーニに声をかけギルドを後にした。


宿に戻ると、俺は部屋に二人を呼んで会議を始めた。

「さて、このスキルオーブを誰が使うかだが……」

「『跳躍』って言ってたわよね。どんなスキルなの?」

俺の手の上にあるスキルオーブを、目を輝かせて見つめながらラーニが聞く。

「言葉通り高くジャンプできるようになるスキルらしい。ただ高く飛びすぎるとその分着地した時にダメージを食らう可能性があるとか」

「ふぅん。でもあると確実に便利よね。高い所のモンスターにも攻撃が届くようになるし」

「そうだな。で、戦闘スタイルを考えると、ラーニが使うのが一番いいと思うんだがどうだ?」

「ソウシさまの言う通りだと思います」

フレイニルは即答するが、ただ俺の言葉を全肯定しているわけじゃないよな……?

ラーニは耳をピンッと立てて俺を見る。

「えっいいの⁉　ソウシが倒したんだよ？」

「パーティとして一番戦力が上がるようにするのが当然だ。俺の戦闘スタイルには合わないスキルだし、むしろ『疾駆』と組み合わせると効果が大きいと思う。ラーニが使うのが最適だろう」

「それならわたし使いたい」

ラーニは尻尾《しっぽ》をピクピクと振って、スキルオーブを俺の手から受け取った。

「どうやって使うの？」

「オーブを握って、スキルを欲しいと願えばいいみたいだ」

ラーニはスキルオーブを握って目をつぶった。ピクッと身体が震えたので身についたのだろう。

「あっ、スキルが入ってきた。……うん、これならいろんな戦い方ができそう。ありがとうソウシ」

ラーニの尻尾が激しく左右に動いている。ラーニは力を求めているようだから、レアスキルを身につけられてかなり嬉しいはずだ。

「フレイニルにもいいスキルが手に入ったら使ってもらうから、それまでは待っててくれ」

「はい。ありがとうございますソウシさま」

一応フレイニルにも気を配っておく。彼女は繊細なところがあるようだし、自分が軽視されていると思わせてはいけないだろう。

フレイニルが少し安心したような顔をしていると、ラーニがちょんちょんとその肩をつついた。

「フレイニルはソウシに聞きたいことがあるんじゃなかったの？」

「えっ？　いえ、別にありませんけど……」

「ホントに？　ホーフェナさんのこと聞いておきたいんでしょ？」

「……っ⁉　それは……その……」

　下を向いてもじもじしだすフレイニル。ラーニはそれを見てニヤニヤ笑っている。

「なにか聞きたいことがあるのか？　遠慮せずに言ってくれ」

「……それは……その、ソウシさまは、ホーフェナさんのような方が……」

「ホーフェナさんが？」

「その……お好きなのかなと思いまして……。薬草を取っていた時にじっと見ていらっしゃいましたし……」

「は……？」

　ああ、あの時の視線はそういうのを疑われていたのか。年頃の女の子はやっぱり気になるんだろうか。まあパーティのリーダーが美人エルフにうつつを抜かしていたら不安だというのもあるのかもしれない。

「あの時見ていたのは薬草をどう採取するのかを観察してただけだ。彼女自身に興味があったわけじゃない」

「そうなの……ですか？」

「確かに彼女は美人だとは思うけど、それだけで好きとかそういうことはないさ」

「だって。よかったわね、フレイニル」

「よかった……です」

胸をなでおろして心底ホッとしたような表情を見せるフレイニル。

「今俺にとって一番大切なのはパーティメンバーの二人だから、それ以外に気持ちが向くことはないよ」

ここまで言っておけばこれからなにがあっても悩まないでくれるだろうか。

「一番大切……はい、嬉しいです」

「ふぅん、今のは悪くない……かな？」

二人の反応からはよくわからないが、パーティの絆《きずな》が少し強まったと信じよう。


それから二日間は、やはりEクラスダンジョンでパーティ戦力の強化を行った。新たなスキルを得るためにエウロンと別の町に行くことも考えたが、どうやら例の大討伐任務が近いとのことだったので装備を新調することにした。

俺は盾役になるのを念頭に、試しに盾を大型のものに替えてみた。今までは攻撃は最大の防御のようなスタイルだったが、攻撃役のラーニが『急所撃ち』や『剛力』スキルで一気に強化されたので、パーティのバランスを考えた結果である。むろんフレイニルを守りやすくするという目的もある。

フレイニルは杖《つえ》がすでにいいものなので防具をランクアップした。彼女が攻撃を受ける状況になること自体あってはならないことなのだが、そうはいっても備えは必要である。

俺たちのパーティに入って一気にスキルが身についたラーニは、使っていた長剣では物足りなくなってしまったようだ。刃の太さが倍くらいもある剣を新たに手に入れて、それに身体を慣らすことに余念がない。

そして三日目の朝ギルドに顔を出すと、ついに例のアンデッドの城攻略の大討伐任務の知らせが掲示板に貼り出されていた。

受付嬢のマリアネに声をかけると「ようやく任務が発令されました。参加をお願いします」と言われる。

「そういえば追加で話を聞かれることもあるという話だったと思うのですが、事前に偵察などを行ったということでしょうか」

「そうですね、別のパーティに依頼して偵察を行ったようです。情報通りにアンデッドの城が確認されたということで、今回の大討伐任務の発令となりました」

「わかりました。しかしアンデッドの城で確定なんですね」

「ええ、アンデッドが拠点を作って活動するというのは稀《まれ》にあることなんです。ただそれが城となると相当に高ランクのアンデッドがいるということになりますね」

「それはまた……。当然高ランクの冒険者も参加するんですよね」

「『紅《くれない》のアナトリア』、それと本ギルドトップの『フォーチュナー』が参加します。戦力的には問題ないでしょう」

どこかで聞いたメンツだな。まあ、このバリウス子爵領では彼らが最高戦力ということなのだろう。

「わかりました、案内を見て準備します」

「よろしくお願いいたします」

カウンターを離れると、ラーニが耳をピクピクさせながら話しかけてきた。

「前から思ってたけど、ソウシってマリアネさんと仲いいよね。あの人対応が冷たいから敬遠してるパーティが多いんだけど」

「きちんと話をすれば普通に対応してくれるってわかるんだけどな。話し方とか表情とかで勘違いされるのかもな」

「そうなのかな。フレイニルはどう思う？」

「えっ？」

急に話を振られてビクッとするフレイニル。どうもなにかに気を取られていたようだが……。

「マリアネさんについてよ。フレイニルはマリアネさんのことどう思う？」

「あ、ええと、マリアネさんはいい方だと思います。私にも最初から優しくしてくださいましたし」

「そうなんだ。わたしは話したことないからよく知らなかっただけかもしれないわね」

ラーニが頭の後ろに手を回してちらっとマリアネの方を見る。カウンターに立ちながら常に横を向いている感じのマリアネは、そもそもが話しかけづらい雰囲気ではある。

「それよりフレイニルは今なにか気にしていたみたいだったが、どうかしたのか？」

先ほどの様子が気になったので一応聞いてみたのだが、フレイニルは少し困ったような顔になった。

「はい、ええと、気のせいかもしれないのですが、先ほど一瞬だけ、かすかにおかしな気配が感じられたのです。以前『リッチ』を見つけた時と同じ感じに近いのですが……」

「アンデッドの気配ということか？」

「アンデッドそのものではないのですが、たぶん近いものだと思います」

「どこから感じたんだ？」

「あそこに立っている方たちです」

フレイニルが見えないようにして指さした先には、件《くだん》の大討伐任務の告知をじっと見ている二人組の冒険者がいた。両方男で二人とも剣士風の似たような格好をしているが、特におかしな雰囲気はない。

「ふむ、ちょっと様子を見てみるか。ラーニはなにか感じるか？」

俺が聞くと、ラーニは鼻をヒクヒクさせた。

「言われてみればちょっと食べ物が腐ったようなニオイはするかも。でもアンデッド退治とかしていれば普通にニオイはつくからね」

「確かにそうだな」

ロビーの端に立ってしばらく彼らの様子をうかがっていたが、別段おかしな言動をすることもなかった。『聴覚』スキルレベルが高まっているので会話も聞こえてきたが、聞き慣れない訛《なま》りがある以外は、大討伐任務に参加するという旨の普通の会話をしているようだ。

彼らは程なくしてギルドを出ていった。

「どうする？　追いかける？」

ラーニの提案は俺も一瞬考えたことであったが、そもそも、単にフレイニルがアンデッドの気配らしきものがすると言っているだけの話である。そんな不確定な話のために大討伐任務に向けての準備を後回しにしてまで、俺たちが彼らを尾行するほどの理由はない。

「……いや、やめておこう。彼らも大討伐任務に参加すると言っていた。彼らが怪しい人物だとしても、なにかやるとしたらその時だろう」

「まあそっか。フレイニルの感覚が正しくても、単にアンデッドと戦った後なのかもしれないしね」

「当日彼らがいたらその動きには気をつけておこう。アナトリアに伝えておいてもいいが、正直対応してくれる可能性は低いだろうな」

「気になるってだけだもんね。それじゃ今日はこの後どうするの？」

「大討伐任務の日程の確認をして必要なものを揃《そろ》えておこう。もちろん時間があればダンジョンには行く」

「だよね。アンデッドの拠点に乗り込むなら少しでも強くなっておかないとね」

「フレイニルの魔法が重要になるかもしれない。そのつもりでいてくれ」

「はいソウシさま。魔法の発動が少しでも早くなるように精進します」

掲示板の告知を見ると出発は三日後早朝だった。このあたりも前と同じか。それまでせいぜいスキルレベルを一つでも上げておこう。どうせ起こるだろうイレギュラーのために。

大討伐任務当日、エウロンの街の城門前には冒険者と領軍の兵が集まっていた。数はゴブリンの時と同じくらい、冒険者が約百人、兵士が約二百人だ。

ただし兵士は糧食の運搬と魔石や素材回収役が主な任務だ。戦闘はほぼ冒険者が担うことになる。

「あれが『紅のアナトリア』なのね。見た目の歳《とし》はあまり変わらなそうだけど、いかにもAランクって感じ」

離れたところで指示を出している真紅の鎧《よろい》姿のエルフ女騎士をラーニが興味深そうに眺めている。フレイニルもちらちらと見ているが、なぜか俺の陰に隠れながらだ。

俺は先日見かけた二人組の冒険者を探してみた。彼らの姿はすぐに一団の中に確認できたが、やはり特に怪しくは感じられなかった。

アナトリアが前に出てきたので、俺はそちらに意識を戻した。

「冒険者パーティの中で、『聖属性魔法』を使える者が所属するパーティがあったらこちらへ来て欲しい」

アナトリアがよく通る声で叫ぶ。アンデッドに特効のある魔法を使える者を把握しておきたいのだろう。ここは名乗り出ないわけにはいかないのだが、フレイニルが俺の袖《そで》を掴《つか》んで不安そうな目を向けてきた。

「ソウシさま、やはり行かないといけませんか？」

「そうだな。彼女はこの大討伐隊のリーダーだ。命令を聞かないわけにはいかない」

「そうですか……。わかりました」

アナトリアになにか含むところがあるのだろうか。しかしここはいかんともしがたい。

俺はフレイニルとラーニを連れてアナトリアのところへ向かった。

集まったパーティは三組だけだった。『聖属性魔法』はやはりレアなスキルらしい。前の二つのパーティに指示を与えたアナトリアは最後に俺たちのところに来た。

「む、貴殿は見覚えがあるな」

俺の顔を見て、アナトリアが整った眉《まゆ》をピクッと動かした。

「以前トルソンの町でゴブリンの討伐の時にお世話になりました」

「あの時の、確かソウシ殿といったか。今回もよろしく頼む。そうか、パーティを組んだのだな。ところで『聖属性魔法』を使えるのは誰か」

「こちらのフレイニルになります。ランクはEですので使える『聖属性魔法』は二つですが」

実はフレイニルは、直前になって二つ目の聖属性魔法を覚えていた。『浄化』という魔法で、その名の通り対象の穢《けが》れを祓《はら》う魔法らしい。いかにもアンデッドを成仏させる的な感じの魔法だが、実際には消毒のような物理的な効果もあるようだ。

俺が紹介すると、アナトリアはフレイニルへ目を向けた。「ふむ」と声を発し、その目がすうっと細まる。しかしフレイニルがいづらそうに下を向くと、すぐに目を離して俺の方に向き直った。

「『聖光』と『浄化』が使えるなら戦力としては十分だ。霊体系のアンデッドは物理攻撃が効きづらいのでな。よし、貴殿らのパーティは私と行動を共にしてもらおう。行軍時から私に随行するようにしてくれ」

「承知いたしました」

「うむ、ではよろしく頼む。出発まではそこにいて欲しい」

俺は一礼して、アナトリアが指示した場所まで下がる。

しかしまさか総隊長の随行を命じられるとは思わなかったな。フレイニルを見た時に反応していたところから考えて、この人事はフレイニルの正体に原因がありそうだ。フレイニル本人も申し訳なさそうな顔をして「すみません……」とつぶやいているので間違いないだろう。

まあラーニは「アナトリアの戦いが近くで見られるなんてラッキーね」と言っているし、後ろ向きに考えることもないだろう。元Aランク冒険者やCランクパーティと行動を共にできるのは、Eランクパーティにとっては格別の扱いのはずだしな。


一日目、討伐部隊はアンデッドの城がある森に近い村まで、一日かけて行軍することになる。

行軍の途中で、俺はアナトリアに例の二人組の冒険者の件を伝えておくことにした。

「アナトリア様、少しお話があります」

「ソウシ殿か。なんだろうか?」

「実はあそこにいる二人組の冒険者なのですが……」

俺は五十メートルほど先を歩いている二人をそっと指さした。

「先ほど紹介した『聖属性魔法』を使えるフレイニルが、彼らからかすかにアンデッドと関係のある気配がすると言っているのです」

「気配？」

「ええ。フレイニルはアンデッドの気配を感じられる体質らしく、実は先日も『リッチ』の出現を感知しています。あの二人組に関してはそれ以上のなにかがあるわけでもないのですが、私としては気になったのでお知らせしておこうと思いました」

「ふむ……」

アナトリアは眉を寄せて二人組を睨《にら》んでいたが、ふと、

「……あの格好はメカリナンの冒険者、か？」

とつぶやいた。

「わかった。その情報は心に留めておく。信用できる者にあの二人は見張らせておこう」

「明瞭《めいりょう》でない情報で申し訳ありません」

「いや、今回の件については不自然な点もあってな。少しでも情報は欲しいところだった。感謝する」

「は、ではこれで」

どうやらアンデッドの城の件は、アナトリア……つまり子爵側でも裏があるとは考えていたようだ。まあこれ以上、彼らに関して俺ができることはない。

夕方ごろに討伐部隊は目的地の村に着いた。兵士たちが訓練された動きでその周辺に陣を張り始める。予定ではここで一泊し、翌朝に城に突入をすることになっている。

もちろん一泊するにあたって夜の警戒は最大限に行う。アンデッドと言えば基本的には夜の世界の住人である。自分たちの拠点を攻撃しようとする軍勢を一晩放っておくというのも考えにくい。前に戦った『リッチ』には知性が感じられたのだ。

俺たちは領軍の兵士が立ててくれたテントに入って寝ることになった。大勢の行軍で疲れたのか、フレイニルとラーニは寝袋に入るとすぐに寝息を立て始めた。

俺も程なく眠りに落ちたのだが、夜半にふと目が覚めてしまった。眠ろうと思っても目が冴《さ》えてしまう。

なにか嫌な予感がする。その『予感』は、単なる不安とか焦りとか、そういう心の動きというよりは、一種肉体的な圧迫感のようなものである気がした。

「……まさかスキルか？　可能性もなくはないな」

そんな考えも口から出たが、とりあえず俺は一人、装備を持ってテントを抜け出した。

闇夜の中、陣のあちこちに魔道具の照明が立っていて周囲を光で照らしていた。魔道具はそれなりに高価なもののはずだが、さすがに領軍には配備されているようだ。

陣の外縁に行くと領軍の兵が三人一組になって見張りをしていた。見回すと見張りのグループが他に二組見える。警戒はかなり厳重そうだ。

「どうしたあんた……冒険者か？　見張りは俺たちがやるから休んでてくんなよ」

俺が近づくと見張りの一人が声をかけてきた。

「ああすみません、少し夜風に当たりたくてですね。それにちょっと嫌な予感がするもので」

「それは冒険者の勘ってやつかい？　あまり脅かさないでくれよ」

「心配性なものでして」

とやりとりをしていると『気配感知』になにかが触れた。弱い反応だが、確かになにかが近づいてくる。小動物だろうか……いや、もしかしてこちらの『気配感知』を欺瞞《ぎまん》できるスキルを持ったモンスターの可能性もあるのか？　だとしたら強敵の可能性もあるな。

「なにか近づいてきます。モンスターかもしれません、下がってください」

「ちょ、ホントかい!?　おい、下がれ！」

俺が警告すると兵士たちは陣の方に下がった。モンスターだったらすぐに応援を呼んでもらわないとならないだろう。

光が届かない平原の奥に向けてじっと目を凝らす。『視力』スキルのおかげで視界はだいぶマシだが、『暗視』スキルなんていうものがあれば欲しいところだ。

草むらがガサガサと音を立てる。出てきたのは犬だ。

野犬……いや、どうも様子がおかしい。体毛がボロボロで一部腐っているような部分もある。なるほど犬のゾンビというわけか。

「モンスターです、応援を！」

「敵襲、敵襲っ！」

俺の言葉に応えて兵士が叫ぶ。陣の方が一気に騒然となるのがわかった。

とりあえず草むらから出てきたゾンビ犬は俺を標的に定めたようだ。しかし『気配感知』によると後続がかなりいる。応援は必須《ひっす》だ。

ゾンビ犬は次々と飛び掛かってくるが、俺のメイスの射程内に入った途端に爆散する。気配を消すスキルを持っているだけで強さは見た目相当らしい。

肉片が散らばるとともにひどい臭いが広がる。ゾンビはフィールドで出会う敵としては最悪だな。

数十匹はミンチに変えただろうか。少し離れたところにはすでにいくつかの冒険者パーティが駆けつけていて、同じくゾンビ犬を倒し始めている。

「ソウシさまっ」「ソウシっ、うわ臭《くさ》っ！」

どうやらウチの二人も来たようだ。だがフレイニルもラーニも少し離れたところで立ち止まってしまった。それはそうだろう、俺の周りには腐った肉片が大量に堆積《たいせき》しているのだ。俺自身もかなり腐肉を浴びてしまっている。

「そこで俺の討ち漏らしを倒してくれ。こっちには来ないでいい！」

俺はそう言って、さらにゾンビ犬がやってくる方に歩を進めた。どうも奥に少し大きな反応がある。それがボスなら確認した方がいいだろう。

俺は飛び掛かってくるゾンビ犬を片っ端から爆散させつつ、ジワジワとボスらしき気配に近づいていく。ボスはどうも動く気はないようだ。

「なんだあれは……？」

ボスらしきものが視界に入ってきた。

モンスターだと思っていたのだが、暗闇に浮かぶその姿は高さ二メートルくらいの石碑みたいな置物であった。よく見るとその石碑の周辺には黒い霧のようなものが漂っていて、その中からゾンビ犬が次々と現れていた。つまりあれはゾンビ犬発生装置ということなのだろう。なんて迷惑な装置だ。

俺はその装置に向かって走っていきメイスでぶっ叩《たた》いた。石碑そのものは厚みがなく、簡単に根元が砕けて倒れた。周囲の黒い霧が薄まっていくので機能が停止したようだ。

周囲を気配感知スキルで見回すと他にも数カ所に設置されていることがわかった。俺は走り回ってそれらすべてを破壊した。これでゾンビ犬がこれ以上発生することはないだろう。

「なに？　……もうここまで冒険者が……？」

「これ以上は無理か……退《ひ》くぞ」

その時森に近い方で男のくぐもった声が聞こえた。声のした方に目を凝らしたがすでに誰もいない。『気配感知』には高速で離れていく反応が二つ。移動している先はアンデッドの城がある方向だ。間違いなく関係者だろう。しかもさっきの声、あの訛《なま》りには聞き覚えがある。

そういえば『フォーチュナー』のリーダーであるジールが、『アンデッドを召喚する者』がいるみたいなことを言っていたな。もしかして彼らがそうだったというのだろうか。

ともかくも総隊長のアナトリアに報告が必要だが……まずはこの汚れと臭いをなんとかしたいところだ。

陣に戻るとすでに戦闘が終わっており、領軍の兵士がゾンビ犬の死骸《しがい》から魔石を取り出したり、死体を一カ所に集めて燃やしたりしていた。燃やすのは冒険者の魔導師がやっている。見た目ゾンビみたいになっていた俺だが、総隊長の随行ということで、『フォーチュナー』の女魔導師（レイラという名の美人だった。ちなみに彼らは四人パーティである）が直々に『水属性魔法』の高圧洗浄できれいにしてくれた。

その後フレイニルが『浄化』をかけてくれると、戦う前よりきれいになった気がするほどである。

「うん、臭いも全然しないし大丈夫よ。フレイニルの魔法はすごいわね」

俺に鼻を近づけてスンスンしていたラーニが太鼓判を押してくれたので、俺はレイラ嬢とフレイニルに礼を言ってアナトリアのところに報告に向かった。

「ソウシ殿か。貴殿が『召喚石』を破壊してくれたそうだな。よくやってくれた。報告を聞こう」

俺が本部テントに顔を出すと、アナトリアはそう言って椅子を勧めてくれた。

俺はゾンビ犬の出現からゾンビ犬発生装置──『召喚石』と言うらしい──破壊までの流れを話した後、最後に聞こえてきた声と、その主と思われる存在の話をした。

「……ふむ、その言葉からすると『召喚石』を設置したのはその者たちということになりそうだな。その二人は城の方へ向かったのだな？」

「私が感知できる範囲では、ですが。しかしあれだけ大きな『召喚石』を二人で運べるものでしょうか」

「『アイテムボックス』のスキルを持っていれば不可能ではない」

『アイテムボックス』は物を別空間にしまっておくことができるという、とんでもないスキルのことだ。なるほどこんなことでも使われる可能性があるスキルなのかと一人感心する。

「なるほど……。ああ、それから彼らの言葉の訛りが、例の二人組のものに似ていました」

「なに……？　少し待て」

そう言って、アナトリアは近くの兵士になにかを命じた。その兵士はすぐに走って冒険者たちのテントの方に行き、そして十分ほどでさらに二人の兵士を連れて戻ってきた。その二人の兵士はアナトリアに報告をしているが、どうもしきりに謝罪をしているようだ。

報告が終わるとアナトリアは兵士たちを下がらせ、俺の方に戻ってきた。

「件《くだん》の二人組がテントからいなくなったようだ。見張らせていたのだが、なんらかのスキル持ちだったのかもしれん」

「それは……胡散臭《うさんくさ》い話になりそうですね」

「そうだな。だが城の方に逃げたというなら、さすがに夜追跡するのは不可能だ。まあよい、それについてはこちらで対応する」

アナトリアは一瞬鋭い目つきをしたが、これ以上は現場で済ませる話ではないということだろう。とすればEランク冒険者風情の俺がこれ以上口出しできるものではない。俺はうなずくだけにとどめた。

「それと今回の貴殿の働きについては報酬に反映させよう。明日は予定通り討伐任務を行うので、朝までは休んでいて欲しい。ソウシ殿には明日の城攻略でも活躍を期待している」

「ありがとうございます。期待に沿えるよう努力します。では失礼いたします」

本部テントを辞して自分たちのテントに戻る。

寝ているように言ったので、すでにフレイニルとラーニは寝息を立てていた。

横になると、例の二人組への対応について、少し見通しが甘かったかと多少反省をした。ただあそこで尾行をして調べたとしてなにか動きが掴《つか》めたかというと、素人《しろうと》の俺では難しかったのではないかと思わなくもない。自分の中でそんな風に言い訳をして、次は気をつけようと心に決める。

ともあれ嫌な予感は消えたので朝までは寝られそうだ。俺はテントの端で横になると目を閉じた。


朝起きるとなぜかフレイニルが俺の寝袋に潜り込んでいて、左腕に抱きついていた。

「昨夜《ゆうべ》騒ぎで起きたらソウシがいなくなってたから、フレイニルが慌てちゃったの。少しは考えてあげてね」

とラーニに言われたが、言われてみれば確かに不安にさせてしまったかもしれない。彼女はまだ幼いところがあるし、今回のように彼女から離れる時は一言声をかけるなりするようにしよう。

集合の号令がかかったので、装備を整え集合場所へと向かう。

俺たちはCランクパーティ『フォーチュナー』の隣に並ぶ。今日ももちろん総隊長付きだ。

「よう、昨夜は活躍したみたいだな」

『フォーチュナー』のリーダー、ジールが俺に声をかけてくる。後ろには昨日俺を洗浄してくれた女魔導師レイラと、身長ほどもある盾を持った厳つい戦士のドルノ、そして忍者のような格好をした獣人族の女性ケーニヒがいる。

「ゾンビの肉まみれになりましたけどね。レイラさんのおかげで助かりましたよ」

「ゾンビはなあ。数が多いと誰かが汚れ覚悟で突っ込まないと終わらない時とかあるからな。フレイニルのお嬢ちゃんが『浄化』を使えてよかったじゃねえか」

「いや本当にそうですね。あのまま臭いが取れなかったら最悪でした」

「ククッ、女の子二人連れなんだから身だしなみには気をつけねえとな」

などと話をしていると号令がかかり、アナトリアが演説を始めた。

「昨夜は皆よく奮戦してくれた。疲れている者もいるだろうが、ここで日を延ばせば奴《やつ》らはそれだけ数を増す。今日ここでアンデッドの根城を完全に破壊し、人々の憂いを絶たねばならん。諸君の奮闘を期待する！」

「おう！」と声を上げたあと、討伐部隊は森に向けて進軍を開始した。いつもの通り冒険者百人が前、その後に二百人の領軍が続く形である。

遠目にはまだアンデッドの城は見えないが、冒険者のうち数名は森の先になにかがあるのを感じ取っているようだ。仲間内で「確かになにかある」というようなことを話している。

森まであと二百メートルというところでアナトリアは進軍をいったん止めた。そのまま自分だけが前に進み出て、水晶の付いた短い杖《つえ》を掲げる。水晶が鋭く光ったかと思うと、森の奥に城のようなものがはっきりと見えるようになった。どうやら今のは幻覚の術を破る道具のようだ。

「ええ、あんなものが建ってたの⁉」

「あんなに大きなお城が隠れていたなんて……。ソウシさまがおっしゃっていた通りですね」

ラーニとフレイニルが目を見開いて、森の中にそびえる城を見つめる。他の冒険者もざわついているが、さすがにCランクの『フォーチュナー』の四人は黙って城を睨《にら》むのみだ。

「ここから先は敵地だ。警戒しつつ進軍！」

『フォーチュナー』の女獣人ケーニヒを先頭に森の中に入る。彼女は感知スキルに極めて長《た》けていて、罠《わな》などを見つけるのも得意らしい。なるほどゲームで言う『斥候《せっこう》』というわけだ。

城の前までは何事もなく進むことができた。テラーナイトの一体すら出てこないのだから城の中で待ち受けているということだろうか。

アンデッドの城は、間近で見るとやはり巨大な建物であった。三階建てほどの高さの本館があり、四隅に尖塔《せんとう》が立っている。

奇妙なことに壁には窓一つなく、正面に両開きの大きな扉があるのみである。基礎がきちんと打ってあるようにも見えず、やはり正規のやり方で建てられたものではないようだ。

「魔導師前へ。礫《つぶて》系魔法で扉を破壊する。魔法準備せよ」

アナトリアの指示で各パーティの魔導師総員二十五名ほどが前に並び、精神集中を開始する。

「撃てっ！」

大量の石弾や岩の槍《やり》が扉に命中、大きな破壊音とともに扉は砕けて奥に吹き飛んだ。

扉の奥からモンスターが出てくるかと思ったがその様子はない。代わりになにか絡みつくような妙な気配が、ポッカリ開いた入り口から流れ出てくる。

フレイニルが緊張した顔で俺の隣に来る。

「ソウシさま、非常に強い気配を感じます。力を持ったアンデッドが三体いる気がします」

「わかるのか？」

「はい、この間のリッチより強いと思います」

「ふむ……」

アナトリアに知らせようかとも思ったが、フレイニルの感覚がどこまで正確かは経験が少なすぎて保証ができない。知らせたとしても信憑性《しんぴょうせい》不明の情報では、なにも知らせてないのと結局は同じことだ。

しかし誰にも言わないのも問題がある気がするな。誰か実力者には知っておいてもらった方がいいだろう。とすれば彼が適当か。

「ジール殿、少しいいでしょうか」

「どうした？」

入り口を睨んだままジールが返事をする。

「ウチのフレイニルが、『リッチ』より強力なアンデッドが三体いると言っています。一応気に留めておいてください」

「それは信用できるのか？」

「フレイニルはアンデッドに対して鋭い感覚を持っているようです。なにかのスキルかもしれません。ただ経験が少なく、どの程度信用できるかはまだ不明です」

「……わかった、覚えとく」

これでいいだろう。余計なこと言うなと文句を言われても仕方のない話なのだが、ジールはそのあたりも呑《の》み込める男のようだ。さすがというべきか。

俺がフレイニルたちのところに戻ると、アナトリアが指示を出し始めた。

どうやら冒険者の部隊を半分に分け、彼女を含めた部隊が城内に突入し、残りの部隊は城の外で待機、なにかあったら援護という形を取るようだ。

城内に百人が入っていっても渋滞するだけだし、外で待機する領軍を守る冒険者も必要だろう。

「よし、突入する。ついてこい！」

なんと総隊長のアナトリアが先頭になって入り口に向かっていく。確かに強力なモンスターがいきなり出てきた時、Aランクが先頭にいれば被害は抑えられそうだが……。

俺たち三人は『フォーチュナー』に続いて城に足を踏み入れた。

そこはガランとしたロビーになっていた。薄暗いこともあって、どことなくお化け屋敷のようなおどろおどろしい雰囲気がある。奥には広い廊下が続いており、左右にも二本ずつ通路がある。

五十人の冒険者が全員城に入ると、左右の通路からガッチャガッチャと音が聞こえてきた。

左右に広がった冒険者たちが気配を察して構えを取ると、通路から『テラーナイト』がぞろぞろと歩いてきた。

「Dランクを前に、Eランクは補助！」

即席の部隊なのだが、それなりに連携して冒険者たちはモンスターに対峙《たいじ》している。テラーナイトの硬い鎧《よろい》もDランクのアタッカー相手だと分が悪いようだ。次々と切り裂かれ、叩《たた》き潰《つぶ》され、貫かれて崩れ落ちる。

俺たちは中央にいるので今のところ出番はない。しかしアナトリアが奥の廊下を睨んでいるところからして、楽ができるわけではないようだ。

「よし、『フォーチュナー』とソウシ殿のパーティは私に続け。奥にいるボスを倒す」

予想通りの命令が下った。Eランクの俺たちがボス討伐に随行していいのかと一瞬思ったが、リーダーの命令は絶対である。アナトリアが俺たちの隠れた実力を評価している、みたいなことだと思うしかない。

廊下を進んでいくと、奥からやはりテラーナイトがゾロゾロと現れる。しかしアナトリアと『フォーチュナー』の前では歩く板金鎧も紙細工に等しいようだ。次々と切り捨てられて消えていく。

もちろん俺たちもただ見ているわけにはいかない。俺はメイスで、ラーニは火属性を付与した長剣でテラーナイトを倒していく。

「へえ、コイツを一撃で潰せるのはさすがキングをやった男だな！」

ジールは俺の様子をうかがう余裕があるようだ。彼の振るう長剣は魔法が付与されていないにもかかわらず、テラーナイトを一撃で両断する。

「力押しなら得意でして」

「そいつは大切なことだ。腕力ってのはどんな状況でも役に立つからな」

「かもしれませんね」

などと話をしていると、テラーナイトの数がだいぶ減ってあと十体ほどになった。俺が後ひと踏ん張りと力を入れると、後ろからフレイニルが声をかけてくる。

「ソウシさま、奥に強力なモンスターの気配があります。やはり三体いるようです」

見ると廊下の奥に大きな両開きの扉が見える。骸骨《がいこつ》を模したレリーフが施されているのが悪趣味だが、雰囲気的にはあの奥は玉座の間になっているのだろう。そこにボスがいるというのはなるほどそれらしい。

アナトリアの飛ぶ斬撃で三体のテラーナイトが消えたところで、扉までの障害物はなくなった。大広間ではまだ戦闘音がするので、アナトリアと『フォーチュナー』の四人、それと俺たち三人で突入することになりそうだ。

「この先の主を倒せばモンスターの出現も止まる。確かに三体いるようだが、感じとしては我々だけで十分対応できそうだ。各自準備はいいか?」

予想通りアナトリアが確認を取ってくる。Aランクの判断に疑問を挟める者はこの場にはいない。全員がうなずくと、アナトリアは扉をゆっくりと開いた。

その先はやはり玉座の間であった。

学校の体育館を少し狭くしたくらいの部屋、床には真紅のカーペットが敷かれ、その先に一段高くなった雛壇《ひなだん》があり、そこに三体の鎧戦士が立っていた。

三体とも長剣を携えた剣士スタイルだが、奥の一体はその剣も鎧も一段グレードが高いものに見える。恐らく上位のモンスターだろう。不気味なのは全員兜《かぶと》がないこと、つまり首無しの鎧戦士ということだ。

アナトリアが剣を構えながら前に出る。

「手前の二体はCランク上位の『首無し剣士《ヘッドレスソーディアー》』、奥の一体はBランク上位の『首無し達人《ヘッドレスアデプト》』だ。『アデプト』は私だけで相手をする。『フォーチュナー』は『ソーディアー』に当たれ。ソウシ殿たちはそのフォローだ」

「了解。二体は俺たちで受け持つ」

ジールが鋭く返答する。

俺たち三人は『フォーチュナー』の斜め後ろに立つ。フォローのメインはフレイニルの『聖属性魔法』だ。俺とラーニはフレイニルの護衛役に回る。

モンスターが動いた。手前のソーディアー二体が先行してこちらに滑るように迫ってくる。

遅れてアデプトが動き出そうとするが、その時にはもう、アナトリアが斬りかかっている。一瞬で二体のソーディアーの間を抜けていったらしい。ラーニも持っている『疾駆』スキルだろうが、そのスピードは段違いに速い。

「来るぞ！」

ジールが叫ぶと、『フォーチュナー』の盾役、大男のドルノが巨大な盾を構えて前に出る。

「フレイニル、『聖光』の準備を」

「はいソウシさま」

指示をして、俺もやや前に出て盾を構える。しかしさすがにCランク上位モンスターの剣撃を受け止める自信はない。来たらやるしかないが。

「魔法いくよ！」

『フォーチュナー』の魔導師レイラが杖を振るうと、二十本を超える岩の槍が頭上に現れ一体のソーディアーに降り注ぐ。凄《すさ》まじい音と共に吹き飛ぶソーディアー。だがまだ鎧は原形を辛《かろ》うじて保っている。

「せッ！」

鎧が半壊しつつも起き上がろうとしたソーディアーを、ジールの長剣が両断する。これで一体。

ドルノが大盾でもう一体のソーディアーの攻撃を受け止める。ソーディアーが『疾駆』スキルを使って後衛を狙おうとするが、ドルノが「逃げるなよ！」と叫ぶと、ビクッと震えて再度ドルノに向かっていく。たぶんあれはモンスターの注意を引き付ける『誘引』というスキルだろう。

さすがにCランクパーティだけあって『フォーチュナー』の戦い方にはソツがない。

これなら俺たちの出番はないか——そう思ったのがいけなかったのか、なんと部屋の左右からいきなり新たなソーディアーが出現した。いや、よく見ると床になにか石板のようなものが落ちている。もしかしたらあれも『召喚石』なのか？

しかしそんな詮索《せんさく》はしていられないようだ。現れた二体のうち、一体はジールが相手をし始めた。ケーニヒとレイラはドルノとジールの補助だ。

結果として残りの一体がこちらに向かってきていた。ここは俺たちでなんとかするしかない。

「来い！」

フレイニルやラーニの方に行かせるのは論外だ。俺が盾とメイスを構えて前に出ると、ソーディアーはいきなり『疾駆』を使い斬りかかってきた。

「くっ！」

『動体視力』『反射神経』などのスキルを上げていたおかげで辛うじて反応はできた。ソーディアーの長剣を受けた盾から左腕に凄まじい衝撃が走る。ゴブリンキングに近い膂力《りょりょく》がある。が、レベルが上がり、さらに腕力特化が進んだ俺なら十分耐えられる。

ただ防御はいいが、ソーディアーの剣技には隙がない。どうやら『翻身《ほんしん》』スキルを持っているようだ。怒涛《どとう》の連撃の前に、俺はメイスでの反撃をすることができない。だがやはり力だけなら負けることはなさそうだ。

「しぃっ！」

十数回目かの攻撃に合わせ、俺は盾ごと前に出てソーディアーを力業で押し込んだ。鎧剣士がバランスを崩して後ろに下がる。

「フレイニル！」

「はい、『聖光』いきます！」

俺の後ろから一条の光線が走り、ソーディアーの胸当てを直撃する。黒い鎧に拳《こぶし》大の穴が開き、動きが一瞬鈍る。だが致命傷には程遠いようだ。さすがにランクの違いが出るか。

「フレイニル、『充填《じゅうてん》』した『後光』を！」

「はいソウシさま！」

『フォーチュナー』も二体を相手にそこまで余裕がなさそうだ。アナトリアはアデプトと切り結んでいるが、そちらは動きが目まぐるしくて優劣はわからない。しかし出し惜しみをする場面ではないことははっきりしていた。

再度斬りかかってくるソーディアー。俺は嵐のような連続斬りを盾で受け止めるが、その盾が悲鳴を上げ始めている。金属製の枠が歪《ゆが》んできているのを見ると長くはもちそうもない。

「このっ！　ってコイツ硬いわね⁉」

ラーニが横から斬りかかるが、火属性を付与した剣でも鎧には大してダメージを与えられない。ソーディアーはラーニに対応しようと一瞬動く。だが相手にならないと思ったのか、それとも俺のメイスの方が脅威と思ったのか、無視をして俺への攻撃を続ける。盾が壊れれば勝ちだとわかっているのだろう。

「『後光』いけます！」

「頼む！　全員光注意！」

思ったよりフレイニルの精神集中が早い。フレイニルが杖《つえ》を掲げると、部屋が神聖な光に包まれた。

モンスターを弱体化させる『神の後光』。しかも『充填』スキルで効果が強まっているはずだ。

これなら――

「なんだよ今の……って、コイツら動きが鈍ってねえか⁉」

ジールが一瞬の隙をついてソーディアーの胴を薙《な》ぐと、上下に分かれたソーディアーは床にガランと転がった。

ドルノも大盾でソーディアーを突き飛ばす。ひしゃげた鎧戦士の両腕を、獣人のケーニヒが背後から斬り落とす。そこにドルノが斧《おの》を振り下ろしてもう一体も沈黙した。

あと一体は俺の正面だ。そいつは俺の盾に一撃を与えると、急に方向転換をして脇を抜けていこうとした。

『翻身』スキルによるフェイント。フレイニルを脅威と見なしたか。だが残念、俺もそのスキルは持っている。

「しィッ！」

物理法則を無視した動きで俺はメイスを横殴りにソーディアーに叩きつける。

『剛力』『重爆』そして鍛えた『腕力』による高エネルギーの暴力。弱体化したソーディアーの鎧は紙細工のようにひしゃげて吹き飛び、そのまま動き出すことはなかった。

「終わりだッ！」

離れたところで鋭い声が上がる。アナトリアの長剣が閃《ひらめ》き、アデプトを縦に両断した。どう見ても剣が当たってないのだが、果たしてあれはスキルなのか彼女の腕なのか。ともかくこれでボス戦は終了だ。

俺たちが魔石の回収をしていると、後ろから他の冒険者たちがやってきた。ボスが倒されたからか、テラーナイトの出現も収まったようだ。

直後に小刻みな震動が地の底から響いてきた。もしかしたら主たるボスが倒されてこの城も崩壊を始めたか。

「撤収！　急いで城から出ろ！」

アナトリアの指示に従い、俺たちは速やかに城の外へと出たのであった。

エピローグ

「いやいや、結構な大仕事だったなあ」

『フォーチュナー』のジールが俺の肩を軽く叩《たた》いた。俺は酒の入ったコップを突き出しジールのそれとコツンと合わせる。こっちの世界も乾杯の作法は同じだった。

エウロンの冒険者ギルド近くの酒場では大討伐任務の打ち上げが行われていた。

ボスがBランク上位という比較的高難度な任務ではあったが、こちら側の被害は少なく、怪我《けが》人が数十名でたものの死者はでなかったらしい。

ボスである『ヘッドレスアデプト』『ヘッドレスソーディアー』の魔石やドロップアイテム、テラーナイトの魔石もそこそこは回収できたらしく、収支としては決してプラスではないが、大きくマイナスにもならないだろうというのが『フォーチュナー』のジールの見立てだ。

「しかしソウシはEランクとは思えないな。ソーディアーの剣を正面から受け止められるんだから大したモンだぜ」

「受け止めるだけしかできませんでしたけどね。反撃できなければ勝てませんし」

「そのためのパーティだって。しかしあのお嬢ちゃんの魔法、初めて見たけど強力だったな。Cランクのモンスターが弱くなるなら使いでがあるぞ」

「お嬢ちゃん」というのはフレイニルのことだ。『神の後光』の効果はアナトリアも認めるくらいだったので、恐らくバリウス子爵には報告がいってしまうだろう。

「あの魔法には助かっていますよ。連発はできないみたいですけどね」

なるべく普通を装って対応をする。ヘタに隠そうとすると余計突っ込まれるからな。

『聖属性魔法』使いは貴重だからな。教会が聖騎士候補として囲ったりするから、取られないように大切にしてやんな」

「ええ、そのつもりです。彼女はパーティにはなくてはならない存在なので」

ちなみにフレイニルは、宴会の場はさすがに居心地が悪そうだったのでラーニと一緒に宿に戻ってもらった。若い娘には酒が入った男どもの相手はさせられない。といっても、この場には女性も多くいて一緒に騒いではいるのだが。

「しかしさすがに『フォーチュナー』は違いますね。パーティでの戦い方に安定感があって、自分としては理想の形ですよ」

「ありがとよ。安定させんならやっぱりまずは守りだな。うちはドルノがいるのがデカいんだ」

そう言ってジールは大男のドルノの肩を叩く。ドルノは寡黙な男だが、リーダーであるジールに評価されて目元を緩めている。

「確かに今回、自分が盾を持っていたからヘッドレスソーディアーに対応できた感じでしたからね。そうすると自分は守る方に特化しても良さそうです」

「リーダーが盾役ってのはそんな聞かないが、まあアリなんじゃねえか。少なくともソウシのパーティじゃ盾役はソウシ以外無理だろうしな」

そこは確かにジールの言う通りだろう。体格的にも能力的にも盾役をやるなら俺しかいない。パーティにはすでにラーニという攻撃役《アタッカー》がいるし、やはり俺は守りを固める方向で鍛えるのがよさそうだ。腕力があるなら大きな盾も持てるだろうし。

俺が自分の育成計画を練っていると、ジールが酔った顔を少しだけ真面目《まじめ》にした。

「そういやソウシ、実はあの後、城の近くで冒険者が二人死んでたのが見つかったって知ってるか？」

「え？」

「なんかあのゾンビの襲撃があった夜から姿が見えなくて、城が崩れた跡から二人の遺体が見つかったらしい」

「それは城の倒壊に巻き込まれたということですか？」

「多分な。ただ毒を飲んだような形跡もあったなんて言ってる奴《やつ》もいた。ちょっと胡散臭《うさんくさ》い話だと思わねえか？」

「思い切り怪しいですね」

「だよな」

なるほど、あの話はそんな結末で終わったのか。もしかしたら捕まる前に自決したのだろうか。

俺としてはなんとも信じがたい話ではある。

そして気になるのは、その二人の話をした時にアナトリアが口にした「メカリナン」という言葉。

あの後フレイニルに聞いて隣国の名だと判明している。国際問題となると、なおさら一介の冒険者の出る幕はなさそうだ。

少し場が冷えたのを感じたか、ジールは酒をあおってから今度はニヤッと笑った。

「まあ真面目な話はともかくだな、ソウシはあの可愛《かわい》いお嬢ちゃんたちとどう知り合ったんだ？　そのあたり是非聞きたい、とウチのレイラも言ってるんだけどよ」

「ちょっとジール、余計なことは言わなくていいでしょう⁉」

ジールの頭を杖でゴツンと叩きながら、女魔導師のレイラがバツの悪そうな顔をこちらに向けた。

「ああ、気にしなくていいですよ。怪しいというのは自分でも思いますからね。そうですね、じゃあフレイニルから……」

そんな感じで自分が潔白であることを話しているうちに、宴会の時間は過ぎていった。


その後二時間ほど騒ぎに付き合ってから、俺はこっそりと宿へと戻った。

フレイニルたちの部屋をのぞくと二人はまだ起きていた。俺の顔を見て、ベッドに座っていたフレイニルが立ち上がって歩いてくる。

「ソウシさま、おかえりなさいませ」

「あ、ああ、ただいま。まだ起きていたんだな」

フレイニルの「おかえり」の言葉に少し動揺してしまったのは、少しだけ前世の生活を思い出したからかもしれない。

「宴《うたげ》の方はまだ続いているのでしょうか？」

「皆朝まで騒ぐつもりでいるみたいだ。まあ明け方には死屍累々《ししるいるい》だろう」

「ソウシさまはもうよろしいのですね」

「あまり夜遅くまで騒ぐのはちょっとな。そんな体力もないし――」

と言いかけて、今なら徹夜くらいであれば問題ないほど体力がついたことを思い出す。冒険者になってから以前と比べて本当に身体能力が変わってしまった。

俺が頭をかいていると、ベッドに横になっていたラーニが身体《からだ》を起こした。

「ねえソウシ、今回の一件ってなにか説明はあったの？」

「いや、そういう話はジールも聞いてないみたいだったな。気になるか？」

「それは気になるわよ。あんなアンデッドのお城ができるなんて滅多にないことだもの。それにソウシはなんか怪しい声を聞いたんでしょ？　例の二人の件もあるし」

「あの二人は結局崩れた城の下敷きになって死んだらしい」

「ええっ⁉」

ラーニだけでなくフレイニルも目を丸くする。

「それでは、その二人については結局なにもわからないままということでしょうか？」

「そうなるな。彼らがなにをしていたのか見たわけでもないし、この場でどうこう言える話でもなさそうだ。ただ今回の騒ぎの裏になにか、もしくは誰かがいる可能性は高いだろうな」

「だよね。でもそういう陰謀みたいのに関わるって、なんかちょっと冒険っぽくない？」

ラーニは耳をピクピクさせて楽しそうな顔をする。一方でフレイニルの表情は不安そうで、このあたり二人の性格は正反対のようだ。

「確かに冒険といえばそうかもしれない。今回は格上のモンスターとも戦ったからな。ただ基本的に、俺はそういうイレギュラーな事態には首は突っ込みたくないんだよ」

「ええ～？　面白そうだと思うけどなぁ」

「私たちはまだEランクですし、ソウシさまのお考え通り、自ら危険に身をさらすようなことをすべきではないと思います」

「むぅ、そこはフレイニルの言う通りかぁ。早く強くなってランクを上げないとね。今回のCランクのアンデッドにはわたしの攻撃は通じてなかったし」

そう、結局はフレイニルとラーニの言う通りだ。俺たちはまだまだ力が足りていない。パーティメンバーもあと一人、攻撃に特化した後衛が欲しいところだ。

「明日は一日休んで、それからまた冒険者として地道にやっていこう。他の町のダンジョンに行くことも考えないとな」

「メンバーはもう一人くらい入れるつもりはあるんでしょ？」

「もちろんだ。ただウチの場合誘える人間は限られるから簡単じゃなさそうだ」

「きちんとトレーニングやれて、毎日ダンジョンに入れる人じゃないとね。わたしはできれば女の子がいいかな。フレイニルはどう？」

「私はどちらでも……。ソウシさまさえいらっしゃればそれで」

「あ～、それってわたしはいらないってこと？」

ラーニが拗《す》ねてみせると、フレイニルは慌てて首を横に振った。

「いえそうではなく、男性はソウシさまがいらっしゃればいいという意味で……っ」

「フレイはソウシが好きだからね～。まあでもそういうことで、もう一人も女の子にしようよ。その方が気楽だし」

「なんか男に嫌な思い出でもあるのか？」

「前のパーティもその前のパーティも近寄ってくるのがいて面倒だったのよね。フレイニルなんてすごく可愛い上に大人しい感じだから、変なの入れると苦労すると思うわよ」

「ああなるほど。確かにそうかもしれないな。気をつけよう」

俺は年齢が離れていることもあってフレイニルもラーニも異性として見ることはないが、彼女たちはどちらも可愛らしいので若い男なら言い寄る者も多いだろう。男女関係でグループが崩壊するというのは前世でもよく聞く話ではあったから、リーダーとしてはそこも気にしないといけないのかもしれない。

しかし男が俺一人というのもどうなのだろうか。年頃の娘さんばかりを率いるとしたら、それはそれで気を遣うことが多くなりそうだが……。

そんな不安を感じつつ、エウロンの夜は更けていくのであった。

NAME
ソウシ オクノ

RANK
Eランク

冒険者レベル
15

武器系 メイス Lv.19　長剣 Lv.8　短剣 Lv.4　格闘 Lv.10

防具系 バックラー Lv.15　大盾 Lv.3

特　異 悪運 Lv.10

身体能力系 体力 Lv.18　筋力 Lv.23　走力 Lv.16　瞬発力 Lv.16　反射神経 Lv.14　身体操作 Lv.6

感覚系 視覚 Lv.12　聴覚 Lv.10　嗅覚 Lv.7　触覚 Lv.7　動体視力 Lv.15　気配感知 Lv.12

精神系 冷静 Lv.10　思考加速 Lv.7　興奮 Lv.2

特　殊 再生 Lv.4　安定 Lv.8　剛力 Lv.10　鋼体 Lv.6　翻身 Lv.6　重爆 Lv.8
掌握 Lv.3　毒耐性 Lv.2　幻覚耐性 Lv.4　麻痺耐性 Lv.1

特殊装備 なし

NAME
フレイニル

RANK
Eランク

冒険者レベル
10

武器系 杖 Lv.7　槍 Lv.3　格闘 Lv.3

防具系 バックラー Lv.3

特　異 聖者の目 Lv.3

身体能力系 体力 Lv.8　筋力 Lv.5　走力 Lv.8　瞬発力 Lv.5　反射神経 Lv.5　身体操作 Lv.2

感覚系 視覚 Lv.7　聴覚 Lv.6　嗅覚 Lv.4　触覚 Lv.4　動体視力 Lv.4　気配感知 Lv.6

精神系 勇敢 Lv.5　精神集中 Lv.7

特　殊 聖属性魔法 Lv.8　神属性魔法 Lv.5　命属性魔法 Lv.3
消費軽減 Lv.5　充填 Lv.2　毒耐性 Lv.1

特殊装備 亡者の杖【Cランク】

STATUS

NAME
ラーニ

RANK
Eランク

冒険者レベル
11

武器系 長剣 Lv.13　短剣 Lv.4　格闘 Lv.6

防具系 バックラー Lv.5

特　異 疫病神 Lv.3

身体能力系 体力 Lv.9　筋力 Lv.10　走力 Lv.14　瞬発力 Lv.13　反射神経 Lv.13　身体操作 Lv.6

感覚系 視覚 Lv.6　聴覚 Lv.10　嗅覚 Lv.14　触覚 Lv.6　動体視力 Lv.8　気配感知 Lv.12

精神系 勇敢 Lv.5　思考加速 Lv.2

特　殊 付与魔法 Lv.4　疾駆 Lv.4　鋼体 Lv.4　剛力 Lv.3
急所撃ち Lv.3　跳躍 Lv.2　麻痺耐性 Lv.1　冷気耐性 Lv.1

特殊装備 なし

書き下ろし　休日の三人

フレイニル、ラーニとパーティを組んで十日ほどが過ぎた。

その間ダンジョンを踏破すること六回、依頼を受けること二回。さすがに働きすぎだと思ったので二日間休むことにした。

とはいえアンデッドの城が見つかり、大討伐任務が近いこともある。朝のトレーニングだけは欠かさないことにする。

休日の一日目、冒険者ギルドのトレーニング場でその日のトレーニングを終えると、ラーニが汗を拭《ふ》きながら俺のところにやって来た。

「ねえソウシ、そろそろ武器とか防具を新調しない？　わたし、今の剣だと物足りなくなってきちゃって。ソウシもそうでしょ？」

「確かにそうだな。大きな仕事もありそうだし、装備をいいものに替えておいた方がいいな。フレイニルはどうだ？」

やはり汗を拭いていたフレイニルが、歩いてきて見上げてくる。

「はいソウシさま。杖《つえ》は今のものがとても優れているのでこのままでいいと思います。防具も特に問題はありませんが……」

「でも余裕がある時に替えておいた方がいいわよ。フレイニルって攻撃を避《よ》けるのは苦手でしょ？」

ラーニの言葉に、フレイニルは少し考えてからうなずいた。

「そうですね。ラーニさんみたいには避けられないと思います」

「もう、わたしはラーニって呼び捨てでいいって言ってるのに。それはともかく、回復できるフレイニルは大切だから、防具は新しくするべきよ」

「ラーニの言う通りだな。ところでラーニの防具はいいのか？」

「わたしは回避重視だから防具は着なれてる方がいいかな。今度の討伐任務が終わったら考えるわ」

「わかった。朝飯を食ったら武器屋と防具屋に行ってみよう」

気付いたら休暇のはずが、結局仕事関係の用事を済ますことになりそうだ。

もっとも俺は休みと言われても、宿屋でボーッとするくらいしかやることがない。本でもあればいいんだが、この世界の本は高価な上にそもそもモノがないのだ。

そういう意味では女の子二人と買い物をするなんていうのは、おじさんリーダーとしては望外の幸運なのかもしれない。


朝食をとった後、俺たちはエウロンの町の商店街に繰り出した。

まず向かうのは武器屋だ。

「おうアンタか。まさかもう前に売ったメイスが物足りなくなったのか？」

店に入ると、髭面《ひげづら》のドワーフが奥から出てきた。以前も世話になった店の主人である。

ずんぐりした体型に発達した筋肉。かなり強烈な見た目で、ラーニは平気な顔だがフレイニルは目を丸くしていた。ドワーフ族を見るのは初めてなのかもしれない。

「いえ、さすがに違います。今日はメンバーの武器を買いに来ました」

ラーニが前に出て、腰の長剣を鞘《さや》ごと外し主人に見せる。

「長剣が欲しいの。これと同じ感じのやつで、刃が倍くらい広くて頑丈なのがいいわ」

「お嬢ちゃんが使うのか？　どれ……」

ドワーフの主人はラーニの剣を受け取ると、長さや重さ、握りの具合などを確かめながら店の奥に入っていった。戻ってくると、カウンターの上に二振《ふたふり》の長剣を置いた。

「お嬢ちゃんの注文に近いのはこの二本だな。これが気に食わないってんなら新しく打つことになる」

オーダーメイドは理想だが、当然金と時間がかかる。冒険者としてもそこまで武器にこだわるのはDランクから上らしい。

ラーニは二振の長剣をそれぞれ確かめて、その内の一振を選んだ。

「これがいいわ。手になじむ気がする」

「おうそうかい。そいつは三十八万だ。元の剣を下取りに出すんなら三十三万でいい」

「ええ、もうちょっと……」

というわけで価格交渉の結果、三十一万五千で決着がついたようだ。俺は値切らない派だが、そこは個人の自由だろう。

「これで硬いモンスターも少しはいけるようになるかも」

と嬉《うれ》しそうなラーニと、まだドワーフに驚いているような様子のフレイニルを連れて、俺は次の防具屋に向かった。


「いらっしゃい」

防具屋の主人は、中肉中背の人族の中年男性である。髪をきちっとセットしていて、防具屋というよりは会社員みたいな雰囲気だ。ただ着ているものは作業服なので職人だとわかる。

奥には同じくらいの年齢の女性がいて、二人は夫婦だと以前に聞いている。

「お世話になります。欲しいのは私が使う盾と、彼女の防具です。盾は今使っているものより一回り大きいもので、なるべく頑丈なものをお願いします。重さは今使っているものの三倍までなら大丈夫です」

「なるほど。では今使っている盾をこちらの秤《はかり》に置いてください」

秤はかなり大型のものだ。上位の冒険者が使う武具は普通の人間だと持てない重さのものもあるので、秤で測る必要があるらしい。もっとも今使っているものはそこまで重くはないが。

「この重さの三倍だと、そうですね……」

主人は盾が並べられている一角に行って、壁に立てかけられている盾を指さした。

表面が厚い金属の板で覆われた、縦に長い長方形の盾である。タワーシールドと言われるものだ。

「これなんかどうでしょう。持ってみてください」

俺はそこに行って、その盾を持ち上げてみる。

なるほど今までのものよりはるかに重く、五十キロ近くありそうだ。しかし『剛力』『安定』スキルのおかげもあって取り回すにはまったく問題ない。

「問題なさそうです。もっと重くても大丈夫ですが」

「今ある中ではこれが一番ですね。本来ならまだ上があるのですが、今ちょうど店頭にはないんです」

「わかりました、ではこれをいただきます」

「ありがとうございます。後はお連れさんの防具でしたね」

主人に顔を向けられて、フレイニルがおずおずと答えた。

「ええと、今つけているものより倍くらいは重くても構いません。形は同じようなものがいいのですが、ただ胸のあたりが……」

そこまで言って、フレイニルは顔を赤くして小声になってしまう。

主人は言わんとすることを察してか、奥の細君に声をかけた。

「メイナ、こちらのお客様のお相手を頼むよ。女性じゃないとダメみたいだ」

「わかったわ。お客様、こちらへ」

フレイニルは呼ばれて奥に向かった。ラーニもついていってくれたのであちらは大丈夫だろう。

前に防具を買った時にわかったのだが、フレイニルは十三歳という年齢のわりに、身体《からだ》のある部分だけ発育がいいようだ。ゆえに防具を買うなら調整が必須《ひっす》で、先にそれを気にするべきだった。すっかりそれを忘れていて彼女には申し訳ないことをしてしまった。

フレイニルはしばらく女性だけで話をして、いくつか紹介された防具の中から一つを選んだようだ。

ベルト類の調整があるとのことで三十分ほど待つと、魔物の革をベースにしたプロテクターのような防具が出来上がってくる。

俺たちは防具を受け取ると、礼を言って店を後にした。

武具の購入を済ませて一度宿に戻るころには、ちょうど昼食の時間になっていた。

この世界、農村部では一日二食で済ませることもあるようだが、消費エネルギーの多い冒険者は一日三食がマストである。

せっかくの休日なので、宿から離れた少しだけ高級そうな店に入る。雰囲気はお洒落《しゃれ》な洋食屋という感じだろうか。俺たちが入った時にはすでに四人がけのテーブルが一つ空いているのみだった。

その席に三人で座り、メニューを見て注文をする。

ウエイトレスが去ると、ラーニが俺の隣に座るフレイニルに向かってちょっといじわるそうな笑みを漏らした。

「しかしまさかフレイニルがあんな武器を持ってるなんて思わなかったわね」

「武器、ですか？」

「そ。いつものその服だとわかりづらいけど、フレイニルって結構大きかったんだ。年下なのにわたしと同じくらいあるわよね」

とからかうラーニの目は、フレイニルの胸のあたりに注がれている。

それに気付いて、フレイニルは顔を真っ赤にして下を向いてしまった。

「え、ええと……それは……」

「そんな恥ずかしがることないわよ。女の子にとっては強力な武器でしょ。ソウシだってきっとその方が好きだから大丈夫」

「そ、そうなのでしょうか？」

ちらっと横から探るような目で見上げてくるフレイニル。

しかしその質問に答えるのはどう考えてもはばかられるので、

「それに答えるのは勘弁してくれ……」

と苦い顔で誤魔化《ごまか》そうとしたのだが、フレイニルはそれで不安になったのか、すがるような目つきになった。

「で、でも、お嫌いではないのですよ……ね？」

「ああ、まあ、そうかもしれない。ただフレイニルのことはそういうのとは関係なく大切だからな」

「は、はい、ありがとうございますソウシさま」

フレイニルの顔がさらに赤くなった気がするが、安心した表情にはなったので大丈夫そうだ。

「ラーニ、あまりフレイニルをからかうな」

「え～？　だって大切なことでしょ。パーティ組んでるんだし、お互いのことはよく知らないと」

「それで逆に雰囲気が悪くなることもあるだろう？　今までのパーティではどうだったんだ？」

と言ったのは、前世の職場で、プライベートな話がもとで仲違《なかたが》いしていた新人二人がいたからだ。仕事場にプライベートを持ち出すのはタブーだが、人間そんな簡単に割り切れるものではない。若ければなおさらだ。

ラーニも思い当たることがあったのか、首をかしげて「まあそういうこともあるわね」と納得はしたようだ。

「でもさ、ソウシだって男なんだし、好みとかあるでしょ。そういうのを知っておくのは必要じゃない？」

「必要あるとは思えないが……。じゃあラーニの好みはどうなんだ？」

「そんなの強い男に決まってるじゃない。もちろんそれだけじゃダメだけどねっ」

「決まってるのか？」

「獣人族って基本そうだから。まず強さ、それがないと獲物も獲《と》ってこられないでしょ」

「なるほど、そういう考え方か」

前世では男はまず収入、なんていうような話もあったが、よく考えたら根は同じなのかもしれないな。男に最初に求められるのが家族を養う力というなら納得いかなくもない。

「それじゃ次はフレイニルねっ」

「えっ⁉　私は、その……ええと……」

「無理にはは答えなくていいからな。ラーニは半分からかっているだけだ」

助け舟を出したつもりだったのだが、フレイニルはかなり恥ずかしそうにしながらも、俺の方をうかがいながら口を開いた。

「……ソウシさま……のような方です」

「あ～、フレイニル惜しい。そこで逃げちゃダメなのに」

「そのへんにしておけ。フレイニル、真面目《まじめ》に答えなくていいんだぞ、こんなのは」

「フレイニルは真面目に答えてるのにね～」

ラーニはニヤニヤ笑いを向けてくるが、フレイニルは今のところ俺に頼っているからああ答えただけだろう。彼女にとっては色恋より、今は自分を庇護《ひご》してくれる存在が必要ということだ。

「まあいいけど。それよりソウシはどうなの？　というかソウシって結婚とかしてなかったの？」

ラーニが俺に矛先を向けてくると、なぜかフレイニルまでビクッとした。質問がいきなり変わったからだろうか。

「話が飛ぶな。結婚はしてたよ。もう相手とは別れたけどな」

「どうして？」

「簡単に言えば、相手に新しく好きになった男ができた。ただその原因は俺が仕事をしすぎていたから、らしい」

「なにそれ？　男が狩りにずっと行ってるから別の男を作ったってこと？　最悪じゃない」

ラーニの言葉を聞いて、俺は思わず噴き出してしまった。なるほど価値観が変わればそうなるのか。横でフレイニルもしきりにうなずいているが、彼女については俺をひいきにしているだけだろう。

「でもさ、それなら同じパーティで活動してたら問題ないってことよね。一緒に狩りをしていればなんの問題もないでしょ」

「いや、俺はもう結婚とかは考えてないから大丈夫だ。だから好みとかも特にない」

さすがにこの手の話はあまり引っ張られても困るので、俺は少々強引に話を打ち切った。

ラーニは「ぶ～」などと口にして不満そうだったが、ちょうど料理が運ばれてきて、そちらに意識を持っていかれたようだ。

ただフレイニルはしばらく悲しそうな目で俺の方を見ていたのだが……そんなに俺の好みが気になったのだろうか。

ラーニもフレイニルも年頃の女子なので、色恋の話に興味があるのは当然なのかもしれない。しかしおっさんとしては、この手の話に巻き込まれるのは避けたいところだ。

そうなるとやはり若いメンバーを増やして、そちらで楽しく話をしてもらうようにするか。

いやそうなると、今度は俺がお役御免になる可能性も……？

リーダーの悩みは尽きないものである。

あとがき

まず初めに、『おっさん異世界で最強になる ～物理特化の覚醒者～』を書籍として出すことができたことを、ＫＡＤＯＫＡＷＡ関係者の皆様、イラストレーターのperoshi様、そしてＷｅｂ版にて応援をしてくださった皆様、さらには書籍版を読んでくださった皆様に感謝いたします。本当にありがとうございます。私としても、地味なおっさんが主人公のお話がここまで陽《ひ》の目を見ることになったことに喜びと、それに十倍するような驚きを感じております。

さて、拙作『おっさん異世界最強』ですが、現代日本に生まれ育った「おじさん」が異世界に転移して人並み外れた力を手に入れた時、一体どのような生き方をするのか、それを描いた物語となっています。

ポイントはもちろん主人公が「おじさん」であること。創作の世界に「おじさん」は数多く存在しています。熱血おじさん、世捨て人なおじさん、少年の心を忘れないおじさん、人生に疲れてしまったおじさん、昔取った杵柄《きねづか》なおじさん……。本作のソウシ氏はそういった中でも、年齢相応に落ち着いていて、常識的な倫理観を持ち、自他を客観視でき、礼儀は忘れず、それなりに思慮のあるおじさん――そんな人物になっているはずです。

彼は死をきっかけに異世界に転移して、フィジカルエリートな冒険者となります。「なにか」の導きと、そして自前の社畜根性（？）とによって、やがて異世界最強になっていきます。

そのようになった時、現代日本人としての感覚を持ち続けた人間がどのように世界と関わっていくのか。本作は、ゆくゆくはそんな話になっていくのかもしれません。

などと大きなことを言っていますが、実際はおじさんがひたすらダンジョンに入ってモンスターと戦い、経験値を得て強くなっていくお話です（笑）。しかも物理で殴るに特化していく主人公のもとには、可愛《かわい》い女の子が集まってきます。今回書籍化にあたってヒロインたちがイラストレーター様の手によってさらなる命を吹き込まれたわけですが、いやぁ、表紙のフレイニルさんが神々しくてもう……。

と言いながら、一番のお気に入りは主人公のソウシ氏です。こんな格好いいおじさんなら、異世界で最強になってもなにもおかしくはありません。

そんな渋い主人公のソウシ氏は、今後もひたすら力（と少しだけの若さ）を求めて戦いまくる予定です。物理特化おじさんの行く末を、これからも見守っていただければと思います。

最後に、第二巻で皆さんに再びお会いできることを願いつつ。

次佐《じさ》　駆人《くひと》

カドカワBOOKS

おっさん異世界《いせかい》で最強《さいきよう》になる
～物理特化《ぶつりとつか》の覚醒者《かくせいしや》～

2025年2月10日　初版発行
2025年6月10日　再版発行

著者／次佐駆人《じさくひと》
発行者／山下直久
発行／株式会社KADOKAWA
〒102-8177
東京都千代田区富士見2-13-3
電話／0570-002-301（ナビダイヤル）

編集／カドカワBOOKS編集部
印刷所／暁印刷
製本所／本間製本

●お問い合わせ
https://www.kadokawa.co.jp/（「お問い合わせ」へお進みください）
※内容によっては、お答えできない場合があります。
※サポートは日本国内のみとさせていただきます。
※Japanese text only

Printed in Japan
ISBN 978-4-04-075800-8 C0093